TI VOGLIO DA SEMPRE

Ashley Wheeler

ISBN-13: 978-1539175322

CAPITOLO UNO

Presi il mio bicchiere di caffè fumante, dribblai un gruppo di studenti che si era fermato a parlare vicino al bancone della caffetteria e mi accomodai al primo tavolino libero. Dopo aver bloccato sulla testa gli occhiali da sole, aprii due bustine di zucchero e ne versai il contenuto nel bicchiere. Stavo vorticando la bacchetta di plastica nella mia amata bevanda a base di caffeina, quando sollevai gli occhi e lo vidi di nuovo: Kyle. Kyle Rew, uno dei più bei ragazzi che si potesse incontrare in università e in qualsiasi altro posto della città. Alto un metro e ottantacinque, un viso squadrato e dalla mascella importante, occhi grandi e di un verde scuro, labbra carnose da baciare e capelli ondulati, lucidi e spettinati, in cui avrei infilato le mie mani. Be', avrei infilato le mani anche altrove, pensando a Kyle.

Prima di fermarsi a parlare con degli amici, lui intercettò il mio sguardo e mi salutò con un cenno della testa. Ricambiai il suo saluto con un mezzo sorriso, ma la verità era che nonostante la splendida visione avevo ben poche ragioni per sorridere. Ero frustrata. Mi sentivo impotente come quando si vuole qualcosa con tutto il proprio essere e quella cosa non potrà mai essere propria. Quella cosa si chiamava Kyle Rew, la perfezione fatta a ragazzo, racchiusa in un corpo slanciato e snello, dai bicipiti, i pettorali e gli addominali scolpiti, le lunghe gambe coperte da jeans strappati da cui si intravedevano lembi di pelle e due ginocchia sporgenti.

Kyle e io ci conoscevamo da anni. Avevamo frequentato la stessa scuola a Lineville, la nostra città natale, e per uno scherzo del destino - crudele o generoso, ancora dovevo capirlo - seguivamo alcuni corsi in comune all'Università dell'Alabama, a Montgomery. In passato non mi ero mai sentita attratta da Kyle, non lo avevo mai guardato sotto quell'aspetto, quello cioè della ragazza interessata a lui. Era sempre stato molto carino e quotato a scuola, adesso però era tremendamente sexy, pericolosamente affascinante, maledettamente stronzo. Rimorchiava le ragazze tutte le volte che desiderava, faceva sesso con la maggior parte di loro e poi le scaricava quando gli faceva comodo. Da quello che sapevo, non si era mai legato a nessuna, non cercava una relazione stabile, non voleva la stessa donna tra i piedi per più di una settimana. Insomma, Kyle Rew era il classico tipo da cui tenersi alla larga, per non correre il rischio di innamorarsi dei suoi occhi verdognoli e del suo sorriso sensuale e un po' incurvato a destra e poi essere scaricate di colpo. Ma io non ero innamorata di lui né correvo il rischio di esserlo. Semplicemente, lo volevo. Lo desideravo. Volevo fare sesso con lui, essere una delle tante, andarci a letto, godermi la sua compagnia e le sue prestazioni e... fine della storia. Il punto è che Kyle non ci aveva mai provato con me e si vedeva lontano un miglio che non era interessato. Mi guardava come si guarda una compagna di corso, una conoscente. Mi salutava, ogni tanto parlavamo, a lezione di storia capitavamo seduti vicini, gli passavo di frequente gli appunti. Niente di più. Ecco perché ero tanto frustrata.

Posai il cellulare sul tavolo e, mentre con una mano mi avvicinavo il bicchiere in cartone alla bocca, con le dita dell'altra picchiettai sui tasti per inviare un messaggio alla mia amica Lexie. Le scrissi che l'avrei aspettata al Planet Coffee, la caffetteria vicina all'università. Nella sua risposta, Lexie mi avvisava che avrebbe fatto ritardo e che con buone probabilità ci saremmo viste direttamente a lezione.

Ero tutta concentrata sul nuovo messaggio pieno di insulti da mandarle, quando la sedia di fronte alla mia stridette sul pavimento. Una nuvola di colonia mi stordì per qualche secondo. Rimasi col bicchiere sospeso a mezz'aria, mentre sollevavo piano gli occhi sulla figura maschile che si era seduta al mio tavolo.

«Ciao Tamara, sei sola stamattina».

La sua voce lenta e di una tonalità più bassa del normale fu il secondo motivo per cui mi sentii stordita.

«Buongiorno Kyle. Sì, sono sola. Lexie era ancora a letto quando le ho scritto di raggiungermi. Arriverà in zona giusto per l'inizio delle lezioni. Sei solo anche tu», considerai ad alta voce.

«Gli altri sono ancora a letto. Ieri si sono ritirati tardi». Appoggiò il suo caffè sul tavolo, poi si tolse lo zaino dalla spalla e lo aprì. «Sono qui perché devo restituirti gli appunti di storia». Mi avvicinò gli appunti facendoli strisciare sul tavolo. Li presi con fare svogliato. Non me ne fregava un tubo di storia, delle lezioni, degli appunti. Mi importava solo di trovare un modo per far capire a Kyle che volevo passare una notte con lui.

«Ieri sera ti ho visto all'Horns Pub con alcuni dei tuoi amici. Sei rientrato tardi?», gli chiesi.

«C'eri anche tu?»

Annuii prima di tuffarmi di nuovo sul caffè.

«Strano, non mi sono accorto della tua presenza».

Nascosi un risolino dietro il bicchiere. Kyle non si accorgeva mai della mia presenza quando era fuori la sera. E poi lo avevo visto in compagnia di una ragazza bella e formosa, con cui probabilmente aveva trascorso la notte. La sua attenzione era stata catturata soltanto da quella sventola.

«Sono rientrato a casa verso l'una». Mi scrutò come se la mia domanda fosse strana. Era una domanda normale, come tante, ma nascondeva un'intenzione precisa: girare intorno all'argomento del sesso. Dovevo parlargli apertamente, anche se era difficile farlo e mi sentivo in grande difficoltà.

«Io sono rimasta al pub fino alle undici e mezzo. Lexie era già sbronza dopo la prima birra e non voleva saperne di restare appollaiata su uno sgabello, con la musica nelle orecchie e tutta la gente intorno. Così siamo rientrate al dormitorio prima del previsto».

«La tua amica non dovrebbe bere se non riesce a reggere l'alcol». Si fece una risata.

«È quello che le ripeto sempre, ma lei insiste nel dire che più abitua il suo corpo all'alcol e più riuscirà a reggerlo senza postumi. Sono mesi che va avanti con questa storia e i risultati non sono cambiati».

Kyle si guardò intorno, dopo aver controllato l'orologio. Lo stavo annoiando con i miei stupidi discorsi e mi stavo anche allontanando dal mio obiettivo.

«Per la prossima uscita serale ho in mente altri programmi», annunciai con una menzogna. Non avevo in mente un bel niente, era solo un modo per portare il discorso su noi due - anche se un *noi due* non era mai esistito.

«Parli di evitare il pub e andare alla festa della confraternita?»

Feci segno di sì, lentamente. La verità è che non sapevo nulla della festa né ero stata invitata.

«In quel caso dovrai mettere un nastro adesivo sulla bocca della tua amica per non farla bere, o la tua serata sarà di nuovo rovinata», scherzò.

«Le rifilerò solo birra analcolica, così potrò divertirmi un po' e non essere costretta a riaccompagnarla in stanza. A proposito, non ricordo se la festa è questa sera».

«No, dopodomani. Quindi, ci sarai?». Mi scrutò a lungo, aspettando la mia risposta.

«Cercherò di esserci. Tu andrai alla festa con la ragazza con cui sei stato a letto ieri sera?». Quella era la prima volta che gli facevo una domanda in cui c'entrasse anche una ragazza. Nonostante ci conoscessimo da tanto, tra noi non c'era una grande confidenza; non potevamo neppure considerarci amici. Kyle, per esempio, non mi aveva mai chiesto nulla riguardo a Charles, il mio fidanzato storico a scuola, e io non gliene avevo mai parlato. Allo stesso modo, non gli avevo mai chiesto nulla delle sue numerose conquiste, né lui si era mai vantato con me della sua intensa attività sessuale.

Kyle si irrigidì per qualche secondo, poi si passò la mano tra i capelli portandoseli all'indietro. Il suo sorriso storto affiorò sul viso, facendomi venire i brividi. Cazzo, se era bello. Mi passò per la testa l'idea di allungarmi sul tavolo, bloccargli la faccia e costringerlo a baciarmi. E anche se ci fossi riuscita, non mi sarei accontentata. Lo volevo tutto.

«No, penso proprio di no». Smise di sorridermi e divenne improvvisamente serio. «La tua domanda è un po'… strana».

«Certo, lo è perché parliamo solo di lezioni, università, di quanto sia amaro il caffè di questo bar, di quanto siano sbronzi i nostri compagni di corso e lenta e pigra Lexie». Scrollai le spalle. «In fondo non ci conosciamo sul serio, perciò qualsiasi domanda un po' fuori dai nostri quesiti quotidiani potrebbe sembrarti strana».

«Oh, wow, ok, rallenta. Non ti sto seguendo».

In quel momento entrarono in caffetteria quattro ragazze, una più bella dell'altra, tutte più grandi di me. Erano iscritte all'ultimo anno di università, se ricordavo bene, e due di loro erano state con Kyle. Quando passarono vicino al nostro tavolo, lui le salutò strizzando l'occhio e loro ridacchiarono con malizia. Seguii il suo sguardo che puntava al fondoschiena di una delle quattro, in pratica ci era rimasto appiccicato sopra. Che cosa aveva il mio che non andava? Perché Kyle non mi fissava mai con lo stesso ardore con cui fissava le altre? Non ammiccava in quel modo sexy, non mi spogliava con lo sguardo, restava sempre a distanza di sicurezza.

«Tamara, ci sei?»

«Io sì, ci sono». Al contrario del suo ego, che per lunghi secondi aveva seguito quelle quattro ragazze. «Stavamo dicendo? Ah, sì, che…». Per il nervosismo che mi aveva attanagliata, slegai la coda lasciando ricadere i miei capelli biondo cenere sulle spalle e intorno al viso. Ora dovevo sembrare più femminile e carina ai suoi occhi, sperai. Provai a costringere la mia bocca a parlare apertamente. «Volevo sapere se... una di queste sere... sì, insomma, volevo sapere se una di queste sere sei libero».

Lui aggrottò la fronte. «Libero per cosa?»

«Per uscire insieme». Risposta sbagliata, la mia bocca aveva fallito.

«Pensavo mi conoscessi». Spostò il caffè per incrociare le braccia sul tavolo. «Esco solo per divertirmi. Vado alle feste della confraternita o frequento i locali per... divertirmi, appunto».

«Sì, lo so. Conosco la tua fama, come la conosce qualsiasi altra ragazza».

«Se conosci questo aspetto della mia persona, perché vuoi uscire con me?»

Presi un ampio respiro, fissai Kyle dritto negli occhi. Il suo sguardo era troppo serio per i miei gusti. Non capivo se stava pensando che fossi impazzita all'improvviso o che fossi completamente persa per lui.

«Perché voglio divertirmi anch'io», riuscii a dire. Sentii un'ovazione immaginaria alle mie spalle.

Ma Kyle scosse la testa. «A essere sincero, penso che i ragazzi della confraternita non vadano bene per te. Sono troppo "sopra le righe"». Aprì e chiuse le virgolette usando le dita. «Non mi pare una buona idea farti uscire con me per presentarteli, nel caso tu voglia divertirti con loro».

No, non ce l'avevo fatta. Kyle Rew non aveva capito un bel niente. Dovevo riprovarci. Ero così tesa dalla reazione che poteva avere, che stavo sudando.

«Kyle, parlavo di divertirmi con te».

Calò un terribile silenzio al tavolo. Lui sembrava impietrito, il suo respiro si era bloccato, le sue palpebre erano immobili e la bocca era rimasta semiaperta.

«Fare sesso, con te», dissi piano e a bassa voce per non farmi sentire dagli altri. In quell'istante, il mio cellulare suonò. Lo misi da parte, proprio come lui aveva fatto col suo, e incrociai le braccia sul tavolo, lo guardai dritto negli occhi in attesa di una risposta.

«Tamara, spero di non aver...»

Scossi di colpo la testa. «Hai sentito bene. Voglio fare sesso con te».

Si grattò la fronte e abbassò lo sguardo. Sembrava lo avessi messo in difficoltà. Cosa c'era di tanto terribile nel fare sesso con Tamara Jones?

«Non penso sia una buona idea».

«Non voglio fidanzarmi con te, non sono innamorata di Kyle Rew, non ti sto chiedendo una possibilità per stare insieme, tranquillo», bisbigliai.

A quelle parole, lui tornò a guardarmi. I suoi occhi erano inespressivi. La sua mano era rimasta impigliata tra i capelli, appena dietro la nuca.

Mi tesi verso di lui affinché potesse sentirmi anche se avessi parlato a bassissima voce. «Voglio solo fare sesso».

«Dovresti saperlo che non sono un gentiluomo con le donne».

«Ti ho già detto che conosco la tua fama e che voglio divertirmi».

L'equazione a me sembrava più che chiara. Forse non gli piacevo per niente, forse non avevo chance neppure per limonare un po' con lui.

«Tamara, non funziona proprio così». Abbassò una mano sul tavolo, sollevò l'altra e la passò di nuovo tra i capelli.

«In che senso?»

«Non ci si siede a un tavolino e si programma di fare sesso la sera stessa o quella dopo a una festa. E di solito sono io che avvicino le ragazze per portarmele a letto, e non il contrario».

«Questa volta è andata diversamente. Sono stata più audace o diretta delle altre».

Kyle si guardò in giro per l'ennesima volta. Un ragazzo gli indicò di raggiungerlo al tavolo e lui fece segno di sì con la testa. Se ne stava per andare, mi stava lasciando lì dopo che gli avevo chiesto esplicitamente di passare una notte con me. Non mi sentivo granché bene.

La sedia si scostò di colpo, la nuvola di colonia si dissolse nell'aria. «Devo andare. Il mio amico Brian mi sta aspettando». Indicò dietro di lui, al tavolo dove il biondino con i capelli a spazzola lo aveva chiamato.

Mi alzai anch'io. «Prima dimmi qualcosa. Ti ho spiattellato la mia proposta, non puoi ignorare ciò che ti ho detto».

Notai che la mano di Kyle stava stritolando la cinghia dello zaino. «Potresti pentirtene».

«In genere non mi pento di essermi divertita».

«Non sei una ragazza da una notte e via»

Cominciavo a detestarlo. Non capivo se stava facendo il difficile perché non gli piacevo o perché era rimasto spiazzato dalla mia proposta.

«Sono *anche* una ragazza da una notte e via, quando ho voglia di divertirmi». Be', non era mai successo ma con Kyle sarei stata anche quel tipo di ragazza, se lui avesse acconsentito.

«Ci vediamo a lezione, devo andare». Prese il suo caffè dal tavolo e si voltò.

«Ehi, non mi hai dato una risposta», gridai.

Kyle si girò di mezzo busto per guardarmi, poi sollevò una spalla e se ne andò.

Lineville Elementary School, dieci anni prima

Ralph mi tirò dalla manica della felpa. «Kyle, guarda quella lì».

«Quella chi?»

«La bambina con le trecce, quella voltata di spalle. È perfetta».

Mi passai la lingua sull'apparecchio, mentre cercavo di capire con chi ce l'aveva il mio compagno di classe. «Non la vedo».

«Lei, quella!», esclamò Adrian arrivando alle nostre spalle. Il suo indice cicciottello me la indicò.

Ralph si riferiva alla biondina che sedeva sulla panca nel parco fuori dalla scuola e ci dava le spalle. Stava mangiando o facendo qualcos'altro. Con lei c'erano altre due amichette, che sedevano di fronte.

«Chi è?», chiesi.

«È dell'anno prima del nostro», rispose Adrian.

«È quella antipatica che guarda tutti noi maschietti con la puzza sotto il naso».

«Come si chiama?»

«Jones».

Adrian scoppiò a ridere. «Stupido! Quello è il cognome».

«So che si chiama Jones, scemo».

Le gambe della Jones dondolavano. Doveva essere bassina perché i suoi piedi non toccavano l'erba.

«Che dobbiamo fare?»

«Sta' a vedere». Ralph prese dalla tasca una fionda, poi si piegò per raccogliere un sassolino.

«La colpirai con quello?», gli chiesi.

Adrian cominciò a saltellare accanto a me. «La colpiremo tutti insieme, vero Ralph?»

Lui frugò nella grossa tasca della sua felpa. «Sì. Ci sono fionde per tutti. Tieni, Kyle. Tieni, Adrian».

Ci allungò due fionde tascabili fatte di legno. Guardai la mia arma sprovvista di munizioni e quella bambina che continuava a dondolare le gambe dalla panca.

«Prendete tre o quattro sassolini e colpite quando ve lo dirò io». Ralph e Adrian sembravano molto divertiti dalla cosa.

«Mi pare una pessima idea. Non si farà male?»

«Tu non c'eri una settimana fa, quando io e Adrian abbiamo dato una bella lezione a quella stupida del primo banco».

«Adeline».

«Le abbiamo scaricato addosso una serie di colpi, è stato divertente».

«Piangeva come una fontana». Se la rise l'altro.

«Venite, nascondiamoci dietro l'albero e tiriamoci i cappucci sulla testa». Ralph mi prese dalla manica e mi trascinò dietro un tronco. «Questa volta sarà un po' più difficile. Siamo distanti». Socchiuse un occhio mentre prendeva la mira. «Voglio colpire la riga».

Mi coprii la testa col cappuccio. «La riga?»

«La riga, quella che divide le due trecce di capelli. Sembra una statale tanto è larga».

Adrian riprese a ridere.

«Preparatevi a colpire. Al mio segnale useremo le fionde».

Mi sistemai tra lui e Adrian e osservai di nuovo il modo in cui le gambe bianche e strette di quella bambina dondolavano dalla panca. Non mi sembrava una buona idea colpirla. Mi dispiaceva.

«Perché dobbiamo farlo?», sussurrai.

«Ti stai tirando indietro, Kyle?», mi chiese Ralph con voce minacciosa.

«No».

«Bene, perché se lo fai sei fuori dal gruppo. Vero, Adrian?»

«Vero».

«Ma perché proprio lei?»

«Ci sta antipatica. Sarà il nostro bersaglio di oggi», rispose Ralph.

«E ha delle stupide trecce. Mia sorella si pettinava così a cinque anni, non a nove o dieci. La madre le fa quella riga con l'accetta». Scoppiò a ridere.

Io non ci trovavo nulla di male in quella pettinatura. E la riga era perfetta, sì, sembrava disegnata con un grosso pennarello rosa. Le trecce erano di un biondo chiaro, brillavano al sole. Non ricordavo il viso di quella bambina, però da dietro mi sembrava a posto. Peccato colpirla.

«Kyle se la sta facendo sotto», bisbigliò Ralph.

«Non è vero!», protestai.

«Hai paura di essere beccato e di finire in punizione?»

Scossi la testa.

«Forse gli piace la Jones». Adrian mi diede una gomitata nel

fianco, mi fece molto male, tanto che mi piegai in due.
«Sei impazzito?», gridai.
La mano di Ralph si strinse intorno al mio gomito. «Ti piace quella?», mi ringhiò nell'orecchio.
«Non so che faccia ha, come può piacermi?»
«Ok, allora colpiscila e resterai nel gruppo. Amici, vero?». Avvicinò la sua mano, e io posai la mia sopra la sua.
«Amici».
«Bene. Kyle, le munizioni».
Mi chinai per raccogliere tre sassolini. Scelsi i più piccoli, non facendomi vedere dagli altri. Due li misi in tasca, uno sull'elastico della fionda.
«Mirate alla riga, alla nuca, alle trecce», ci ordinò.
Ralph era il capo del nostro gruppo, che era costituito da noi tre e da altri due bambini dell'ultimo anno, che però non sempre si univano a noi. Insieme ci divertivamo, a volte però i giochi si facevano un po' troppo pericolosi, come quando salimmo in cinque su un'altalena, in piedi, e cademmo uno sopra l'altro.
«Pronti?»
Non ero pronto. Continuavo a guardare quelle gambe ondeggianti sotto la panca.
«Pronti?», ripeté Ralph.
Presi un bel respiro, socchiusi un occhio, tirai indietro l'elastico della fionda su cui avevo sistemato il sassolino.
«Adesso!», urlò.
Sentii il sibilo dei tre sassolini che volavano nell'aria. Furono molto precisi, colpirono la bambina alla testa.
Per il colpo, la Jones si chinò in avanti coprendosi la testa con le mani. Le due amiche che sedevano di fronte a lei strillarono impaurite.
«Adesso!», gridò di nuovo Ralph.
Una nuova scarica di sassolini si abbatté su quella povera bambina.
«Ancora!». Alla terza scarica di colpi, Ralph mi strattonò il braccio. «Scappiamo».

Quei due si misero a correre, io stavo facendo lo stesso ma mi fermai. La bambina si era alzata e si era voltata dalla nostra parte. Si era sporcata di qualcosa, di cibo. Forse era caduta sulla sua merenda quando si era piegata in avanti.

Un sassolino volò velocissimo sopra la mia testa.

«Presa!», gridò Adrian.

«Che buco!», commentò l'altro, e scoppiarono a ridere.

Il proiettile aveva colpito la Jones sulla fronte, verso l'attaccatura dei capelli. Adesso aveva un bel buco che stava sanguinando. Il suo viso paffuto era rigato dalle lacrime, il mento tremolava.

Mi veniva da piangere, per lei.

Ero tanto dispiaciuto per quello che avevamo fatto.

Ralph tornò indietro per tirarmi dalla manica della felpa. «Stupido, vuoi farti scoprire? Andiamo!»

Mi misi a correre con lui, circondato dalle sue risate e da quelle di Adrian. Nel cuore però sentivo i singhiozzi della Jones.

CAPITOLO DUE

«Quando ti ho detto di parlare apertamente con Kyle, intendevo dire che dovevi essere chiara e diretta, ma non sfacciata fino a questo punto», mi rimproverò Lexie.

Eravamo nella stanza del dormitorio. Io stavo spennellando lo smalto sulle unghie dei piedi, la mia amica invece si stava pettinando i lunghi capelli neri guardandomi dallo specchio.

«Ho provato a girare intorno all'argomento, senza risultati, così ho pensato di essere schietta al cento per cento».

Lexie sbuffò. «Dire a un ragazzo che si ha voglia di fare sesso con lui è controproducente, oltre che orrendo. Non so come tu abbia trovato il coraggio e la faccia tosta di dirglielo».

A quelle parole, persi il pennello di mano e lasciai una striscia di smalto rosso sulla punta dell'alluce. «Io non ci vedo niente di male. Voglio divertirmi con lui e gliel'ho detto. Ora Kyle sa esattamente quali sono le mie intenzioni».

«È proprio questo il problema. Sa di averti a disposizione. Non dovrà scomodarsi, gli basterà schioccare le dita».

Era giusto quello che stavo aspettando, che lui schioccasse le dita e mi dichiarasse di trascorrere la notte insieme. «È ciò che voglio».

«No, Tamara, non capisci. Kyle ti metterà da parte e penserà alle altre ragazze, perché da quello che mi dici e che ho visto con i miei occhi è il classico ragazzo a cui piace comportarsi da playboy. La prima sera che non troverà nessuna disponibile ad andare a letto con lui, devierà su di te».

Saltellando, andai in bagno, presi un dischetto di ovatta imbevuto di acetone e tornai a sedermi sul letto. «In pratica non accadrà mai, visto che trova sempre qualcuna disposta ad andare a letto con lui».

«Probabile». Lexie lasciò stare spazzola e capelli e si voltò dalla mia parte. «Avresti dovuto corteggiarlo, conquistarlo».

«Ci ho provato».

«Sì, certo, un paio di volte e una eri pure ubriaca».

«Due o dieci non avrebbe fatto alcuna differenza. Kyle non mi fissa come fissa le altre ragazze. Per lui sono soltanto una concittadina di Lineville, una compagna di corso, una dispensatrice di appunti». Dopo aver cancellato la traccia di smalto dall'alluce, mi gettai sul letto e chiusi gli occhi. L'immagine di Kyle che giocava a football comparve nella mente, come quella di lui che si toglieva la maglietta in campo mostrando il suo dorso sudato, muscoloso e abbronzato. Non era mai stato una promessa dello sport, ma se la cavava piuttosto bene ed era diventato il fullback di una squadra che poi aveva lasciato. «Stamattina ero troppo frustrata ed esausta per la situazione, perciò gli ho rivelato la verità. Male che vada resterà tutto come sempre». Sollevai gli occhi e mi tirai su a sedere.

Lexie si alzò dalla sedia, sfilò la borsa dall'attaccapanni e se la mise sotto il braccio. «Per me hai commesso un errore, ma spero di sbagliarmi. Ora esco con Robert, tornerò tardi. Se hai bisogno di me, mandami un messaggio o chiamami».

«Tranquilla, non avrò bisogno della tua spalla amica su cui piangere, almeno non adesso. Venerdì verrai con me alla festa della confraternita?»

«Certo, e porterò anche il mio ragazzo, così non dovrai preoccuparti di me se dovessi alzare il gomito». Si sedette sul bordo del letto e saltellò sul materasso col sedere. «A proposito, non siamo state invitate. Come ci andiamo?»

«Speravo che Robert potesse darti una mano».

Con un balzo, fu di nuovo in piedi. «Proverò a chiederglielo. Conosce così tanta gente che non gli sarà difficile trovare il modo per farci entrare. Adesso vado, prima che Robert si arrabbi per i miei ritardi». Lexie mi scompigliò i capelli, poi mi guardò di lato con occhioni da amica in pena per me. «Sicura di non voler uscire con noi?»

«Non mi piace essere il terzo incomodo».

«Non dire stupidaggini. Sei solo la benvenuta».

«Sarà per un'altra volta. E poi domani mattina la sveglia suonerà presto, devo fare jogging al parco».

«Ok, ma spegni subito la sveglia e non fare rumore. Conto di tornare tardi stasera».

«Sarà fatto!»

«A domani».

Accompagnai Lexie alla porta, poi mi andai a fare la doccia. Fu più forte di me. Non appena dal soffione uscì un getto a pioggia di acqua bollente, mi immaginai dentro il box insieme a Kyle, le sue mani grandi su di me, il suo corpo nudo vicinissimo al mio.

Sarebbe mai successo?

Spensi la sveglia prima ancora che suonasse, raccolsi la mia roba e mi chiusi in bagno. Dopo appena dieci minuti, ero già fuori dalla stanza, pronta per iniziare la corsa del mattino.

Avevo ripreso a correre dopo la rottura con Charles. Non so bene perché avessi abbandonato la corsa durante gli anni passati con lui. Forse il motivo è che Charles all'epoca aveva riempito le mie giornate, mi aveva quasi convinta che non fosse necessario correre quattro volte a settimana, che lo sport non fosse poi così importante. Correre invece mi aiutava a scaricare le tensioni accumulate, a ricaricarmi di nuove energie, a farmi sentire meglio, a mantenermi in forma e a cominciare la giornata col piede giusto.

Scesi di fretta le scale del dormitorio. C'era un silenzio surreale nei corridoi, quando di solito si sentivano rumori più o meno a tutte le ore e un vocio di sottofondo.

Quando spalancai il grosso portone, l'aria fresca di primo mattino mi solleticò la pelle del viso. Dopo qualche esercizio di riscaldamento a poca distanza dall'entrata del dormitorio, cominciai a correre a pieno ritmo.

Erano passati dieci minuti dalle sei e il sole stava sorgendo, colorando la città di tenui riflessi di luce. Il termometro digitale sopra l'insegna di un negozio indicava che c'erano poco più di otto gradi, ma si prevedeva una giornata di sole pieno e la temperatura sarebbe aumentata e probabilmente avrebbe raggiunto i venti gradi.

Quando imboccai il sentiero per il parco, mi tirai su la chiusura lampo della felpa fino al collo, poi frugai nella tasca dei pantaloni alla ricerca del mio iPod. Con grande tristezza mi resi conto di non averlo con me. Dovevo averlo lasciato sulla scrivania, oppure lo aveva preso Lexie al rientro dalla sua serata con Robert. Le piaceva addormentarsi ascoltando la musica, perciò si appropriava spesso del mio iPod.

Senza musica, la corsa nel parco sarebbe stata più noiosa. Ricontrollai l'ora, giusto per rendermi conto del tempo che avrei impiegato per il mio solito giro. All'improvviso, sentii dei passi dietro di me. Mi voltai ma avevo appena superato la curva. Se c'era qualcuno che mi stava seguendo, era rimasto indietro e non potevo vederlo.

Seguii il sentiero svoltando a destra. Di nuovo quei passi. Questa volta non feci neppure in tempo a girarmi, che un profumo maschile mi assalì da dietro.

«Ciao», mi salutò Kyle.

Sbarrai gli occhi quando me lo ritrovai accanto. «Ehi, ciao».

«Corri anche tu?»

Per guardarlo, per poco non andai a sbattere la faccia contro un ramo. «Sì, quattro volte la settimana: il martedì, il giovedì, il sabato e la domenica».

«Io tutti i giorni».

Tra football e jogging, ora si spiegava meglio come mai Kyle Rew avesse quel corpo tanto perfetto e atletico.

«Non ti ho mai visto qui al parco».

Mi guardò per qualche secondo senza smettere di correre. «Di solito corro al tramonto, raramente di mattina, e non vengo spesso qui».

Quindi averlo incontrato lì era una coincidenza astrale. Mi accorsi che stavo correndo col viso girato dalla sua parte e che lo stavo fissando con troppa insistenza, perciò tornai a guardare il sentiero.

«Come mai oggi hai deciso di correre così presto?»

«Stasera ho degli impegni. Non penso che avrei fatto in tempo a correre e poi a fare tutto il resto, quindi ho deciso di anticipare il mio appuntamento con lo sport».

Lo guardai proprio mentre lui stava guardando me. I suoi occhi erano stupendi alla luce di primo mattino, erano di un verde più chiaro. Sembravano stelle allagate da sciroppo alla menta.

Kyle si tolse gli auricolari dalle orecchie e li infilò nella tasca davanti della felpa. Le sue mani rimasero nascoste lì dentro, forse nel tentativo di spegnere il suo lettore di musica.

Sollevai di scatto lo sguardo, perché poteva sembrare che stessi guardando il cavallo dei suoi pantaloni da tuta, invece che la tasca. Ma poi feci scorrere di nuovo gli occhi lungo la sua figura e sospirai senza farmi sentire. Come mai Kyle Rew riusciva a essere incredibilmente sexy anche con indosso una felpa grigia e pantaloni da tuta anonimi? Era ovvio che riuscisse ad avere tutte le ragazze che desiderava. Io però analizzavo la situazione dal punto di vista opposto: le altre erano fortunate a poter finire a letto con lui. A differenza loro, Tamara Jones non era inclusa nella lunga lista di ragazze baciate da tale fortuna.

Più ci pensavo e più la frustrazione si prendeva gioco di me. Ragionai in fretta e in silenzio, mentre i passi cadenzati dalla corsa che battevano sul selciato e i nostri respiri erano gli unici suoni che scorrevano tra noi. Avevo parlato apertamente con Kyle, quindi non c'era bisogno di fare inutili giri di parole. Potevo riprendere il discorso da dove lo avevamo interrotto.

«Senti Kyle, per quanto riguarda quello che ti ho detto ieri mattina...»

Lui scoppiò a ridere, interrompendomi.

«Che c'è?». Gli lanciai un'occhiata furiosa.

«Eri ubriaca?»

Lo fissai sconcertata. Era serio, aveva smesso di ridere. Credeva davvero che gli avessi proposto di fare sesso con me sotto gli effetti dell'alcol o di qualche sostanza allucinogena?

«No, e non mi ero ubriacata la sera prima. Ero lucida al cento per cento».

«Scusa, è che non pensavo fossi quel tipo di ragazza».

«Una ragazza che ogni tanto vuole divertirsi con l'altro sesso?». Finii per camminare a passo rapido, e Kyle mi imitò. Non riuscivo a correre e a parlare nello stesso momento, soprattutto se si trattava di una conversazione e non di uno scambio di poche battute.

«Pensavo fossi una ragazza che si fidanza con i ragazzi, una che si innamora e che magari lo fa solo dopo il matrimonio».

«Che? Oh, no. Parli così per via di Charles e della mia relazione con lui durata quattro lunghi anni, sempre appiccicati e senza mai dare spettacolo». Mi premetti la mano sotto lo sterno, all'altezza della bocca dello stomaco. Non avevo un bel ricordo di Charles e parlare di lui o ricordarmi della nostra storia mi scatenava la nausea. «Ho vent'anni, non quindici. Mi innamoro e so anche svagarmi con i ragazzi, senza stringere legami affettivi. E comunque non sono in cerca di un nuovo amore. Il mio cuore è vuoto e apatico da quando la storia con l'amore della mia vita - quello che credevo l'amore della mia vita - è finita».

«Come?»

«Ingannata, abbandonata, messa da parte come un oggetto inutile. È successo questo dopo il diploma. Lui ha preferito la ragazza con cui mi ha tradito».

Kyle non sembrava sorpreso, forse lo sapeva com'erano andate le cose tra me e il mio fidanzato storico.

«Se quel Charles ti ha trattato così, perché allora vuoi farti trattare da me come un oggetto usa e getta?»

«Perché ogni tanto è concesso pure a noi brave ragazze divertirci per il semplice gusto di divertirci. La differenza tra gli uomini e le donne è che i primi, quando si divertono facendo sesso, passano per conquistatori super dotati di immenso fascino; noi ragazze, invece, per troie».

«Chiarissima», disse dopo essersi schiarito la voce.

«Inoltre, se sono la prima a volere una sola notte di passione, significa che non ci saranno le condizioni per essere sedotta e abbandonata. Giusto?»

Kyle affrettò il passo e per raggiungerlo dovetti correre per qualche secondo. La mia domanda rimase senza risposta.

«Non avevo mai sospettato che avessi certe mire su di me», riprese a parlare.

Mi venne da ridere. Una sera all'Horns Pub avevo cercato di attirare la sua attenzione, che purtroppo era stata catalizzata da una brunetta tutta curva e tacchi. Ci avevo provato anche in università, a lezione, ed era stato un fiasco perché lui aveva finito per parlarmi di esami e appunti, come sempre.

«È da qualche tempo che ho maturato un certo tipo di attrazione nei tuoi confronti», ammisi senza vergogna.

«Da quando?»

«Non lo so di preciso, ma da un po'».

Kyle mi indicò una fontana sulla destra, nascosta dalla vegetazione. Lasciammo il sentiero per raggiungerla. Si chinò e bevve direttamente dal rubinetto, poi si lavò il viso e si passò l'acqua tra i capelli. Infine, se li scrollò muovendo la testa da una parte all'altra. Adesso le sue onde nere ricadevano umide davanti al viso. Era irresistibile.

Nonostante gli otto gradi di temperatura, lui sembrava accaldato e per niente infreddolito dai capelli bagnati. Forse aveva fatto più minuti di corsa di quelli che immaginavo.

«Tamara, la tua proposta è strana e imbarazzante». Si passò una mano sul viso.

«Imbarazzante?», domandai perplessa.

«Ti conosco dai tempi del liceo, no, dalle elementari».

«Ma solo di vista, si può dire. Alle elementari ci siamo scambiati una parola per sbaglio e una volta me la sono presa con te per via dei tuoi stupidi amici. Al liceo ci scambiavamo il saluto e ci parlavamo solo ogni tanto. Si può dire che ci conosciamo un po' meglio da quando abbiamo iniziato a seguire i corsi all'università». Mi rabbuiai. «Ma qual è il problema?»

Prima di rispondermi, Kyle incrociò le braccia sul petto e si appoggiò alla fontana col fianco. «Quasi tutte le ragazze che mi porto a letto sono delle sconosciute, più o meno. Le vedo, mi piacciono, loro ci stanno e facciamo del buon sesso. Fine della storia. Nessun legame, nessuna conoscenza, nessun coinvolgimento da entrambe le parti. Tutto qui».

«Parli così perché ti stai preoccupando per me?»

«Sì». Scosse la testa. «No», rispose annuendo. Kyle Rew era dissociato quella mattina!

«Non capisco».

«Ne abbiamo parlato ieri seduti al tavolo della caffetteria. Di solito sono io quello che conquista una ragazza e se la porta a letto. In questo caso, sei tu che hai scelto me e... Te l'ho detto, non funziona così».

Forse Kyle era meno cattivo ragazzo di quello che voleva sembrare. Forse non trovava il coraggio di dirmi che non gli piacevo, che non andavo bene neppure per una notte di sesso, che preferiva le altre; che non ero eccitante abbastanza. Abbassai lo sguardo sulla mia felpa sformata, i pantaloni larghi da tuta, le scarpe da ginnastica che mi facevano un piede enorme. In quel momento non sarei stata eccitante per nessuno.

«Puoi dirmelo senza crearti troppi problemi».

«Dirti cosa?»

«Che non sono il tuo tipo, che non vuoi venire a letto con me».

Invece di rispondere, Kyle aprì di nuovo il rubinetto della fontana e bevve alcune sorsate di acqua. Quando ebbe finito,

tornò a guardarmi con le braccia conserte.
«Perché me?», mi chiese a un tratto.
«Vuoi sentirti dire che sei bello e irresistibile?»
«No. Voglio sapere perché hai scelto proprio me».
«Sei sexy, intrigante e ispiri del gran sesso, ma questo te lo avranno già detto in tante. E quando nell'ultimo periodo ho visto come fissavi le altre, come le mangiavi con gli occhi, mi sono chiesta perché non ti comportassi con me alla stessa maniera. Perché a loro ammicchi o le travolgi di sguardi seducenti, quando a me rivolgi solo sbadigli, occhiate disattente. Con me parli di storia, appunti e orari delle lezioni. Con le altre non parli, agisci. Perché loro devono essere rimorchiate da te, mentre io aspetto invano di essere spogliata da una tua occhiata?». Gli avevo detto quasi tutto, senza traccia di vergogna. «Ora che ho risposto alla tua domanda, rispondi alla mia: perché non me?»
«Ti ho già risposto ieri». Si passò le mani sul viso.
«Ho perso la risposta, temo. Non ricordo di averla sentita». Né gli avevo rivolto la stessa domanda.
«Tamara Jones non è quel tipo di ragazza, quella da una notte e via».
«Smettila di preoccuparti per me. Commento la tua affermazione ripetendoti che sono *anche* quel tipo di ragazza». Feci un passo avanti, quasi a sfidarlo. Contro le mie previsioni, Kyle avanzò verso di me. Sostenni il suo sguardo incupito che fissava i miei occhi.
«Non mi piacciono i preliminari, arrivo dritto al sodo», precisò.
«Bene». Sentii le guance e la schiena bruciacchiare per una sensazione di calore improvviso.
«Nessuna luce soffusa, lenzuola pulite o brucia essenze per profumare la stanza. Nessun romanticismo. Mi capita di farlo anche sbattendo una ragazza sul lavandino di un bagno».
Ingoiai una pesante goccia di saliva. «Ok».
«Sono molto egoista nel sesso. Una volta che ho raggiunto il piacere, non mi preoccupo troppo di farlo raggiungere alla

mia ragazza di turno».
Questo era decisamente ingiusto.
«Ma di solito sono loro che raggiungono prima l'orgasmo, quindi il problema non si pone».
Diretto come pochi, dovetti ammettere. Il calore cominciò a diffondersi anche al resto del corpo. Nonostante l'aria fresca del mattino, stavo sudando.
«Quando mi capita di finire a letto con una ragazza, nella mia stanza, a sesso finito l'intrusa deve andarsene al più presto. Non mi piace avere accanto qualcuno durante la notte». Fece un altro passo avanti. «Sono allergico agli abbracci».
«D'accordo».
«Quando mi capita invece di fare sesso in auto, di solito non riaccompagno mai a casa una ragazza. Il massimo che faccio è lasciarla dove l'ho incontrata o aspettare che arrivi un taxi».
Cominciai a giocare con la chiusura lampo della felpa.
«Mi succede raramente di fare sesso con la stessa persona per più di tre volte consecutivamente». Si mosse verso di me, le sue braccia intrecciate mi urtarono e io indietreggiai. «E si fa quasi sempre a modo mio. Sono io che detto le regole su come farlo».
«Detti delle regole?». Non capivo.
Kyle ruotò gli occhi. «Non detto un bel niente. Era un modo per dire che conduco io il gioco, salvo casi in cui ho trovato delle ragazze molto più esperte di me che conoscevano posizioni e giochetti a me sconosciuti».
Non avevo più saliva da mandare giù. Quello che mi aveva detto Kyle sembrava un gioco di cattivo gusto per spaventarmi o mettermi a disagio o provocarmi degli attacchi di ansia da scarse prestazioni. In confronto alla sua vita sessuale, la mia con Charles era stata piuttosto piatta, spenta, poco emozionante. E la prima volta era stata più dolorosa che piacevole.
«Va bene», dissi infine.
Lui piegò la testa di lato. «Va bene?», chiese sorpreso.
Feci spallucce. «Sì, ho capito, va bene».

La sua fronte si arricciò. «Come fai a dire che va bene? Tamara Jones non è una ragazza che si fa sbattere sul lavandino di un bagno».

Stavo per rispondergli che da lui mi sarei fatta sbattere anche sul pavimento sporco e freddo di un bagno pubblico, ma mi parve troppo anche solo da immaginare.

«Ho detto che va bene», mi limitai a dire. La mia voce però ebbe un tremito, segno che tanto bene non mi andava. Nella mia mente mi ero immaginata una notte di sesso focoso con Kyle Rew, non avevo mai pensato al come né alla fretta con cui mi avrebbe spinta fuori dalla sua stanza o dal bagno pubblico o dall'abitacolo della sua auto.

A interromperci ci pensò la suoneria altissima del suo telefono. Kyle si allontanò di qualche passo, lo sentii fare il nome di Gerard, ma non riuscii ad afferrare nient'altro.

«Devo andare», mi gridò quando ebbe riattaccato.

Rimasi con la bocca spalancata e i pugni stretti dalla rabbia perché Kyle aveva ripreso a correre, allontanandosi da me.

Lineville Elementary School, dieci anni prima

Erano passati due mesi da quando Ralph, Adrian e io avevamo preso di mira quella bambina, la Jones. Quando la incontravo nel corridoio, mi giravo dall'altra parte. Non volevo essere riconosciuto. Avevo paura di quello che poteva dire al preside. Ma il gruppo era sicuro che, grazie ai cappucci delle felpe e alla distanza, quella mattina lei non ci aveva visto.

«Kyle, cosa stai guardando?». Ralph mi tirò la manica del mio maglioncino di lana. La mamma mi sgridava sempre quando tornavo da scuola, perché trovava tutte le mie maniche allargate.

«La Jones».

Adrian tossicchiò. «Vuoi usare di nuovo le fionde contro di lei?»

«No!»

Ralph mi appoggiò il gomito sulla spalla. Era più alto di me e il più grande del gruppo. «Stai pensando a qualche altro giochetto divertente?»

Pensavo alla Jones con dispiacere, sempre. Il segno sulla fronte si vedeva bene. «Non mi sono divertito l'ultima volta».

«Noi sì», ringhiò Ralph. «Tu non c'eri alla festa di Tommy. Quella lì era tutta elegante, si credeva una principessa».

«Non ci ha salutato».

«Si è girata dall'altra parte quando ci ha visto».

«Ha mangiato la torta di Tommy con le posate».

«Solo lei, gli altri con le mani».

«La chiameremo la Principessa Antipatia».

Quei due se la risero.

Era educata la Jones, non antipatica.

«Se c'eri alla festa, vedevi anche tu quanto ha fatto l'antipatica con noi, pure con mio fratello James». Ralph girò in mezzo a noi due e ci prese sottobraccio. «Sapete una cosa? Ho in mente un bello scherzetto».

«Un altro?». Avevo paura di Ralph. Sapeva essere crudele.

«Quale, quale?». Adrian era tutto elettrizzato.

«Mmm, ci sto pensando».

La Jones uscì dal portone della scuola con le sue due amichette. Ralph ci spinse verso l'uscita e le seguimmo. Si erano sedute sull'erba, dietro l'edificio. Lei indossava una gonna bianca e vaporosa, le amiche indossavano pantaloni scuri. Ralph aveva ragione su una cosa: sembrava una principessa. Non Principessa Antipatia, però.

Il nostro amico ci lasciò le braccia e si sfregò le mani. «Come sto?». Si girò verso di noi con un sorriso perfido sulle labbra.

«In che senso?», chiesi.

Si pettinò i capelli biondi con le dita. «Sembro in ordine?»

Adrian si leccò il palmo della mano, che poi passò sui capelli di Ralph. «Adesso sei perfetto». Scoppiò a ridere.

Ralph gli sputò ai piedi. «Stupido!»

«Ehi, che fate?». Mi misi in mezzo tra loro.

Adrian non la smetteva di ridere.

«Stai come sempre», dissi.

«Bene, devo essere carino per avvicinare quella lì. Adesso state a vedere».

Presi Ralph dal polso e non lo lasciai andare. «Aspetta. Che cosa vuoi fare?»

«Divertirmi un po'». Si liberò da me e se ne andò verso la Jones e le sue due amiche.

Rimasi con Adrian, che sembrava divertirsi tanto. Io avevo paura per quella bambina. Mi sembrava piccola e indifesa.

«Che cosa farà?»

«Ciò che è giusto», mi rispose Adrian.

«Quella bambina non ci ha fatto niente».

«Noi non le abbiamo fatto niente!»

«E le fionde?»

«Era una lezione per punirla perché ci tratta da sempre con l'aria da Principessa Antipatia. E poi è davvero antipatica».

Strano. La Jones si alzò dal prato, sorrise al nostro amico e gli porse la mano. Ralph prese qualcosa dalla tasca, poi le strinse la mano. In quell'istante desiderai essere al posto suo. Solo un istante, perché dopo il viso della Jones inorridì. Cominciò a strillare. Di fronte a quella reazione, le amiche corsero via e gridarono pure loro. Ralph, invece, prese qualcos'altro dalla tasca dei pantaloni e si avventò sulla gonna della Jones. Lei strillava e cercava di cacciarlo via, mentre lui spalmava non so cosa sulla sua gonna bianca.

«Che cavolo sta combinando?». Stavo per andare da lui, ma Adrian mi tirò indietro.

«Cazzo!»

«Non si dice "cazzo"».

«Ma sta arrivando il preside».

«Cazzo!», esclamai anch'io. Il signor Rufus stava correndo verso di noi.

«Baron!», chiamò il nostro amico per cognome. «Subito nel mio ufficio, di corsa!»

Io e Adrian indietreggiammo. Non avevamo fatto niente, era stata tutta un'idea di Ralph. Lui però ci ripeteva sempre che dovevamo difenderci a vicenda, restare uniti, non scappare.

Ralph ci guardò, ammiccò e sorrise. Non gli importava di essere punito dal preside o di quello che aveva fatto.

«Perez, pure tu. Vieni».

Adrian ubbidì come un cagnolino spaventato. Il preside mi guardò di sfuggita, poi andò dalla Jones. Non so cosa le disse, ma vidi che le dava alcune pacche sulle spalle.

Il signor Rufus, Ralph e Adrian se ne tornarono dentro. Io rimasi lì, a guardare la bambina che con un fazzoletto di carta cercava di pulirsi la gonna. Non era più bianca. Era a pois neri. Che aveva combinato Ralph? Per fortuna lei non stava piangendo. Sembrava solo molto arrabbiata.

Mi passai la lingua sull'apparecchio, poi decisi di avvicinarmi. Non sapevo neppure come si chiamava. La conoscevo come *la Jones* e ora come *Principessa Antipatia.*

A un passo da lei, la bambina mi squadrò con aria di sufficienza. Gettò a terra il fazzolettino e indicò verso la scuola. «Quelli sono i tuoi amici? Quelli sono amici tuoi?», urlò.

«No», dissi annuendo. «Sì», risposi scuotendo la testa. Cavolo, mi stavo confondendo. «Sì, siamo amici».

«Sono degli idioti! Guarda cosa mi hanno fatto». Aprì le pieghe della gonna. A terra c'erano delle carte di cioccolatini. Ralph l'aveva sporcata col cioccolato.

Stavo per dirle che mi dispiaceva tanto, che io non ero come loro.

La Jones mi venne addosso e mi spinse indietro battendomi le mani sul petto. «Siete degli idioti. Idioti! Brutti e stupidi, tutti quanti».

Ero brutto e stupido?

«Cretino», mi spinse ancora. Era proprio incavolata.

Al quarto spintone, le bloccai le braccia dai polsi. Lei rispose dandomi un calcio sul ginocchio.

«Lasciami andare! Subito! Mi fai male».

«Sei tu che mi stai facendo male». Le tenevo i polsi con gentilezza, lei invece scalciava come un cavallo.

«Rew!», gridò la voce del preside. Ci voltammo verso il portone della scuola. Il signor Rufus era nero dalla rabbia. «Subito dentro, nel mio ufficio, anche tu».

Prima di andare via, quella stronza della Jones mi pestò un piede e aggiunse un «Ben ti sta!».

Mentre io andavo dal preside, le sue due amichette sbucarono dal portone e si precipitarono da lei.

«Tamaraaa! Tamara», gridarono il suo nome.

Mi voltai a guardare quella bambina che si lasciava abbracciare e consolare dalle amiche. Mi aspettava una strigliata dal preside, però ora sapevo come si chiamava: Tamara, e non *la Jones* o *Principessa Antipatia*.

CAPITOLO TRE

Quando Lexie aprì la porta della stanza, mi ritrovai davanti la sua bocca spalancata in un lungo e stanco sbadiglio. Era ancora in tenuta da notte, col suo pigiamino rosa dai disegni infantili, i capelli spettinati, gli occhi socchiusi.

«Che ore sono?», mi chiese stropicciandosi le palpebre.

«È pomeriggio e tu ti sei appena svegliata. Hai saltato le lezioni. Ti ho chiamato tre volte e ti ho scritto altrettanti messaggi».

La mia amica si fece da parte per farmi entrare. «Non ho sentito la sveglia né il cellulare. Sono rientrata alle tre del mattino. Ero troppo stanca per alzarmi dal letto. Cavolo, è la prima volta in due anni che salto le lezioni. Dovrai passarmi i tuoi appunti, non voglio andare male agli esami per colpa di un'assenza». Si sedette sul letto e strizzò gli occhi mentre mi guardava. Le mancavano molte diottrie e senza gli occhiali ci vedeva ben poco.

«Tieni, questo è per te». Le passai il caffè che avevo comprato al Planet Coffee.

«Grazie, ho proprio bisogno di un po' di caffeina». Sbagliò la mira e mi afferrò il polso, anziché il bicchiere.

Prima di dare un sorso al mio caffè, recuperai gli occhiali da vista di Lexie. «Mi sa che hai bisogno anche di questi».

«Mmm, come sei gentile. Non è colpa mia se assomiglio

sempre più a una talpa. Ho ereditato i geni di mamma. Mio padre invece ha la vista di un falco. Potevo prendere da lui, peccato». Inforcò gli occhiali, poi si soffermò a guardarmi meglio. «Come sono andate le lezioni?»

«Bene».

Lexie si allungò sul cellulare. «Sei rientrata presto. A quest'ora la lezione di storia dovrebbe essere ancora in corso».

Scrollai le spalle.

«Oh-oh, l'hai saltata. Come mai?»

Strinsi il bicchiere tra le mani. «Non mi andava di vedere Kyle».

«Avete già consumato?»

«Come ti viene in mente?»

«Non lo so, forse devo ancora svegliarmi del tutto. Cos'è successo allora, come mai salti una lezione per non incontrare proprio lui?»

Mi sciacquai letteralmente la bocca con un sorso di caffè. Era più amaro del solito, appena tiepido, un po' annacquato. Uno schifo, più o meno, ma oltre ad avere bisogno della mia dose quotidiana di caffeina, sentivo anche la necessità di ingurgitare liquidi. Avevo ancora la bocca e la gola secche dopo il mio breve incontro con Kyle al parco.

«L'ho visto questa mattina al parco, mentre facevo jogging. Anche lui corre, tutti i giorni, ma non di mattina. È stato un caso se ci siamo incontrati».

«Ok, continua».

Incollai la schiena alla porta. «Ho ripreso l'argomento di ieri, gli ho parlato di nuovo delle mie intenzioni».

«Oh mio Dio, mi vergogno per te». Si coprì mezzo viso con una mano. «Questa volta almeno ti ha dato una risposta?»

«Nessuna risposta. Mi ha lasciato al parco, come ieri mi ha lasciato al tavolo della caffetteria».

«Quindi è un no».

«Quindi non lo so. Kyle Rew è stato… strano, ambiguo».

Lexie lasciò il bicchiere a terra. «Noto solo ora che hai un aspetto orrendo. Stai anche tremando, o sbaglio? Ti senti poco bene?»

Scivolai fino al pavimento, dove mi sedetti dando sempre le spalle alla porta.

«Non farmi preoccupare. Cosa è successo? Prima mi dici che hai saltato storia, ora ti vedo tremare. Cosa ti ha fatto quel tipo?»

«Non ha fatto nulla, ma mi ha detto un po' di cose sul suo modo di gestire il sesso».

«Oh, Tamara, per caso devo tapparmi le orecchie?»

«Forse potresti scandalizzarti un po'».

Ci pensò su. «Va bene, cercherò di non scandalizzarmi. In fondo sei mia amica e devo sapere tutto per capire perché in questo momento stai tremando».

«Sto tremando perché stamattina ho preso freddo al parco».

«E la lezione di storia?»

«L'ho saltata perché Kyle mi ha un po' spiazzato. Ritrovarmelo accanto non avrebbe facilitato le cose».

«Quali cose?»

«Mi ha spiegato quanto è stronzo con le ragazze. Fa sesso dove capita, non permette a nessuna di dormire nel suo letto per la notte, odia gli abbracci e il romanticismo, non riaccompagna a casa le ragazze, è egoista quando si tratta di godere».

Lexie ebbe un tremito. «Credi sia violento con le donne?»

«No. Non girano certe voci sul suo conto, non è un ragazzo violento con le donne. E poi è stato proprio lui a mettermi in guardia da se stesso, quindi penso che avrebbe aggiunto questo dettaglio alla sua lista».

«Bene». Sospirò risollevata. «In pratica, Kyle è stato molto schietto con te. Forse non ti ha detto tutto, ma qualcosa sì. Pensavo peggio, sinceramente, considerando il tipo».

«Peggio?»

«Molto peggio, e credimi se ti dico che in giro ci sono soggetti che in confronto Kyle Rew è un santo».

«Ne hai conosciuti?»

«Per fortuna no, ma Robert conosce quasi mezzo mondo e ogni tanto mi rifila qualche storia stramba su personaggi altrettanto strambi». La mia amica scivolò giù dal letto, prese il bicchiere in cartone e strisciò verso di me. «Tu, Tamara, sei come me».

«Sarebbe?»

«Sei una ragazza seria, sei stata solo con Charles».

«Ho avuto altri due ragazzi».

Lei schioccò le labbra. «Sono stati due baci fugaci, niente di più». Mandò giù il caffè. «Se vuoi ritrattare la tua proposta piccante, fallo pure. Smetti di parlare con quel Kyle, fingi di non avergli mai detto niente e amici come prima. Ti capirei se lo facessi. Io non riuscirei mai e poi mai a fare sesso con uno sconosciuto, anche se fosse l'uomo più bello sulla Terra».

«Lui non è uno sconosciuto».

«Eravate iscritti alla stessa scuola elementare e allo stesso liceo, vi siete parlati qualche volta, adesso siete compagni di corso, ma hai sempre ripetuto che non lo conosci veramente».

«Sì, ma non è neppure lo sconosciuto incontrato la sera stessa in un bar».

«Vero».

«Per una volta, voglio mettere da parte i panni della brava ragazza e lasciarmi andare, con lui, perché mi piace davvero tanto».

Lexie piegò le gambe, abbassò la testa e premette le ginocchia sulle tempie. «Non capisco quale sia il problema».

«Kyle tergiversa, è evasivo, continua a trattarmi come sempre. In pratica, nonostante la mia proposta piccante, non è cambiato niente tra noi e forse non cambierà mai. Sembra che si preoccupi per me».

«Motivo per il quale ti avrebbe messo in guardia da se stesso, spiegandoti come si comporta con le ragazze. Tamara, questo fa di lui un ragazzo migliore, almeno con te. Sa che sei una ragazza seria. Lui non ha bisogno di finire a letto con te, ha tutte le altre con cui andare. Sarà per questo che non ti ha mai considerata, come non considererebbe mai una Lexie Iverson mezza talpa, tutto studio e con un fidanzato con cui non fa sesso».

«Pensavo sarebbe stato più facile e divertente, sai… dirglielo, bersi una birra insieme, farlo, godere e via».

Lexie mi stava fissando in modo strano. Forse stava cercando di capire più cose dalla mia espressione o dal mio broncio, piuttosto che dalle parole. L'avevo conosciuta proprio qui, nel dormitorio, essendo la mia compagna di stanza, e da allora eravamo diventate grandi amiche. Lei era molto simile a me: era studiosa, leale, affettuosa con le persone a lei care. A differenza mia, era un po' più chiusa di mente, non ammetteva sbavature nella sua perfezione, né deviazioni dalla strada giusta da seguire, errori. Era molto critica con se stessa, meno con gli altri, e sapeva capirmi, anche quando le parlavo della mia voglia di fare solo un po' di sesso con quel ragazzo.

«Hai paura», disse a un tratto.

Non trovai una sola parola per risponderle, e un sì o un no non sarebbe stato sufficiente.

«Hai paura che possa non piacerti. Sei così abituata al romanticismo, all'amore che hai vissuto con Charles, che hai paura di non riuscire a lasciarti andare».

«Credo di sì».

«Hai paura che il sesso senza coinvolgimento sentimentale, senza metterci il cuore, non ti piaccia. Hai il terrore di non riuscire ad arrivare fino in fondo».

«Penso sia così».

«Se Kyle dovesse portarti a letto, potrai sempre fermarlo, a un certo punto».

«Certo».

La mia amica fece ondeggiare il bicchiere, una goccia di caffè saltò fuori e mi macchiò i jeans. Ci passai sopra la mano e allora mi ricordai di quello stupido dell'amico di Kyle, Ralph Baron, quando al quarto anno delle elementari mi macchiò il vestito sfregandoci sopra dei cioccolatini mezzi sciolti. Era un ricordo datato, molto impreciso. All'epoca me la presi pure con Kyle. Alle elementari tanti bambini si prendevano gioco di me. Per l'esasperazione e le lacrime che versavo, mamma decise di farmi studiare a casa fino all'inizio del liceo.

«Sai che ti dico?». Lexie si sedette accanto a me, con la schiena contro la porta. «Se hai deciso di divertirti con quel ragazzo, che adesso sa tutto, prova a lasciarti andare e vedi come va. Come hai detto tu stessa, male che vada non cambierà nulla. E bene che andrà, potrai sempre tirarti indietro se dovessi scoprire che il tuo concetto di divertimento non coincide col fare sesso senza essere coinvolta dal punto di vista sentimentale. Perciò adesso mi farò una doccia, tu ti cambierai, e quando saremo pronte andremo a fare shopping».

«Lo shopping dovrebbe aiutarmi a combattere le paure del momento?»

«No, ma ti aiuterà a trovare un vestito adatto alla festa di domani».

«Quindi ci andremo?»

«Certo che sì, ma Robert mi ha detto che non sarà assolutamente una festa tranquilla. Ci saranno molto alcol, musica, ragazzi a dorso nudo e ragazze poco serie. Insomma, stiamo parlando di una festa della confraternita».

La prima festa della confraternita a cui andavo, nonostante fossi all'università da quasi due anni. «E tu ci sarai», dissi con tanta incertezza nella voce.

«Non è il tipo di festa a cui mi piace andare, ma di certo non abbandonerò la mia amica. Perciò sì, verrò e staremo insieme, tutto il tempo che vorrai».

Ma dentro di me speravo di stare con Kyle, trascorrere la serata con lui, stesi su un divano o su un letto oppure chiusi nella sua auto. Per le mie paure e il suo comportamento ambiguo, cominciavo a pensare che non sarebbe mai successo.

Dopo due ore e mezzo di shopping, una porzione di tacos piccanti e una Coca-Cola, io e Lexie ci separammo. Lei doveva vedersi con Robert per cenare con lui e la sorella. A differenza mia, poteva mangiare quanto voleva e non metteva su neppure un grammo; io, invece, dovevo tenermi in forma praticando jogging almeno quattro volte a settimana o lesinando su tutto ciò che possedeva calorie.

Poiché non avevo voglia di tornare al dormitorio né di mettermi a studiare, decisi di fare un salto in libreria, poi passai da un negozio di intimo, da uno di scarpe, da uno di borse ma non comprai niente. Alla fine, conclusi il mio giro in città prendendomi un gelato e un'altra bibita.

Per smaltire ciò che avevo mangiato, preferii tornare al dormitorio a piedi. Calcolando dove mi trovavo, avrei impiegato quasi un'ora camminando a passo lento. Me la presi comoda, visto che non avevo né impegni né voglia di chiudermi in stanza.

Svoltai per una strada secondaria, poco trafficata, dove le uniche compagnie erano la penombra e il silenzio. Presi il cellulare per controllare gli orari dei corsi che avrei seguito l'indomani. Avevo gli occhi incollati al display, ero troppo intenta a cercare l'allegato che mi aveva inviato Lexie per accorgermi che stavo procedendo senza guardare la strada.

Quando finalmente riuscii a trovarlo, allargai l'immagine del documento facendo scorrere l'indice e il pollice sullo schermo.

«Alle otto antropologia e...». In quel momento andai a sbattere contro qualcosa. Indietreggiai, stordita per il colpo - anche se era stato un colpo "morbido" - e sollevai lo sguardo.

Kyle spalancò le braccia. «Ero fermo. Mi sono fermato cinque secondi prima che tu mi venissi addosso».

Ebbi bisogno di tutto il mio controllo per restare calma. «Ah, sì. Ok. Scusa. Stavo leggendo gli orari delle lezioni di domani, avevo la testa bassa, non ti ho visto». Riposi il telefono nella tasca dei jeans. «Ti ho fatto male?»

Mi rispose con una breve risata. «No, certo che no. Cosa ci fai qui, alle dieci di sera? È buio, e tu sei una ragazza che cammina da sola. Non è sicuro». Si avvicinò. Era ciò che volevo, eppure arretrai di ben tre passi. Kyle piegò il capo, uno strano sorriso gli attraversò mezza faccia. Era il sorriso che gli avevo visto rivolgere a molte ragazze.

«Stavo passeggiando», risposi.

«Passeggiavi? Perché proprio qui? Non è sicuro», mi ripeté.

Non capivo perché tanta apprensione verso di me, che tra l'altro ero abbastanza grande da conoscere i pericoli, evitarli e saper badare a me stessa. «Ho deciso di allungare la strada per camminare un po' di più. Ho preso questa per allontanarmi dalla confusione delle vie principali». Quando Kyle si fece avanti, io ripetei i miei passi all'indietro ma camminai storta e finii con la schiena contro la recinzione di un'abitazione. «Comunque stavo tornando al dormitorio».

«Io a casa».

Intorno a noi non c'era nessuno. La casa sull'altro lato della strada doveva essere disabitata, perché le luci erano spente e non si sentivano suoni; quella dietro di me era molto silenziosa e per via dell'ampio giardino era anche molto distante da dove ci trovavamo.

Nella semioscurità della sera, Kyle era ancora più bello, ma era anche strano. I suoi occhi sembravano neri e non verdi. Mi fissava con l'insistenza di chi vuole qualcosa, e mi stavo sentendo a disagio perché proprio non riuscivo a capirlo.

Senza dirmi una parola, la sua figura di un metro e ottantacinque mi si piazzò davanti. Smise di sorridere e si morse il labbro di sotto, poi mi bloccò la gamba sinistra premendomi il ginocchio sulla coscia.

Che cosa significava?

Kyle avvicinò il viso, mentre il suo profumo - forse la colonia - mi privava della ragione. Avrei scopato con lui solo per il suo profumo, mi regalava brividi freddi e fuoco sulla pelle, un mix di sensazioni esplosive.

«Mmm, ciao», mi disse. In quell'esatto istante, mi resi conto che aveva bevuto, perché il suo alito sapeva di birra e di qualche altra bevanda alcolica.

«Mmm, ciao», ripetei.

Il suo ginocchio continuava a premere sulla mia coscia, il

suo viso era più vicino di prima. Volevo baciarlo, ma avevo la fottuta paura di sbagliare qualcosa, di dover aspettare che fosse lui a fare la prima mossa.

La fronte di Kyle si attaccò alla mia. Non mi sembrava vero. Chiusi gli occhi. Per l'agitazione, il torace mi traballava, i respiri sembravano gemiti.

Quando le sue mani mi strinsero i fianchi, sollevai di colpo le palpebre e reclinai di poco la testa all'indietro. Kyle continuava a fissarmi dritto negli occhi, a mordicchiarsi il labbro inferiore. Non potevo starmene ferma, senza fare qualcosa, ora che finalmente ne avevo l'occasione; ora che neppure un briciolo di inutile paura stava minando le mie intenzioni.

Mi scostai dalla recinzione, sollevai le braccia e le incrociai dietro il suo collo. Pochi secondi dopo, avevo già le mani immerse nei suoi capelli.

Il ginocchio di Kyle scivolò lento sulla mia coscia, poi si staccò. Eravamo vicini, ma adesso che aveva allontanato la gamba dalla mia non eravamo più tanto attaccati.

Mossi le mani più velocemente tra le sue onde nere, gli sfiorai la nuca e sentii i muscoli del collo che si contraevano. Il suo respiro divenne pesante e rumoroso, adesso il suo sguardo si spostava dai miei occhi alle labbra.

A un tratto, mi ritrovai Kyle addosso, le mani che mi stritolavano i fianchi. Andai a sbattere contro la staccionata e fu il dolore più piacevole che avessi percepito fino a quel momento. Mi partì un gemito, che ricacciai subito indietro.

«Non ti dà fastidio che io abbia appena fatto sesso con un'altra, vero?». La sua bocca era a pochi centimetri dalla mia.

Per qualche secondo rimasi a corto di parole. «So di non avere l'esclusiva su di te, quindi no, non mi dà fastidio e non ci rimango male». Ma l'idea di baciare labbra da poco baciate da qualcun'altra non mi faceva impazzire di gioia.

«Sicura?»

Annuii.

La bocca di Kyle mi sfiorò il collo. Strizzai gli occhi per

l'ondata di emozioni che mi stava travolgendo. Se mi bastava così poco per trasalire, cosa sarebbe successo dopo il sesso con lui?

Kyle chiuse le labbra su un lembo di pelle e succhiò, piano, poi lo lasciò andare. Riprese a baciarmi un po' più sopra, vicino all'orecchio. Il rumore che fece la sua bocca mi privò dell'aria. Sentii la punta della lingua che mi solleticava il lobo, il petto di Kyle che spingeva sul mio.

Tentai di aprire un po' le gambe, ci fu uno strofinio di jeans. Lo sentii tra le cosce. Duro. Eretto. Grosso.

«Lo faremo… lo faremo qui?», chiesi ansimando.

Lui si bloccò. «Come?»

Inspirai il suo profumo misto all'odore dell'alcol. «Parlo del sesso. Lo stiamo per fare qui, in mezzo a una strada?».

«No». Mi prese il viso tra le mani, bloccandolo.

Sarebbe bastato un piccolissimo movimento per assaggiare le sue labbra. Non aspettavo altro.

«In auto?», continuai con le domande.

«Sono venuto a piedi. Ho bevuto troppo, non era prudente mettermi alla guida». Mi guardò a lungo negli occhi. «Casa mia è a circa quindici minuti da qui».

Mossi lentamente la testa per rispondergli che andava bene. A quindici, trenta minuti o a due ore da qui, non avrebbe fatto alcuna differenza per me. Lo avrei seguito ovunque.

Senza staccare le mani dal viso, mi passò i pollici sulle guance. Aveva ripreso a mordicchiarsi il labbro di sotto. Io invece mi ero bagnata per quei brevi attimi di contatto che c'erano stati tra noi, e il mio respiro non si accingeva a calmarsi. Quando pensai che stesse per baciarmi, la sua attenzione fu catturata da qualcosa che si trovava sulla mia fronte. Vi passò sopra il pollice e allora capii. Si trattava della piccola cicatrice che mi ero fatta al quarto anno delle elementari, quando alcuni bambini mi presero a sassate. Ricordavo quell'episodio e le lacrime che versai. Non seppi mai con certezza chi furono i colpevoli, ma secondo il mio istinto era stato Cole Garyson, il teppistello dell'anno prima del mio, insieme a qualche suo amico. In seguito venni a sapere che si era ritirato da scuola ed era stato poi affidato ai servizi sociali.

Nel frattempo lo sguardo di Kyle si era incupito. Con un passo indietro interruppe il contatto tra i nostri corpi e anche quello visivo. Ora si guardava intorno. Sembrava malinconico, ma non lo conoscevo così bene da esserne certa.

«Perché non prendi un taxi?», disse all'improvviso e guardando nella direzione per il dormitorio.

Mi staccai dalla recinzione e mi passai le mani tra i capelli, poi mi sistemai la maglia, come se mi stessi ricomponendo anche se non ce n'era bisogno. Era un modo come un altro per fingermi impegnata e prendere tempo. Non sapevo che dire e non capivo perché Kyle tutt'a un tratto si fosse allontanato e volesse mandarmi via.

«È tardi, dovresti considerare l'idea di tornare al dormitorio in taxi».

Pensavo che saremmo andati a casa sua. Non lo dissi, perché non volevo sentirmi dire un no secco, accompagnato da qualche altra parola poco carina.

«Ho ancora voglia di camminare, perciò tornerò al dormitorio con le mie gambe».

«Ti accompagno».

Rimasi interdetta. Ma lui non era quello che scaricava le ragazze senza riaccompagnarle a casa? E tecnicamente mi aveva incontrato lì, non eravamo usciti insieme, quindi c'erano ancora meno motivi per farmi da scorta.

«Ci vorranno circa quarantacinque minuti, trenta a passo rapido. E il dormitorio è dalla parte opposta rispetto a casa tua».

«Anch'io ho voglia di camminare».

L'alcol e il sesso dovevano avergli dato un po' alla testa, perché Kyle si comportava proprio in modo strano.

Camminammo vicini, con un passo quasi sincrono nonostante le sue gambe fossero ben più lunghe delle mie. E per tutto il tragitto, non ci scambiammo nemmeno una parola.

Avevo vagliato tutte le possibili conversazioni e il cento per cento mi era parso stupido e inutile, per questo motivo avevo scelto il silenzio. Inoltre ero ancora scossa dal breve momento di passione che c'era stato tra noi. Dio quanto avrei voluto che si fosse spinto più in là... Che almeno mi avesse baciato. Come avrei fatto a dormire, dopo quello che era successo?

Con tutti questi pensieri nella testa, mi accorsi in ritardo che la struttura rossiccia davanti a noi era proprio il dormitorio.

«Sono arrivata». Salii i grossi scalini.

Kyle mi seguì. Si addossò a un battente del portone, le mani nelle tasche, la testa incassata tra le spalle.

Perché eravamo lì? Perché non mi aveva portata a casa sua?

Ero troppo confusa. Non lo salutai, non gli rivolsi l'augurio della buonanotte. Aprii il portone e mi fiondai dentro. Quando mi voltai per richiuderlo, Kyle stava già scendendo gli scalini.

Lineville, cinque anni prima

Guardai di sfuggita la mia immagine riflessa nel vetro sporco della finestra della scuola. Dovevo ancora abituarmi al mio nuovo taglio di capelli: corto, cortissimo, tant'è che sotto quelle che Ralph chiamava "setole nere" si vedeva lo scalpo. Però piacevo alle ragazze, forse più di prima, perché tutte non facevano altro che fissarmi quando passavo per i corridoi.

Mi fermai davanti al mio armadietto. Nell'allungare il braccio per prendere i libri di testo, i muscoli tra le spalle si tesero regalandomi una pugnalata di dolore. Due giorni prima mi ero fatto fare un tatuaggio tra le scapole, con la scritta LIFE SUCKS (LA VITA FA SCHIFO). Sebbene Ralph e Adrian mi avessero consigliato un tatuaggio diverso e meno legato al momento, ero stato ben felice di aver fatto quella scelta.

In quel periodo la pensavo proprio così. La vita faceva schifo. Mio padre si era invaghito di una donna molto più giovane di lui, aveva fatto i bagagli e con in mano un biglietto aereo era partito per Porto Rico, lasciando la sua famiglia. Mamma era scivolata nel lungo e buio tunnel della depressione. Durante l'estate era entrata e uscita da un centro di disintossicazione da alcol per tre volte e io avevo dovuto badare a lei, alla casa, alla spesa, a tutto, mentre mia nonna settantenne, con un principio di Alzheimer, fingeva di occuparsi di me. Inoltre era iniziata da poco la scuola e non si prometteva un bell'anno, perché con tutti questi casini il mio cervello non aveva né voglia né tempo da dedicare allo studio.

Le mie uniche consolazioni erano Ralph e Adrian, amici inseparabili, e le ragazze. Grazie alle conoscenze di James, il fratello maggiore di Ralph, avevo fatto sesso per la prima volta a tredici anni con una biondina più grande di me. Da allora non mi ero più fermato. Avevo infilato il pisello tra le cosce di non so più quante ragazze.

«Kyle, da questa parte», mi chiamò Adrian.

Dalle espressioni stravolte o gli occhi arrossati, capii che lui e Ralph avevano fumato uno spinello.

Tutti e due mi spinsero nel bagno dei maschi. «Adrian, pensa alla porta».

Adrian afferrò la maniglia con entrambe le mani. «Se fate in fretta è meglio».

«Ci metteremo due secondi».

«Di che si tratta?», domandai a Ralph, che stava cercando qualcosa nel suo zaino.

«Devo mostrarti una cosa molto interessante». Spazientito dalla ricerca, capovolse lo zaino e lo scrollò facendo cadere tutto sul pavimento. Dopo aver sistemato i capelli dietro le orecchie, si inginocchiò a terra per spostare quaderni, penne, un contenitore per i sandwich. A differenza mia che avevo dato un taglio netto ai capelli, Ralph li portava lunghissimi. Non li tagliava dai tempi delle medie. Erano castani con qualche riflesso più chiaro conquistato col sole dell'estate. Gli arrivavano oltre le scapole. Sembrava un membro di una band musicale.

«Trovata, eccola. Stavo pensando di averla persa».

Guardai la piccola confezione trasparente che stringeva tra le dita. «È quella che dovevi mostrarmi?»

«Ah-ah».

«Sbrigatevi, sento dei passi in avvicinamento», ci avvisò Adrian.

«È droga».

«Mio fratello la chiama borotalco». Ralph mi lanciò la bustina. La presi al volo, la rigirai tra le dita e gliela restituii. «Che c'è? Non ti interessa? Ti aiuterà a uscire dai casini. Io e Adrian l'abbiamo provata e ci siamo fatti un viaggio stupendo. È come fumare numerosi spinelli uno dietro l'altro».

Poiché Ralph non se la riprendeva, raccolsi il suo zaino da terra e la lasciai ricadere dentro. «Tieni. Non mi interessa».

«Merda! Che cosa hai che non va? In un secondo hai distrutto il nostro entusiasmo. Pensavamo avresti gradito il mio regalo».

«Grazie per il regalo ma mi accontento di uno spinello e qualche birra».

«Ralph, prendi la tua roba e usciamo da qui. Stanno per cominciare le lezioni. E se qualcuno vuole entrare in bagno, non posso murare la porta col mio corpo per sempre».

«Dio, che giornata di merda che si prospetta. Siete più noiosi di mio nonno». Cominciò a infilare nello zaino tutta la sua roba, con rabbia e sbuffando. Ralph era fatto così, si incavolava facilmente, aveva sempre bisogno di sfogare il suo nervosismo in qualche modo. Quando ebbe finito con lo zaino, parve già più calmo. «Siccome tengo ai miei amici e non voglio vederti angosciato», riprese rivolgendosi a me, «ho un altro regalo che penso possa piacerti».

Approfittai di essere al bagno per abbassarmi i pantaloni e urinare nel water. «C'è qualche festa in programma?», chiesi dandogli le spalle.

«Sì, tra una settimana, vero Adrian?»

«Samantha, la nostra compagna di classe. Organizza sempre una festa di inizio anno scolastico. Ho sentito che sabato prossimo dovrebbe avere casa libera e se tutto va bene ci sarà la solita festicciola». Sentii Adrian che si spostava dalla porta.

«Non è questa la mia proposta. Pensavo di farti uscire con la mia ex babysitter».

Emisi un fischio di approvazione. «Jule?»

«Oh, sì».

«Quella Jule?»

«Proprio così. Te la ricordi bene?»

«Io sì». Adrian saltò sul davanzale della finestra. «Lunghi capelli rossi, seno abbondante, culo sodo e gambe toniche. Era stupenda».

Dopo aver tirato lo sciacquone, andai al lavandino per lavarmi le mani. «Non è troppo grande?»

«Anche James è piccolo per Jule, ma ti assicuro che lei non si è mai fatta problemi».

«Interessante», commentai. Avevo incontrato Jule a casa di Ralph quando frequentavamo le elementari. Io, lui, suo fratello e Adrian ce n'eravamo innamorati alla follia. All'epoca faceva la babysitter per la famiglia Baron, quindi per Ralph e James.

«Facciamo stasera, che ne dici?», mi propose.

«Ehi, perché non pensi anche un po' a me. L'unica ragazza che mi hai presentato è stata Nancy, quella del primo anno. Orrenda e con la parlantina da saputella».

«In questo periodo Kyle ha più bisogno di noi di svagarsi, e poi lui rappresenta il tipo ideale per la mia ex babysitter. Non le piacciono i ragazzi con i capelli biondi e gli occhi chiari come i tuoi, li ha sempre trovati effeminati».

«Quella Jule non capisce un tubo».

«Allora, Kyle? Stasera va bene?»

«Non lo so, devo vedere».

«Come devi vedere? Ho bisogno di una risposta, se vuoi che organizzi la serata. Andremo in qualche bar e poi vedrai tu cosa fare con Jule».

«Dipende da come sta mia madre, lo sai». Dovevo pensare sempre prima a lei, poi a me. Una delle ultime sere l'avevo trovata riversa sul pavimento, annientata dai fiumi di alcol ingurgitati. Nel portarla a letto, si era vomitata addosso, così avevo dovuto pulirla, aiutarla a cambiarsi e poi farla stendere e restare con lei per calmare una crisi di pianto isterico.

Ralph mi prese dalle spalle e mi fece voltare dalla sua parte. «Ascolta Kyle. Dopo la scuola vieni da me. Viene anche Adrian». Lo guardò.

«Per me va bene», disse lui.

«Mangiamo qualcosa, giochiamo con la playstation, studiamo un po', ci facciamo un giro e poi usciamo con mio fratello e ci vediamo con le sue amiche e con Jule. Non passare da casa tua, solo per oggi. Goditi la giornata».

«E la scopata», scherzò Adrian.

«Penso che Jule non si spinga fino in fondo con un ragazzo più piccolo, ma sa il fatto suo. Ok?». Mi diede un'energica scrollata.

Ci pensai un attimo. Il mio amico aveva ragione. Avevo passato un'estate di merda. Nessun viaggio, nessun diversivo, sempre e solo a casa, preoccupazioni per mia madre, rabbia inesplosa per l'assenza di papà. A parte poche sere e qualche pomeriggio trascorso fuori, dopo la scuola tornavo sempre a casa e mi sforzavo di essere un bravo ragazzo, un figlio prodigo, una presenza vicina per mia madre.

«Ok», dissi infine.

«Oh, bene, non te ne pentirai».

«Che ne dite di andare? Qui c'è puzza e per parlare non abbiamo nemmeno fumato uno spinello».

«Sì, usciamo dai cessi, è meglio».

Dopo esserci spostati nel corridoio, ci fermammo di nuovo per scambiare qualche parola con alcuni compagni. Quella mattina ero un po' assente con la testa, quindi mi persi il novantanove per cento della conversazione. Continuavo a pensare a come in pochi mesi tutto fosse cambiato nella mia famiglia e come gli sbagli dei miei genitori e le loro scelte infantili si stessero ripercuotendo sulla mia tranquillità. Se me ne fossi andato di casa, chiudendo i rapporti con tutti, sarei stato meglio. Ma non potevo farlo, ero minorenne, e non volevo. Non potevo abbandonare mamma. Aveva bisogno di me.

Ci stavamo avviando verso l'aula, quando Ralph mi piazzò un gomito nel fianco. «Ancora non te l'ho detto. Sai chi è quella?». Mi indicò una ragazzina dai capelli biondi e la corporatura esile. Aveva un abitino intero rosso a motivi floreali. Sembrava una ragazza perbene, fin troppo curata nei dettagli per avere la sua età.

«No, chi è?»

«La Jones».

Inciampai nel mio stesso piede.

«Non ti ricordi di lei?»

«Principessa Antipatia», mi ricordò Adrian.

La guardai meglio. Quando mi passò vicino, ci scambiammo un'occhiata. Chissà se si ricordava di quel bambino che l'aveva bloccata dai polsi e si era preso tanti calci da parte sua e una pedata sul piede. Io mi ricordavo perfettamente di lei, ma era cambiata tantissimo. Era cresciuta. Era una donna ormai. Ed era più che carina, ma troppo perfettina ed elegante. Dopo il quarto anno delle elementari, i genitori l'avevano ritirata da scuola e l'avevano fatta studiare a casa, perché molti compagni le avevano reso la vita impossibile. Questo mi aveva raccontato Ralph, e infatti non si era più vista. Io non l'avevo più incontrata nemmeno in città. E a quanto pareva, i genitori avevano deciso di farla riscrivere a scuola per frequentare il liceo.

«Matricole, tutte uguali», bofonchiò Adrian. «Si mettono in ghingheri per fare la sfilata e farsi notare dai ragazzi più carini. Puzzano ancora di latte e non hanno nemmeno le tette».

«Che dici? Hanno già le tette, solo che alcune sono così piccole che non sembrano essersi sviluppate».

Se la risero.

«Allora, te la ricordi o no?», insisté Ralph.

«Sì, me la ricordo». Mi voltai per guardarla anche da dietro, visto che ci aveva superati.

«Lei no, credo. Ma se sentisse i nostri nomi, sono certo che si ricorderebbe dei cioccolatini sulla sua bella gonnellina bianca».

«La prenderei volentieri di mira, ancora».

All'affermazione di Adrian, mi venne d'istinto di trucidarlo con un'occhiata astiosa ma lui non se ne accorse.

«Meglio di no. Non mi va di avere a che fare con quello sfigato che le sta sempre appiccicato».

«Quale sfigato?», domandai.

Ralph me lo indicò. «Charles Preston. Fondi di bottiglia al posto degli occhiali, capelli sempre in ordine, camicie stirate e profumate. I miei conoscono la sua famiglia. Il padre è reverendo. Sicuramente lui e la Jones finiranno insieme e forse si sposeranno pure».

Rimasi a guardare Tamara e il suo amico fino a quando Ralph non richiamò la mia attenzione. «Quella alla tua destra invece è una matricola da tenere d'occhio. Dimostra diciassette anni ed è bella da togliere il fiato».

Era una moretta tutta sorrisi e occhiate languide. Ed era bella, molto, e aveva un seno che fuoriusciva da una maglia elasticizzata e troppo scollata. Portava un piercing sul labbro e una sfilza di anelli argentati su un orecchio. Mi sorrise, le sorrisi, ma mi dimenticai presto di lei e cercai di nuovo Tamara. Tamara Jones. Non la vidi. Era già entrata in classe.

«Jule, fa' piano. Rallenta».

La mano di Jule smise di muoversi. «Shhh», mi rimproverò. «So quello che sto facendo».

«Mi manca davvero poco, sono vicinissimo a venire». Spostavo gli occhi da lei al mio pene gonfio ed eretto che spuntava da fuori i jeans. Dopo aver trascorso qualche ora in un bar con i miei amici, io e Jule ci eravamo spostati nella sua auto. Eravamo sul sedile posteriore, dove lei mi stava facendo una sega.

«Allora smetti di parlare e goditi il momento. Ci penserò io a tutto». Lo riprese in mano e poi si chinò. Appena la sua bocca lo accolse tra le sue pareti calde, reclinai la testa all'indietro e serrai gli occhi. Era fantastico. Jule aveva una grande esperienza, era sicura di sé e di ciò che stava facendo. Mi piaceva perché era una bella ragazza, possedeva il fascino della donna più grande, niente di più.

Quando cominciò a succhiare più forte, mi venne di prenderla dai capelli per guidarla meglio sul mio pene e imporle un ritmo più calmo. Sotto il palmo della mano avvertii quanto crespi fossero i suoi ricci. Mi distrassi per qualche secondo, non so perché. Mi immaginai di trovarmi con un'altra ragazza lì dentro, di accarezzare lunghi capelli lisci mentre lei me lo baciava con dolcezza e trasporto.

Mollai la presa, Jule intensificò i movimenti della mano e della bocca e l'immagine di quella ragazza svanì. Riaprii gli occhi incontrando lo sguardo malizioso dell'ex babysitter di Ralph. Rantolai a lungo mentre l'orgasmo mi scuoteva tutto. Come sempre, avevo provato solo un grande piacere sessuale, in seguito il vuoto.

Dopo essermi sistemato, uscii dall'auto di Jule e me ne tornai a casa a piedi. Mi stupii nel vedere le luci del pianterreno accese. Era l'una passata, mia nonna dormiva già da quattro ore, mia madre doveva essere a letto, ma forse aveva bevuto e si era addormentata in soggiorno con una bottiglia in mano e la TV accesa.

A giudicare dalla confusione che trovai quando aprii la porta, mamma aveva alzato il gomito. La TV era spenta, lei era seduta sulla poltrona ed era sveglia. Non appena mi vide, mi venne incontro correndo. Aveva i capelli in disordine, gli occhi arrossati, la vestaglia allacciata storta che pendeva tutta da una spalla.

«Kyle, dove diamine sei stato? È mai possibile che non ci sei mai quando ho bisogno di te!»

Richiusi la porta sbattendola. «Mi sono visto con Ralph e Adrian», risposi calmo, ma non lo ero per niente. A terra, vicino alla poltrona, c'erano lattine di birra. Sul tavolino accanto al mobile della TV c'era una bottiglia di bourbon.

Mamma arrivò barcollante. Dovetti prenderla dalle braccia prima che ruzzolasse a terra. Cominciò a piangere, di nuovo. Una delle sue tante crisi isteriche.

«Sei sparito, pure tu. Ti ho cercato dappertutto», singhiozzò.

Mentiva. Il mio cellulare non aveva mai squillato, non c'era stata nessuna chiamata, nessun messaggio.

«Ora sono qui, calmati. Va tutto bene». La riaccompagnai verso la poltrona, ma lei si girò di scatto. Mi guardò rabbiosa, aveva un'espressione da pazza. Stava male e io stavo male a vederla in quello stato.

«Ha chiamato tuo padre».

«Cosa?»

«Quel bastardo ha chiamato per parlarmi di Michelle, la sua donna, e del bambino che stanno aspettando. Lei è al quarto mese di gravidanza. Lo sapevi?»

Abbassai lo sguardo sulle lattine. Mi chiesi cosa fosse peggio, che mamma bevesse o che mio padre aspettasse un figlio da un'altra. «No. Non lo sento da quando se n'è andato di casa».

Mamma cominciò a dimenarsi come se il suo corpo le stesse stretto e avesse bisogno di disfarsene. «Maledetto che non è altro! Mi ha lasciato qui, da sola».

«Ci siamo io e nonna», le ricordai.

A quel punto, vidi la sua mano tremolante che si sollevava e poi si abbassava veloce sul mio viso. Il suo schiaffo fu ridicolo, un atto di violenza che rimase inesploso. Ma fece male ugualmente. Me lo meritavo, non me lo meritavo?

«Tu non ci sei! Preferisci i tuoi amici a me, scappi dai problemi, da questa casa, per divertirti. È questo che fai!»

«Sai che non è vero», mormorai.

«Stasera avevo bisogno di te dopo la telefonata di tuo padre, ma tu non c'eri. Con chi potevo parlare, eh? Con chi? Mamma dormiva da un pezzo, tu non rispondevi al telefono». Stava vaneggiando, era colpa dell'alcol. Non mi stupivo neanche più, non difendevo la mia posizione perché non sarebbe servito a nulla. Non mi sentivo in colpa per essere stato prima con i miei amici poi con Jule, ma non mi sentivo neppure bene.

«Così hai deciso di bere».

«No».

«Mamma, hai bevuto. Sei ubriaca, puzzi di alcol, ci sono lattine ovunque».

«No!», sbraitò. «E comunque non è questo il problema!»

«Sono mesi che entri ed esci dal centro di disintossicazione. Qual è il problema, se non è questo?»

Mamma scivolò a terra e si prese la testa tra le mani. «Tuo padre è il problema. Non dovevo chiamarlo».

«Quindi l'hai chiamato tu, non è stato lui a mettersi in contatto con te».

«Avevo bisogno di sentire la sua maledetta voce. Quel figlio di puttana stava scopando quando l'ho chiamato. Però l'ho interrotto sul più bello, ne sono felice». Riprese a piangere e a dimenarsi.

Rimasi lì impalato, ad aspettare che la sua crisi passasse. Poi la aiutai a mettersi a letto. Per fortuna quella sera non vomitò e si addormentò anche abbastanza in fretta.

Stavo per andare in camera mia, quando pensai di uscire di nuovo. Prima misi a posto il soggiorno, raccolsi le lattine vuote e le buttai nella pattumiera; svuotai il bourbon nel lavandino, infine caricai la lavastoviglie con i piatti sporchi e la avviai.

Erano le due e mezzo del mattino quando giunsi sotto casa di Ralph. Provai a svegliarlo con una serie di squilli sul cellulare, che lui lasciava sempre acceso. I suoi non c'erano - come spesso accadeva - e al bar suo fratello aveva comunicato a tutti la sua intenzione di passare la notte fuori, con una certa Tessa.

La luce nella sua camera si accese. Mi spostai verso la porta, che si aprì qualche minuto dopo.

«Ehi, Kyle, che ci fai qui? È successo qualcosa?»

«Sei solo?»

«Sì».
«Ti ho svegliato?»
«Sì, ma mi sono messo a letto meno di un'ora fa. Allora?»
«Ce l'hai ancora quella bustina piena di polvere bianca?»
Lui ammiccò. «Più di una. Entra e chiudi la porta».
La vita faceva schifo.

CAPITOLO QUATTRO

Lexie imitò il passo ancheggiante di una fotomodella, sfoggiando soddisfatta il suo abbigliamento. Aveva messo da parte lo stile semplice e sobrio che la caratterizzava, per indossare una maglia traforata nera dalla scollatura a V, pantaloni di pelle, cintura con le borchie e stivaletti col tacco. Stava bene, era più trasgressiva. Approvai la sua scelta con un lungo applauso.

«Tocca a te. Fammi vedere come stai». Con un movimento della mano, mi esortò ad alzarmi dal letto. Una volta in piedi, mi squadrò attentamente, poi mi prese dalle spalle, mi fece voltare e mi diede una pacca sul sedere. «Sei perfetta, stai benissimo. Sei fin troppo sexy».

«Dici?». Mi avvicinai allo specchio con fare incerto. Camminare sui tacchi non era mia abitudine. Avevo comprato quegli stivaletti due anni prima e questa era la seconda volta che li indossavo. Erano un po' stretti sul dorso, le dita dei piedi facevano male per via della punta affilata, ma non avevo altre scarpe che andassero bene col vestito.

«Sul serio, Tamara. In due anni che ci conosciamo, questa è la prima volta che ti vedo così bella e radiosa. E sexy, ovviamente. Ho paura che stasera dovrai tenere a bada molti maschietti. Dubito che ti lasceranno in pace, non appena ti vedranno alla festa».

«L'unico ragazzo che non terrò a bada è Kyle, a patto che lui ci provi con me».

La mia amica sospirò mentre si spostava dietro di me. «Se nonostante l'abito e i tuoi splendidi capelli Kyle non si farà avanti, allora il mio consiglio è di mettere da parte i tuoi istinti di saltargli addosso». Provò a tirarmi un po' giù la gonna. Avevamo comprato quel vestito insieme la sera prima e nel pomeriggio, dopo le lezioni, ero passata dalla sartoria per ritirarlo. Adesso era perfetto, stretto al punto giusto sui fianchi, con una scollatura a cuore sostenuta da un corpetto rigido e scomodo, una gonna nera ed elasticizzata. «Penso che il tuo vestito sia troppo corto». Più le sue mani tentavano di far scivolare la gonna fin sopra le ginocchia e più la gonna tendeva a risalire. «Fa' due passi per la stanza».

«Perché?»

«Tu cammina, devo valutare una cosa».

Andai verso il bagno, mi voltai e tornai in direzione dello specchio.

«Caspita, la gonna sale a ogni passo che fai. Ti si vedranno le mutande».

«Vorrà dire che passerò tutto il tempo ad abbassarmela».

«Mmm».

Ruotai gli occhi al cielo. «Non sono così pudica come te, perciò smettila di preoccuparti e andiamo. Robert sarà qui a momenti».

«Il mio cellulare ha squillato mentre ero in bagno. Forse è di sotto che ci aspetta».

Ero già nel corridoio quando Lexie mi chiamò indietro. «Tamara, i capelli». Mi sistemò un'onda sulla guancia e mi sorrise. «Kyle Rew non è l'unico ragazzo sulla faccia della Terra. Se vuoi spassartela con qualcuno, stasera avrai l'occasione di conoscere tante persone nuove. Chissà, magari incontrerai l'uomo per cui perderai la testa».

«A una festa della confraternita? Ne dubito».

«Be', mai dare nulla per scontato. Andiamo!»

Come aveva previsto Lexie, Robert ci stava aspettando in

auto da più di dieci minuti. Quando quei due si salutarono sbaciucchiandosi e guardandosi a lungo negli occhi senza dirsi nulla, pensai che l'amore non mi mancava per niente. La mia relazione con Charles era stata un fallimento completo, un finto amore a cui mi ero appigliata per tanto tempo perdendomi i migliori anni della mia giovinezza. Avevo trascorso tutto il liceo con lui. Avevo perdonato il suo primo tradimento, pensando si fosse trattato solo di una scappatella senza significato, un errore che può capitare a chiunque. E mentre io credevo di amarlo e provavo ad amarlo, lui fingeva di essere un'altra persona, ossia l'innamorato e serio Charles Preston, che in verità non era. Per colpa dell'educazione troppo rigida, era cresciuto reprimendo gli impulsi, le sue aspirazioni, la voglia di divertirsi. A un tratto, il suo io represso era venuto a galla, seppur di nascosto, e io ne avevo pagato le conseguenze.

No, non mi mancava l'amore. Dopo quattro anni passati con Charles e circa un anno trascorso in solitudine - una solitudine interrotta da alcuni baci scambiati con due mezzi sconosciuti - adesso volevo solo divertirmi un po'. E volevo divertirmi con Kyle Rew.

La casa dove si teneva la festa era illuminata a giorno. Aveva un giardino sul davanti molto spazioso e ornato di festoni e palloncini colorati che pendevano dagli alberi. Il vocio degli invitati, le risate, le urla superavano il volume della musica. La fortuna era che l'abitazione si trovava in una zona isolata, perciò nessuno si sarebbe lamentato del baccano.

Robert ci spiegò che nella casa abitavano quattro ragazzi e un numero imprecisato di ospiti di sesso femminile a tempo determinato. Ci mise in guardia da un certo Nathan, uno dei quattro coinquilini, che spesso si lasciava andare a commenti spinti o allungava le mani quando non doveva.

«Ciao ragazzi. Ciao Robert, loro devono essere Lexie e Tamara». Chi aveva aperto la porta era un ragazzo dai capelli rossicci, gli occhi color nocciola e un sorriso simpatico.

«Sì, lei è Lexie, la mia ragazza», ci tenne a precisare.

«Lei invece è Tamara, la mia migliore amica e compagna di stanza al dormitorio».

«Io sono Oscar. Piacere». Strinse la mano a me e a Lexie, su cui i suoi occhi indugiarono più del dovuto. Vidi Robert innervosirsi e prendere subito la mia amica sottobraccio. I maschi, tutti uguali: gelosi fino al midollo quando un altro maschio si insinua nel loro raggio d'azione.

«Entrate pure, c'è molta gente. Vi divertirete. Se avete sete, sul retro trovate i fusti di birra». Oscar si mise due dita in bocca e fischiò forte. Al suo richiamo, sopraggiunsero dall'altra sala tre ragazzi. Visti da lontano sembravano simili: stessa altezza, spalle larghe, dorsi nudi. Che ci facevano a dorso nudo? Trovai presto la risposta guardandomi in giro. C'erano più persone senza maglietta o camicia di quelle vestite. Anche alcune ragazze indossavano solo il pezzo di sopra del costume e sotto una gonna, jeans o short. In casa faceva caldo, ma fuori l'aria era fresca e io sentivo un po' freddo col mio vestito corto e scollato. Come facevano loro a stare bene così svestite?

Oscar ci presentò i suoi amici. «Loro sono Seth, Wade e Nathan. Abitano qui con me. Se avete bisogno di qualcosa, chiedete pure a uno di noi».

Li salutammo. Lexie sembrava intimidita dai loro corpi mezzi nudi, a me invece non facevano alcun effetto. Quando guardai meglio Nathan, capii perché Robert lo aveva descritto come un molestatore di ragazze. Nonostante il fisico asciutto e un po' di muscoli, era bruttino, col naso storto, i denti non allineati, gli occhi piccoli. Probabilmente non aveva successo con le donne e cercava di ottenerlo da sé allungando le mani a destra e sinistra.

«Noi andiamo al bagno, Robert. Ci vediamo tra un po'». La mia amica mi trascinò sul retro. Quando vedemmo corpi mezzi nudi ballare vicini e strofinarsi nella mischia, esclamammo insieme: «Ohhh!».

«Ma dove abbiamo vissuto fino a questo momento?», mi

chiese lei.

«A Lineville le feste non erano poi tanto diverse, però erano un po' più sobrie e non c'erano tutte queste persone nude».

«A New Hope, dove sono cresciuta, non mi è mai capitato di imbattermi in tanti corpi nudi in una volta sola. Robert mi aveva avvisato, però non credevo che lo spettacolo sarebbe stato preciso come le sue parole».

In un angolo del giardino c'erano delle persone che bevevano, giocavano a non so cosa e fumavano. Scorsi qualche coppietta che si toccava senza porsi il problema di essere guardata. Quando mi accorsi che la mano di un ragazzo avanzava sotto la gonna di una, distolsi subito lo sguardo. E mi intristii. Kyle era tra queste persone? Si stava strofinando su un corpo femminile o stava allungando le mani nelle mutandine di qualcuna?

Nonostante avessi sondato la situazione, non lo vidi. «Non c'è», dissi a Lexie.

«Già, mi dispiace. Non mi pare di averlo visto dentro», fece lei. «Ma arriverà, sta' tranquilla. Se non dovesse venire, ci divertiremo ugualmente».

Presi la sua mano. «Non pensare a me. Goditi la tua serata con Robert. È già abbastanza geloso delle occhiate che ti hanno rivolto i coinquilini della casa. Se passi tutto il tempo con me, col pericolo di essere avvicinata da qualcuno, penso che impazzirebbe».

Lexie se la rise. «Sì, Robert è abbastanza geloso ma mi conosce. Sa che non guarderei mai nessuno in un certo modo né lo tradirei». Si volse per cercarlo, mentre io cercavo disperatamente Kyle. Forse si stava facendo una sveltina con qualcuna in macchina, perciò non era ancora alla festa. «Senti, facciamo così. Ci beviamo qualcosa, poi io sto un po' con Robert e tu fai un giro di ricognizione per la casa alla ricerca di Kyle o stai con noi o fai quello che vuoi».

«Non ti permetterò di bere alcolici».

«Siamo a una festa».

«Ma tu non reggi neppure un bicchiere di birra».

«C'è il mio ragazzo, tu non dovrai preoccuparti di niente».
«E se dovessi avere bisogno di te?»
Ci pensò su. «Ok, hai ragione. Facciamo così: berrò un solo bicchiere di birra, non uno di più».
«Mezzo».
«Va bene, mezzo. Andiamo a cercarne uno, però».
Quando trovammo il fusto di birra, un ragazzo di nome Victor fu molto gentile nel riempirci due bicchieri e passarceli. La schiuma ci ricadde sulle mani e la succhiammo dal dorso scoppiando a ridere e attirando l'attenzione di qualche ragazzo. Lexie tornò subito seria e mi spinse via da lì.
«Quel Victor ti sta mangiando con gli occhi».
Dovetti considerare vera l'affermazione di Lexie, perché quel ragazzo continuava a fissarmi e sorridermi.
«È carino», continuò. «E sembra un bravo ragazzo. Non è a dorso nudo, questo è già qualcosa».
«Eccovi, finalmente». La voce burbera di Robert ci fece trasalire. «Ma non dovevate essere in bagno, eh?»
Lexie si lanciò sulle sue labbra. Gli diede un lungo bacio, schifosamente dolce, eccessivamente lungo. Mi girai dall'altra parte e incontrai di nuovo gli occhi scuri di Victor. «Va tutto bene. Io e Tamara stavamo cercando un… suo amico, poi ci siamo fermate a prendere qualcosa da bere». Per zittirlo ancora, gli piazzò il bicchiere di birra in mano e lui mandò giù qualche sorso.
Spostai di nuovo lo sguardo sul giardino, alla ricerca di Kyle, ma niente. Non c'era. Il pensiero che potesse saltare la festa mi intristiva. Magari non sarebbe successo niente tra noi ma, dopo quel breve incontro ravvicinato che avevamo avuto per la strada, pensavo ci fossero più speranze con lui. Mi isolai con la mente ricordando le sue mani strette sui miei fianchi, il bacio a ventosa sul collo, la sua lingua bollente e quegli occhi di un verde scuro che mi fissavano.
Ritornai con la mente alla festa. Di fronte avevo due occhi neri che mi stavano guardando. Victor. Lessi il labiale con cui mi chiese di ballare. Indecisa se accettare o no, pensai prima

a bere la birra.

«Noi rientriamo, vieni anche tu?», mi chiese Lexie. Stringeva la mano di Robert, quindi capii che non si sarebbero separati a breve.

«Resto qui fuori, penso che ballerò». Feci un cenno positivo col capo, rivolta verso Victor.

«Chiamami se ti serve una mano per qualsiasi motivo, ok?». Mi stampò un bacio sulla guancia. «E pensa a divertirti, con o senza Kyle».

«Ci proverò».

Quando ebbi svuotato il bicchiere, che mollai nella pila di bicchieri sporchi vicina al fusto di birra, mi avvicinai alle persone che stavano ballando e cominciai a muovermi a ritmo di musica. Victor mi affiancò qualche minuto dopo. Anche lui iniziò a muoversi seguendo la musica. Aveva stile, sapeva ballare bene e aveva un bel sorriso. Indossava una camicia arancione a quadrettoni e da sotto dei jeans abbastanza stretti; i capelli erano corti e in ordine, il suo viso ispirava fiducia. Lexie aveva ragione, sembrava un bravo ragazzo. Ed era carino. Ma non mi piaceva come Kyle.

«Vuoi?», mi chiese una voce. Era Seth o Wade, uno degli inquilini della casa, non ricordavo quale.

«Cos'è?», gridai perché il volume della musica era aumentato drasticamente.

«Un drink alcolico: gin, rum, vodka e lime. È forte ma buono».

Kyle non c'era, Lexie era con Robert, accanto a me c'era uno sconosciuto con l'aspetto del bravo ragazzo, e io mi stavo annoiando invece di divertirmi. Decisi di bere. «Sì, grazie».

«Se ne vuoi un altro, entra in casa e vai in cucina. Ci trovi lì».

«Ok».

Seth o Wade mi fece l'occhiolino e se ne andò. Lo seguii con lo sguardo incrociando quello di Victor.

«Sei molto bella», mi disse lui avvicinandosi all'orecchio.

«Grazie, lo so. Me lo dicono tutti», scherzai.

Victor troncò subito la mia ironia. «Non avevo dubbi».

Ripresi a ballare, perlomeno ci provai, ma i miei movimenti erano lenti ed eseguiti sul posto, senza agitarmi troppo come invece facevano gli altri. Victor si avvicinava sempre più, io continuavo a bere. Ogni tanto ricambiavo i suoi sorrisi o le sue occhiate. Quando ebbi finito anche il drink, lui fu molto gentile nel prendere il bicchiere per lasciarlo da qualche parte.

In quel momento, una figura alta e muscolosa passò sotto la luce che illuminava la porta sul retro. Capelli neri scompigliati, sguardo penetrante, sorriso storto, una camicia nera aperta sul petto, jeans a vita bassa e strappati sulle ginocchia. Mi accorsi che anche le altre lo stavano fissando. Era come se a un certo punto tutte avessero smesso di ballare o flirtare per ammirarlo, o come se tutte si fossero fermate per chiedersi: con chi di noi passerà la notte?

Probabilmente non mi aveva visto. I suoi occhi verdi puntavano davanti a sé, non avevano sfiorato la mia figura. Forse aveva già individuato chi gli interessava portarsi a letto quella sera.

Due ragazze gli andarono incontro e lo salutarono, ma lui si liberò di loro senza guardarle o rivolgere la parola. Lui era Kyle Rew e sinceramente era l'unico, il solo; era il ragazzo che attirava tutti gli sguardi senza fare nulla. Strafottente, sempre in ritardo a lezione e anche alle feste, era conosciuto perché dormiva sui libri e mai la notte, perché dimenticava i nomi delle ragazze con cui era stato a letto, perché era affascinante e sexy da far svenire chiunque. Be', forse stavo esagerando per via della birra e del drink che avevo bevuto.

Si fece strada tra le persone, mi passò vicino ma non si accorse di me, fino a quando non piegò di poco la testa. A quel punto, rallentò il passo e si fermò. Ignoravo il significato della sua fronte corrucciata o dei suoi occhi stretti mentre mi studiava. Con lentezza, spostò lo sguardo dalle punte dei miei stivaletti neri all'orlo della minigonna, poi alla scollatura del corpetto. Il collo. Lo fissò a lungo, e mi venne da reclinare il capo e pregarlo in silenzio di succhiarmi di nuovo la pelle, leccarmela. Invece Kyle si soffermò a studiarmi le labbra, che avevo ricoperto con un gloss alla fragola di cui era rimasta solo qualche traccia sugli angoli.

«Ciao», mi disse infine.

«Ciao, Kyle».

«E così sei venuta alla festa della confraternita». Seconda, lunga occhiata al mio corpo soffocato da quell'abitino stretto, corto e scollato.

«Sono arrivata circa venti minuti fa». Forse erano di più. L'alcol mi aveva alterato la percezione dello scorrere del tempo.

«Sei da sola?»

Con la coda dell'occhio vidi Victor che stava tornando da me. Non mi curai di lui e proseguii a fissare Kyle. «No, sono con Lexie e il suo ragazzo». Mi pentii della risposta. Se avesse saputo che ero sola, forse le possibilità che restasse con me sarebbero aumentate.

Kyle si avvicinò, la sua mano si posò sul fianco. Me lo strinse forte, e io serrai le labbra per non ansimare. Il suo profumo invase le mie vie respiratorie, mi stordì. Ebbi una leggera vertigine, forse per l'alcol, forse per la sua vicinanza, forse per la colonia. Il mio petto andò a sbattere contro il suo. Quanto era sodo, robusto, stabile, forte… Sollevai lo sguardo. Gli occhi verdi di Kyle mi stavano fissando. Non potei fare a meno di notare che dietro di lui parecchie vipere ci stavano guardando con rabbia. Chissà quante avrebbero fatto volentieri a cambio con Tamara Jones, ma stasera era capitato a me, per la prima volta – no, la seconda.

Socchiusi gli occhi quando il suo viso si accostò al mio. Le sue labbra mi sfiorarono la guancia, allora piegai di colpo la faccia per spostare la bocca sulla sua. Non feci in tempo. Kyle indietreggiò, la sua mano mi accarezzò il fianco con le dita prima di staccarsi.

«Ci vediamo in giro, Tamara», pronunciò il mio nome con voce bassa. Mi rivolse un'ultima occhiata, difficilmente classificabile. Non era l'occhiata del compagno di corso che mi chiedeva gli appunti o si fermava a parlare con me al tavolo della caffetteria; non era neppure l'occhiata alla Kyle Rew che lanciava alle ragazze che poi si portava a letto. Era strana, era diversa dalle solite, non era decifrabile, appunto.

Il posto di Kyle fu occupato da Victor, che era di nuovo al mio fianco, con un bicchiere di birra in mano.

«Lo conosci?», mi chiese indicando il ragazzo che mi aveva appena dato un bacio sulla guancia e fatto gemere.

«Sì. Veniamo tutti e due da Lineville. Abbiamo frequentato la stessa scuola elementare e lo stesso liceo. Ci siamo rincontrati all'università, seguiamo alcuni corsi in comune», dissi l'essenziale.

«E gli sbavi dietro, come fanno tutte le altre».

Gli tolsi di mano il bicchiere di birra e bevvi alcune sorsate. «No», dissi dopo averglielo restituito. «È lui che sbava per me», scherzai.

Victor stroncò anche questa battuta con una risposta simile alla prima. «Non ne dubito».

Rimasi a lungo lì fuori, a ballare e a bere tutto quello che Victor e Wade - o era Seth? - mi offrivano. Conoscevo i limiti del mio corpo e sapevo di essere vicina a superarli, perciò mi costrinsi a rifiutare l'ultimo drink. Grazie all'alcol, mi sentivo più sciolta nei movimenti, abbastanza euforica, sorridevo per tutto e niente, avevo smesso di cercare Kyle. Sì, perché lo avevo cercato con lo sguardo in ogni paio di occhi che avevo incrociato, in qualunque ragazzo mi fosse passato vicino. Era sparito con chissà chi, dubitavo anche che fosse ancora alla festa. Grazie all'alcol, avevo smesso di chiedermi cosa non andasse in me. In compenso mi stavo ponendo altre domande: perché fino al giorno prima mi aveva trattata come una collega di corso, poi mi aveva provocato con quel suo approccio in strada, e poco fa mi aveva presa dal fianco e lasciato un bacio tentatore sulla guancia? Perché non mi prendeva con sé e la facevamo finita?

Qualcuno si strofinò sul mio didietro. Balzai in avanti e mi girai. Si trattava di Victor, che per scusarsi del contatto aveva assunto una faccia da cane bastonato. Mi chiese anche perdono muovendo il labiale. Aveva le labbra sottili e non carnose come quelle di Kyle. Due ragazze lo stavano ammirando da lontano. Ci provai anch'io, ad ammirarlo. Più lo guardavo e più lo trovavo carino, ma meno mi piaceva. La sua carica sessuale si riduceva agli ormoni che gli scorrevano in circolo e non al mix di fascino, sensualità, sicurezza e disinvoltura di Kyle.

Victor mi tirò da un braccio per farmi allontanare dalla massa. «So che non mi crederai, ma non l'ho fatto apposta a venirti addosso. Sono inciampato, mi sono sbilanciato in avanti e quando ho piantato un piede a terra ti ho sfiorato col mio corpo».

Sembrava sincero e sul serio dispiaciuto dell'accaduto. «D'accordo, ti credo, non c'è problema. In fondo non è successo niente di grave».

«Per farmi perdonare, potrei massaggiarti i piedi».

«Sei serio?». Mi veniva da ridergli in faccia.

«Magari ti fanno male dopo aver ballato tutto questo tempo».

Sì, e anche tanto, ma di certo non me li sarei fatti massaggiare da lui. «Sono a posto così, grazie».

«Posso andare in cucina e convincere Oscar a darmi qualcosa da mangiare. Hai fame, vero?»

Di nuovo sì, ma non intendevo sedermi da qualche parte con lui e farmi imboccare. «No, ho solo bisogno di andare al bagno». Parve rimanerci molto male. «Dopo tutto quello che ho bevuto, non so ancora come mai la mia vescica non sia scoppiata. Se aspetto ancora un po', penso che potrebbe esplodere e farmi un gavettone di urina dritto in pancia».

Victor mi guardò esterrefatto, poi si chinò in due e scoppiò a ridere. Risi pure io, più per l'euforia dovuta ai drink che per la mia stupida battuta.

«Tamara, sei simpatica, molto».

Fui contenta di essergli simpatica. Un secondo dopo pensai

che forse anche Kyle mi considerava così. Simpatica come una persona che fa ridere; simpatica come una compagnia divertente; simpatica come una ragazza con cui chiacchierare qualche minuto e basta.

«Vado in bagno».

«Ok». Victor non aggiunse altro, del tipo "Ti aspetto qui" o "Mi trovi sempre qui", forse perché anche lui non era certo che sarei tornata.

Che fatica fu entrare in casa! Gli invitati avevano occupato qualsiasi angolo del giardino, alcuni si erano seduti ai piedi della porta bloccando il passaggio e, superati questi, altri facevano muro impedendomi di andare da una stanza all'altra. Cercai Lexie e la trovai abbarbicata su Robert, che stava seduto su una poltrona. Erano così intenti a baciarsi che non mi videro e non sentirono il mio fischio indirizzato a loro.

Un ragazzo mi indicò dove trovare il bagno. Dopo tanto cercare, trovai la porta giusta. Quando provai ad aprirla, scoprii che era bloccata. Qualcuno si era chiuso là dentro. Si sentiva anche lo sciacquone in funzione. Aspettai qualcosa come quindici minuti, inutilmente. Spazientita dall'attesa, salii al piano di sopra alla ricerca di un secondo bagno.

Dalla velocità con cui una ragazza stava camminando, dedussi che anche lei aveva urgenza di trovare un water. Sembrava conoscere la casa perché si muoveva con disinvoltura nell'intricato labirinto di corridoi. Era lontana da me quando aprì una porta. Uscì un attimo dopo agitando una mano nell'aria.

«Scusa, quello è il bagno?», le chiesi indicando la porta dalla quale era uscita.

«Sì ed è off limits».

Non mi importava se era sporco, se c'era cattivo odore, se lo sciacquone non funzionava. Dovevo andare al bagno. Ma quando aprii la porta, capii a cosa si riferiva quella ragazza. L'antibagno era occupato da un ragazzo e la sua... ragazza. Solo che quel ragazzo era proprio Kyle Rew, che si stava sbattendo una sul mobile del lavabo.

Rimasi pietrificata da quella vista, non riuscivo a muovermi. Loro non si erano accorti di me, quindi stavano andando avanti tra gemiti, gridolini e colpi di bacino.
Provai a fare un passo indietro e a richiudere la porta, però mi bloccai. I miei occhi non volevano distogliere la loro attenzione da quel sipario.
Kyle aveva la camicia sbottonata e i jeans leggermente abbassati. Era in piedi, invece lei era seduta sul mobile e... Chiusi per un attimo gli occhi prima di riaprirli sulla nuova coreografia. La ragazza aveva sollevato i talloni sul mobile, spalancato al massimo le gambe. Kyle l'aveva presa da non so dove e la faceva muovere avanti e indietro verso di sé. Il ritmo era aumentato a dismisura, non avevo mai visto niente del genere. Pensai addirittura che potesse farle del male a penetrarla con tanta foga, ma da come lei teneva la testa reclinata, ansimava, lo chiamava, piegava le dita dei piedi, forse mi sbagliavo. E a un certo punto immaginai di essere al suo posto, di aprirmi a Kyle, di ricevere i suoi affondi profondi tra gemiti e suppliche di non fermarsi.
Lui le afferrò una gamba e se la portò su un fianco, poi fece lo stesso con l'altra e sollevò la ragazza dal mobile. La sbatté contro la parete, le tolse gli indumenti di sopra e per un attimo abbassai lo sguardo per non vederla nuda. Quando sollevai di nuovo gli occhi, il corpo di Kyle copriva interamente quello di lei, la sua fronte era appoggiata alla parete, i suoi movimenti erano più lenti ma decisi. Sotto quei colpi, la ragazza sobbalzava e gemeva, anche se in modo più sommesso.
Non so chi dei due venne prima. Kyle a un tratto rantolò, lo vidi tremare.
Avevo ancora gli occhi fissi su di loro, quando lui si staccò da lei e piegò un attimo la testa nella mia direzione. Mi vide, finse però che non fossi lì. Ma mi vide. Un attimo dopo, tirò un pugno contro il muro.
Nonostante fosse il momento di andarmene - veramente, il momento di andarmene era passato da un pezzo -, rimasi lì,

attonita.

Kyle si voltò di mezzo busto. Non mi stava guardando, perché era indaffarato a pensare al suo pene. Che stava facendo? Lo vidi srotolarsi con lentezza il preservativo, allora chiusi la porta, senza volerlo la sbattei, e me ne andai.

Lineville, cinque anni prima

Dopo la scuola, mi fermai a casa di Ralph. Fumammo un paio di spinelli a testa, sparlammo delle compagne di classe, parlammo bene di quelle più carine della scuola e finimmo la conversazione con una partita ai videogiochi. Quando decisi di andarmene, erano le cinque del pomeriggio. Il sole stava già tramontando, cosa normale considerando che eravamo già a novembre. I primi mesi di scuola erano volati. Le cose a casa non erano migliorate, anzi. L'unica nota positiva - che proprio positiva non era - è che mamma era stata di nuovo ricoverata per disintossicarsi. Era meglio non averla a casa che averla ubriaca e incazzata. Nonna invece si era trasferita per un po' dalla sorella del nonno, in Wisconsin, e non so per quanto ci sarebbe rimasta. In pratica ero a casa da solo. Il tempo non passava mai, però almeno me ne stavo tranquillo. Ralph e Adrian a volte mi facevano visita. Papà invece si era fatto vivo per telefono, promettendomi che avremmo passato insieme il Giorno del ringraziamento e le vacanze di Natale. Ovviamente non gli credevo.

Mi misi in bocca una gomma da masticare. Me l'aveva data Ralph, raccomandandomi di non mangiare tutto il pacchetto in un giorno perché quelle gomme contenevano marijuana. Non so dove se le fosse procurate né credevo a ciò che mi aveva detto, tuttavia avevano sul serio un retrogusto di erba. Lui e suo fratello James erano un po' pazzi, pensai sorridendo.

Per ingannare il tempo, quel pomeriggio presi una direzione diversa, così da allungare il tragitto. Imboccai delle strade che non avevo mai battuto prima. Mi guardavo intorno senza curiosità, la mente immersa in pensieri stupidi. Mancavano pochi mesi al mio compleanno e mi domandavo con chi avrei festeggiato i miei sedici anni. Di sicuro ci sarebbero stati i miei amici. E mamma? Papà?

Invece di rispondermi, mi grattai il tatuaggio dietro la schiena ricordandomi "Life sucks".

Svoltando per una strada, la mia attenzione fu catturata dalla vista di una lunga treccia bionda che ricadeva davanti, sulla spalla. Quando a scuola vedevo una o due trecce chiare, non avevo dubbi che si trattasse dell'unica ragazza che si pettinava in quel modo: Tamara Jones. Sebbene avesse quattordici o quindici anni, spesso le piaceva portare i capelli in quel modo. Le davano un aspetto più infantile, ma tutto sommato stava bene. Proseguii avanti non curandomi troppo di lei, ma poi mi accorsi che se ne stava seduta sul pavimento di un portico fatiscente, da sola, con una lattina in mano. Puntai lo sguardo su quest'ultimo dettaglio. Era birra. Stava bevendo birra, cosa assurda visto che lei era il ritratto della ragazzina perbene, studiosa, con un amico o ragazzo di nome Charles Preston che sapeva solo studiare e portare a casa ottimi voti.

Tirai dritto, poi ci ripensai e tornai da lei. Non mi guardò fino a quando il primo scalino non scricchiolò sotto il mio piede.

Si alzò di scatto. «Sei il proprietario?», mi chiese.

«No».

«Ah, ok, mi pareva strano». Si mise di nuovo a sedere, con le spalle contro il muro. C'era un mucchio di polvere lì, quindi era davvero insolito che quella ragazza se ne stesse seduta per terra. «Questa casa è abbandonata da anni. Ci vengo qui quando voglio stare da sola».

Annuii. «Non sei troppo giovane per bere quella?»

Tamara prese lo zaino, lo aprì e tirò fuori una bottiglia di Corona. «Ho anche questa. Vuoi?»

Mi stava invitando a bere lì con lei. Dopo aver fumato spinelli, masticato una gonna alla marijuana, assaggiato il whisky del padre di Ralph, non mi pareva il caso di continuare su quella strada.

«No, grazie».

Mi guardò stranita, poi scosse la testa e lasciò la bottiglia a terra. Diedi un'occhiata alla casa, per assicurarmi che Tamara avesse ragione e non ci fosse nessuno a buttarci fuori dalla proprietà. La casa era davvero disabitata e abbandonata.

Quando mise la lattina sul pavimento, dai movimenti che fece capii che era abbastanza scoordinata e che sicuramente le girava la testa. Forse quella era la prima lattina che beveva nella sua vita.

Mi sedetti accanto a lei. «Ci conosciamo già ma non ci siamo mai presentati. Io sono Kyle».

Sollevò la mano, tremava troppo, e lei scoppiò a ridere. «Ok, un'altra volta, che ne dici?»

Sollevai le spalle, non sapevo che cosa volesse dire.

«Tamara Jones», si presentò. Lo sapevo e lo ricordavo benissimo, mentre lei non pareva ricordarsi di me. «Sei al secondo anno».

«Tu al primo».

La sua testa dondolò come se avesse i legamenti del collo spezzati. «Sei amico di quegli idioti di Baron e Perez».

«Io li chiamo Ralph e Adrian e non li considero degli idioti». Ma capivo bene che per lei erano dei grandissimi cazzoni.

«Sei quello che fuma erba nei bagni della scuola», continuò.

«No», risposi. «Nei bagni no», ammisi.

Il collo si mosse come una molla, dalla bocca le partì una lunga risata. Era ubriaca. Il suo corpo si spostò un po' e notai tre lattine riverse sul pavimento. Se erano le prime tre della sua vita, lei doveva sentirsi prossima al coma etilico.

«Come mai hai bevuto?»

Tamara mi diede una pacca sul braccio. «Un'altra volta, ok?»

Ma che significava? Capii che stavo perdendo del tempo, perciò risposi «Ok» e mi alzai da terra con lo zaino sulla spalla. I suoi occhioni chiari mi fissarono pieni di tristezza, e mi ricordai di quella stupida fionda, della ferita sulla fronte causata da Ralph o Adrian, dei suoi pianti, del suo ritiro da scuola. Mi sedetti di nuovo.

«A scuola due ragazzi mi hanno preso di mira», cominciò.

Pensai subito ai miei amici, ma non era possibile. Tamara non la consideravano dai tempi delle elementari. Si erano concentrati su un tipo più grande di noi, iscritto al terzo anno, un figlio di papà viscido e bugiardo che si sceglieva le amicizie in base al patrimonio familiare. E comunque lo avevano preso di mira solo durante le prime settimane dall'inizio della scuola.

«Sono matricole anche loro e sono perfidi».

«Cosa ti hanno fatto?»

«Il secondo giorno di scuola mi hanno tagliato una ciocca di capelli mentre prendevo appunti. Me ne sono accorta solo perché alle mie spalle tutti ridacchiavano. Un altro giorno hanno lasciato una gomma da masticare sullo schienale della sedia e, quando mi sono appoggiata, si è incollata ai capelli. Ho dovuto tagliare una ciocca, a casa poi mamma ha rifinito il taglio facendomi una bella pettinatura scalata. A lei però non ho detto la verità. Stamattina invece ho trovato un preservativo usato nel mio armadietto».

Sfregai la schiena contro la parete. *Life sucks*. «Sei andata dal preside?»

«No».

«Dal supervisore».

Premette i palmi sugli occhi. «No!», esclamò. La sua voce era nasale. Non mi piaceva vedere le ragazze in lacrime, non avrei saputo cosa fare di fronte a un pianto femminile. «Io... non... io non voglio rivivere quello che è successo alle elementari. Non voglio... lasciare di nuovo la scuola e studiare a casa». Parlava allungando molto le vocali. Doveva costarle fatica seguire un ragionamento, visto che aveva bevuto.

«Nasconderti qui non servirà a nulla».

Tamara levò le mani dal viso. Era arrossato ma non rigato

dalle lacrime. «Lo so, ma mi prendo la mia pausa dal mondo, ogni tanto».

Già, la capivo bene.

«Chi sono questi due ragazzi che ti stanno dando fastidio?»

«Lucas Green e Mark Taylor».

Memorizzai i loro nomi, ma non sapevo a quali volti appartenessero. Lo avrei scoperto presto.

Mi era venuta voglia di bere. Mi allungai per prendere la bottiglia di birra, col braccio sfiorai le gambe di Tamara, e ci guardammo. Lei fece una smorfia disgustata. Stronza del cazzo che non era altro!

«Ma che ne parlo a fare con te?», disse portandosi le gambe al petto. «Tu sei come loro. Sei come Baron e Perez».

Agguantai la bottiglia. «Ralph e Adrian. Non sono abituato a sentirli chiamare per cognome».

«Sei loro amico, quindi sei come loro». Trangugiò della birra, mentre io mi adoperavo per aprire la bottiglia con la chiave di casa. Ci riuscii.

«Sì, forse, un po'», tergiversai.

«Odiavo i tuoi amici, con tutto il cuore, e non solo loro».

Odiava o aveva odiato anche me?

«Mi hanno fatto passare un periodo di merda».

Fui colpito nel sentire quella parolaccia uscire dalla sua bocca gentile.

«Sono finita in terapia. Ero una bambina. In terapia e poi chiusa in casa per tutti gli anni delle scuole medie. Avevo paura di uscire, non volevo vedere nessuno, ho perso tutte le amiche, soffrivo di attacchi di panico. La vita fa schifo».

Sentii il tatuaggio bruciare, anche se era impossibile perché era passato del tempo da quando l'avevo fatto.

«L'idea che tutto possa tornare come allora mi fa impazzire. Impazzire!», gridò. Forse era impazzita sul serio, momentaneamente. «Che cosa ho che non va? Perché non mi trattano come trattano le altre persone? Ho un sorriso per tutti e sono gentile e buona. Perché?». Proprio come quel giorno alle elementari, si fece nera dalla rabbia e ricacciò indietro le lacrime che fino a quel momento non avevo visto.

Bevvi senza dire niente, poi approfittando del suo stato confusionale le chiesi: «Hai odiato anche me?»

«Sei come loro, K...»

«Kyle».

«Ma vuoi sapere qual è la verità?»

Fissai i miei occhi nei suoi e mi venne voglia di baciarla, di sentire il gusto della birra dalle sue labbra, di slegarle la treccia, sciogliere i capelli sulle spalle, spogliarla.

«Sentiamo».

«Non mi ricordo di te. Ho solo un'immagine nella testa, di me che ti prendo a calci perché ero arrabbiata con i tuoi amici».

Aveva solo questo ricordo, come dire che non mi aveva mai notato, né prima né dopo. Con le altre persone sarei rimasto indifferente, con lei no e non capivo il motivo. Forse perché... volevo baciarla, sentire il gusto della birra dalle sue labbra, slegarle la treccia, sciogliere i capelli sulle spalle, spogliarla. Toccarla.

«Ho scoperto che questa terapia cancella i ricordi». Scoppiò a ridere, la testa ricominciò a dondolare impazzita.

«Quale?»

«Questa». Indicò le lattine di birra e ne bevve ancora da quella che teneva in mano. «Domani non ricorderò niente, nemmeno questo strambo incontro con te».

Le fissai con insistenza le labbra. Potevo baciarla, in fondo non si sarebbe ricordata del mio slancio di passione o follia verso di lei. Mi tirai indietro, proprio per lo stesso motivo. Il mio bacio doveva essere una cosa piacevole e da ricordare, non una violenza, una sensazione spiacevole o qualcosa che avrebbe dimenticato l'istante dopo.

«Mi chiami un taxi, per favore? Non ho soldi nel cellulare e non credo che riuscirei a comporre il numero».

«No». Mi alzai da terra, le presi la lattina dalla mano e la svuotai in giardino, poi finii la mia birra, raccolsi le lattine vuote e le infilai nel mio zaino. «Ti accompagno a casa».

«È lontana da qui».
«Dov'è che abiti?»
Tamara mi diede l'indirizzo e io lo memorizzai.
«Ho voglia di camminare. Andiamo».
Tamara si alzò a fatica, spalancò le braccia e guardò a terra. «Mmm, non credo di farcela».
«Sì che ce la fai. Aggrappati al mio braccio».
Ci provò, ma perse l'equilibrio e non so come mi ritrovai con lo zaino a terra e Tamara tra le mie braccia. Trattenni il respiro quando si strinse forte a me. Che cazzo stava succedendo? Avevo il cuore impazzito, non lo avevo mai sentito battere in quel modo confuso e veloce, e non riuscivo a controllare il respiro. L'unica cosa che rimase ferma e tranquilla fu il mio cazzo, nel senso che… lui era presente ma si teneva tranquillamente in disparte, non aveva bisogno di interagire con noi in quella situazione.
«Mmm, ciao», sussurrò contro il mio petto.
Strizzai gli occhi sforzandomi di non muovermi. «Mmm, ciao», risposi a fatica.
«Hai un buon profumo, sai? Mi piace».
«Tamara, sei ubriaca».
«Lo so». Rise forte, si strinse con tutta se stessa contro di me. Sentivo i suoi piccoli seni schiacciati sul mio petto. Avevo voglia di accarezzarle i capelli. Lo feci, che cazzo me ne importava. Non lo avrebbe ricordato, non mi avrebbe potuto dare dell'approfittatore, non mi avrebbe considerato viscido come tutti gli altri, ma mi fermai subito per lo stesso ragionamento fatto sul bacio.
All'improvviso, Tamara mi diede un bacio sulla giacca di pelle e poi un altro. Rideva e sparpagliava baci tra le pieghe della giacca. Le presi il viso con una mano, la costrinsi a guardarmi. Aveva un'espressione persa, chissà cosa stava immaginando di baciare o abbracciare. Chiuse gli occhi e arricciò le labbra, come se volesse un vero bacio da me.
Stavo tremando. La suoneria altissima di un cellulare ci fece staccare di colpo.

«Che cos'è?», mi chiese.
«È il tuo».
«Il mio cosa?»
«Il tuo cellulare».
Tamara andò nel panico. La aiutai a togliersi lo zaino e cercai per lei il telefono. Era così malconcia da non riuscire a leggere il nome impresso sopra. Lo lessi io per lei.
«Charles P.». Mi rabbuiai.
«Oh, no, Charles. Già, mi starà aspettando. Ma dove? Oh, senti...». Me lo prese di mano e staccò la batteria, perché non riusciva a spegnerlo in altro modo. «Senti...»
«Ti ascolto».
«Non mi sento bene».
Due secondi dopo Tamara era a terra. Sbatteva gli occhi, chiudeva e apriva le mani e sembrava poco presente.
«Ok, chiamo il taxi».
Quando l'auto arrivò, la caricai sopra e riferii all'autista il suo indirizzo di casa. Pagai anche in anticipo la corsa, lasciando così tanti dollari che il tassista avrebbe potuto fare tre volte la strada avanti e indietro.
Tamara stava troppo male per capire quello che era successo o semplicemente per salutarmi. Non avevo idea di cosa avrebbe detto ai suoi genitori, nel caso li avesse trovati a casa, né come avrebbe fatto a scendere da sola da quell'auto e ad aprire la porta.
Il giorno dopo, Tamara saltò la scuola e anche quello dopo e quello dopo ancora. Non seppi mai il motivo: la paura verso i ragazzi che l'avevano presa di mira, la sbronza, una scelta dei suoi genitori?
Prima del suo rientro, scoprii chi erano Lucas Green e Mark Taylor. Uno era alto e magro, l'altro basso e grosso. Avevano facce cattive e nessun grammo di muscolo addosso.
Li beccai nei bagni dei maschi, a pisciare. Mark aveva un pisello così piccolo che probabilmente era incazzato col mondo e se la prendeva con gli altri.
Quando ebbero finito col water, bloccai l'uscita del bagno

col mio corpo. «Conoscete la Jones», dissi.

«Eh?». Mi guardarono con facce poco sveglie ma espressioni perfide.

«Tamara Jones. Tamara del vostro anno».

«Che cazzo vuoi?», mi chiese uno.

Feci scrocchiare le dita delle mani e gonfiai il petto. Quei due arretrarono. «Fate qualcos'altro contro di lei e siete morti».

«E tu chi sei? Che vuoi? Sei suo fratello?»

«Sono Kyle Rew e vi sto dicendo di lasciarla in pace».

«Sì, ok», fece uno, quasi sbadigliando.

Si avvicinarono e non mi spostai da lì. «Vi do un assaggio di quello che proverete se non la lasciate in pace, ok?»

«Senti, togliti dalle palle che...»

Strinsi i pugni e colpii tutti e due nello stesso istante. Presi Mark proprio in testa, perché era troppo basso, l'altro invece sul mento. Barcollarono storditi, uno sputò del sangue a terra.

«Sei impazzito?»

«Sì, quindi abbiate paura di me. E non provate a riferire la cosa al preside, al supervisore, a chiunque altro o siete morti due volte».

Ripensai alle lacrime di Tamara bambina, alla cicatrice sulla fronte, a quello che era successo l'altro giorno su quel portico abbandonato e mi venne voglia di tirare un pugno anche a Ralph, uno a Adrian e uno al sottoscritto.

CAPITOLO CINQUE

Quella mattina pioveva a dirotto. Guardavo la pioggia scivolare sulle grandi vetrate dell'aula, il vapore all'interno che si faceva sempre più fitto. L'ultima ora di lezione stava finendo e io non sapevo neppure quale. Non riuscivo a concentrarmi, non stavo prendendo appunti, la voce del prof mi sembrava lontana. Ero assente con la testa, nonostante fossi abbastanza riposata.

Il weekend l'avevo trascorso dormendo, ascoltando musica, studiando un po', parlando con Lexie, sognando Kyle e ripensando a lui che si sbatteva quella ragazza in bagno. Ogni volta che davanti agli occhi rivedevo la scena dei suoi affondi, mi sentivo bollente e cominciavo a sudare. Quando ripensavo al suo pene col preservativo, le mani prudevano, come se avessi voluto sfilarglielo io - se avesse fatto sesso con me. Non avevo idea di cosa si provasse a infilare e togliere un profilattico dal pene di un ragazzo. La mia unica esperienza si riferiva alle imbarazzanti esercitazioni di educazione sessuale a scuola, in cui io e le mie compagne ci eravamo cimentate a infilarlo su un supporto di plastica, tra risate e battutine. Quanto a Charles, se l'era sempre messo da solo.

A furia di pensare al pene di Kyle, non mi accorsi che Lexie mi aveva scritto un messaggio. Superai con lo sguardo la montagna riccioluta del ragazzo accanto a me, allungai un braccio e presi il suo bigliettino. Nonostante avessimo vent'anni, ci comportavamo come due ragazzine. Sul biglietto, infatti, mi aveva scritto TVB. Le risposi mimando un conato, poi scoppiai a ridere ma dovetti smettere di colpo e immobilizzare tutti i muscoli facciali perché il prof mi aveva lanciato un'occhiata.

Lexie era stata un tesoro negli ultimi giorni. Dopo aver visto Kyle in bagno, alla festa, ero scappata al piano di sotto e le avevo chiesto di stare un po' con me. Avevamo lasciato Robert da solo per ballare e, nel mio caso, per riprendere a bere. Victor lo avevo visto sbavare dietro a un'altra biondina, segno che non gli interessavo più di tanto. Dopo aver allontanato alcuni ragazzi particolarmente insistenti, avevamo sbraitato contro Nathan, pronto ad allungare le mani sul sedere di Lexie. E alla fine della serata, mi ero ritrovata a vomitare in giardino, con la mia amica che mi teneva i capelli con una mano e con l'altra cercava di tirarmi giù la gonna che tendeva sempre a salire sulle cosce. La festa era finita con Robert che, tra un borbottio e l'altro, ci riaccompagnava al dormitorio, con me ubriaca e Lexie stanca morta. Da allora non avevo rivisto Kyle.

«Tamara, io e Robert andiamo a mensa. Vieni con noi?», mi chiese la mia amica mentre camminavamo nel corridoio.

«Credo che andrò a rintanarmi in stanza, sotto le coperte. Con questo tempo non ho voglia di fare niente».

Lei mi guardò sospettosa. Non le avevo detto nulla del mio incontro per strada con Kyle né di quello che avevo visto alla festa. Non lo so perché. Eravamo amiche ma non avevo trovato la voglia di riferirle tutto. Forse lo avrei fatto in seguito, forse non sarebbe stato necessario. In fondo non era accaduto nulla di che tra me e Kyle, e la sua scopata con quella ragazza era una cosa all'ordine del giorno.

«Ci beviamo un caffè prima di pranzo?», insisté.

Le sorrisi amorevolmente. «Non preoccuparti per me. Sto bene, la sbronza è passata, alla festa mi sono divertita, sabato e domenica mi sono riposata».

«Ti sei anche annoiata a morte», continuò lei. «Oggi sei distante, stai pensando ad altro, a…». Si tappò la bocca con una mano e sghignazzò come una bambina.

«No».

«Sì», ribatté lei. «È per lui che stai così?»

«Così come?»

«Apatica e annoiata».

Le indicai la finestra alle nostre spalle. «C'è un tempo da schifo, piove da tre giorni, fa freddo».

«Sì, certo, come no. E dovrei pure crederti». Mi prese sottobraccio. «Venerdì non ne abbiamo parlato e neppure sabato o domenica, perciò lo farò adesso anche se ho pochi minuti a disposizione. Robert mi sta aspettando».

«Di che si tratta».

«Sono dispiaciuta per come sia andata la festa. So che avevi, avevamo, delle grandi aspettative per venerdì. Ero certa anch'io che con quell'abito sexy e quelle onde morbide di capelli biondi avresti avuto Kyle ai tuoi piedi, ma non è andata così».

Ripensai ancora ai suoi affondi nel corpo di quella troietta. «Avrà trovato qualcuna meglio di me».

«No Tamara, perché tu sei il meglio che un ragazzo possa desiderare. Hai tutto, sei carina, sorridente, hai due laghi celesti al posto degli occhi, capelli da bambola. Sei perfetta e sei sempre stata una brava ragazza».

«Stai dicendo che adesso non lo sono?»

«Sto solo dicendo che sei fin troppo perfetta per uno come Kyle Rew. Tu non devi competere con le altre, mai. Sei migliore di loro, quindi non sentirti mai in difetto o inferiore a nessuno. E se vuoi un consiglio spassionato, lascialo perdere. Parlo di Kyle, ovviamente. Se proprio vuoi divertirti, trovati qualcuno che ti ammiri per quello che sei, non un ragazzo che se la fa con tutte e ti ignora». Lexie cominciò a stringermi il braccio. Si era fatta prendere dalla foga, ci teneva così tanto a me che si arrabbiava nel vedermi frustrata per un ragazzaccio con cui volevo solo una sveltina. Che poi… sarei stata all'altezza delle sveltine di Kyle? Sarei mai stata in grado di prendere i suoi affondi così violenti e profondi senza sentire dolore?

«Sinceramente non capisco neppure perché tu ti sia fissata di punto in bianco con lui».

«Non mi sono fissata».

Ci fermammo davanti all'uscita. «Sì, invece. Si vede che pensi solo a lui, che sei giù perché la festa è stata un fiasco rispetto alle tue aspettative».

«Kyle mi piace. Mi piace molto».

«Piace a tutte».

«Piace anche a me».

Lexie ruotò gli occhi e sbuffò. «Va bene, ho capito, ma tu prova a seguire il mio consiglio».

Non risposi né sì né no.

«Raggiungo Robert, mangio qualcosa, poi torno al dormitorio».

«Se non mi trovi in stanza è perché ho fatto un salto in libreria».

«Cerchi un manuale su come sedurre un bad boy?»

«Stronza».

«Perché? Se esistesse, ti consiglierei di consultarlo. Potrebbe esserti di aiuto. E se non esistesse, dovrebbero inventarlo».

«Lexie». Mi intristii. «Che cosa mi manca per essere come le altre?»

Mi prese dalle spalle e mi diede una bella scrollata. «Non pensarlo neanche. Non ti manca niente. Sei perfetta, troppo, te l'ho detto. Quelle come te meritano un bravo ragazzo, il grande amore della loro vita, rispetto, un corteggiamento con tanto di fiori, regali e sorprese».

«Ma…»

«Ripeti con me: Tamara Jones è perfetta».

Le levai le mani dalle spalle. «Non funziona, Lexie. Comunque sto bene, tranquilla. Vado in libreria, credo».

«E io da Robert. Ci vediamo più tardi». Mi diede un bacio sulla guancia, una pacca rassicurante sulla spalla e se ne andò. A Lexie avevo raccontato di quello che avevo passato alle elementari e anche dopo, degli anni rinchiusa in casa a studiare per evitare di essere presa di mira dai compagni, dell'insicurezza, delle mie paure. A scuola c'erano ragazze e ragazzi più imperfetti di me, perché avevano preso di mira proprio Tamara Jones? Persone più lente, pigre, meno sveglie, meno brave, meno studiose, più imbronciate. Perché proprio me? Rispondevo a questa domanda con un'altra: perché non me?

Tre ragazzi sulla sinistra mi stavano guardando e ridacchiavano. Distolsi lo sguardo, poi li guardai di nuovo. Continuavano a ridere. Di me. Forse ridevano perché avevo una minigonna larga e stivali di gomma per affrontare la pioggia; forse la mia treccia era infantile; forse avevo il viso sporco o... non lo so.

«Che c'è di tanto divertente?»

Uno di loro diede di gomito all'altro, che si chinò sulle ginocchia e raccolse da terra qualcosa. Era una confezione di gomme da masticare. Il ricordo di quante chewing-gum mi erano rimaste incollate ai capelli mi spinse ad allontanarmi di fretta. Sentii nella testa le loro risate che rimbombavano cattive e senza senso. Mi voltai. Quei tre mi stavano sorridendo.

Affrettai il passo e uscii sotto la pioggia. Avevo dimenticato l'ombrello in aula, ma non mi andava di tornare indietro e rivedere quei tre bastardi per altre due volte. Così mi coprii la testa con le braccia e mi incamminai verso la strada. L'idea di andare in libreria non era stata geniale, considerato che l'acqua veniva giù a secchiate. Se avessi pranzato con Lexie e Robert, sarei potuta tornare al dormitorio in auto e non bagnarmi.

Pochi passi dopo ero fradicia, tant'è che smisi anche di coprirmi la testa. Mi accorsi che stavo tremando, non per il freddo, bensì per via dei ricordi del passato.

Sono perfetta. Sono forte. Sono perfetta e forte. Ripetermelo non funzionava però mi teneva impegnata e non pensavo ad altro. Una macchina mi passò vicina, prese una pozzanghera con le sue grosse ruote e nel giro di un secondo mi ritrovai più bagnata di prima e sporca.

Stavo per avere una crisi di pianto. Ma che era successo poi di tanto grave? Nulla.

Sono forte. Sono perfetta. Sono forte e perfetta.

Quando si avvicinò una seconda auto, mi addossai contro la recinzione di una casa e mi coprii la faccia con le mani, aspettandomi che quel bastardo alla guida mi inondasse di acqua e fanghiglia come aveva fatto il primo. L'auto invece rallentò, fino a fermarsi.

«Tamara?»

Spostai le mani dal viso. Chi mi aveva chiamata era Kyle, alla guida della sua Toyota nera. Mi stava parlando col finestrino del lato del passeggero completamente aperto, l'acqua che entrava in auto bagnando i sedili di pelle.

«Che ci fai lì? Sei tutta bagnata. Dài, salta su».

In un attimo, dimenticai quei tre idioti che stavano ridendo di me in università, lo stronzo che mi aveva schizzato con la sua auto, le gomme da masticare che Lucas Green e Mark Taylor mi avevano attaccato dappertutto al primo anno di liceo. Dimenticai tutto.

«Ciao», dissi aprendo la portiera, con lentezza, come se l'acqua non potesse più bagnarmi.

Kyle abbassò lo sguardo sulle mie gambe, forse pure sugli stivali. Non rise, né sorrise. Era terribilmente serio. Richiusi la portiera e mi sistemai sul sedile.

«Credo tu sia l'unica persona in tutta Montgomery ad andare in giro senza ombrello o poncho».

Mi presi la treccia e la strizzai facendola gocciolare sul maglioncino grigio. «E tu sei uno dei pochi stronzi che si è fermato per darmi un passaggio».

«Sono uno stronzo gentile», scherzò.

No, era uno stronzo sexy. Aveva i capelli un po' bagnati, un dolcevita nero, jeans grigi strappati in vari punti.

«Dov'eri diretta?»

Stavo per rispondere biblioteca o dormitorio, ma poi ci ripensai. Era la prima volta che appoggiavo il sedere sulla macchina di Kyle; eravamo da soli, con un muro di pioggia tutto intorno, in una città triste, umida, fredda e desolata. Dovevo approfittarne, restare con lui il più possibile, fargli cambiare idea su Tamara Jones, perché io non volevo essere solo una compagna di corso.

Io volevo lui, una volta sola, ma lo volevo.

«Da nessuna parte».

«Ah, interessante. Non conosco l'indirizzo. Puoi darmelo tu?»

Se avessi saputo il suo indirizzo di casa, gli avrei dato quello. Invece non conoscevo nemmeno l'indirizzo di un motel o di un parcheggio incustodito o di una via isolata.

«Prosegui sempre dritto, poi svolta a destra», inventai.

«A destra».

«Sì, dopo cinque isolati a destra, poi di nuovo a sinistra e sempre dritto».

Mi guardava, io fissavo il movimento ripetuto e rumoroso dei tergicristalli sul parabrezza. Un'auto ci superò e strombazzò tre volte, così Kyle ripartì. «Meglio toglierci da qui, se non vogliamo essere presi in pieno. Sei andata a lezione oggi?»

«Sì, ed è stata noiosa».

«Hai gli appunti di letteratura?»

A quella domanda, ebbi voglia di urlare di andarsene a quel paese. «No».

«No? Come mai? Sei sempre quella che prende appunti. Appunti persino i colpi di tosse dei prof».

Lo guardai. I suoi occhi verdi mi sorrisero per un attimo, come le sue labbra. Era quel maledetto sorriso che mi rivolgeva ogni tanto. Non aveva nulla di sensuale o provocante. Era piuttosto confidenziale, amichevole, di una tristezza per me sconfinata.

«Dici sul serio?»

«Sì. Li ho evidenziati sulle fotocopie, se vuoi un giorno te li mostro. Appunti anche l'ora che il prof legge sull'orologio mentre sta facendo lezione. Tutto».

Forse i ragazzi avevano qualche buona ragione per prendermi in giro.

«Che c'è?», chiese a un tratto.

«Niente».

«Allora svolto a destra?». Mi indicò la strada dopo non so quale incrocio.

«Sì, perfetto».

Kyle allungò un braccio sul sedile posteriore, poi mi passò un asciugamano. «Tieni, asciugati».

Era una grande spugna bianca. Profumava di ammorbidente al gelsomino. Lo volevo usare, ne avevo bisogno, ma che ci faceva un asciugamano in auto? Lo aveva utilizzato con qualche ragazza?

«È pulito», bofonchiò, come se avesse capito il motivo della mia riluttanza a usarlo.

«Porti sempre un asciugamano con te?»

Mi guardò di sfuggita. «Ieri ho accompagnato un mio amico in piscina. Ho fatto un tuffo con lui». Mi guardò di nuovo. «Ho usato un altro asciugamano. Quello era di scorta. Ora giro a sinistra?»

«Sì». Chissà dove lo stavo mandando con le mie indicazioni senza senso. Presi la treccia e la avvolsi nell'asciugamano. «Il tuo amico di ieri è Ralph Baron», dissi ad alta voce, «o Adrian Perez?».

Kyle irrigidì le lunghe braccia. «No, nessuno di loro».

«È dai tempi del liceo che non li vedo. Alle elementari erano dei perfetti idioti».

«Tutti abbiamo attraversato un periodo… così».

«Anche tu eri idiota come loro», mi uscì di bocca.

«Non ho mai detto di non esserlo stato o di non esserlo più. Vado sempre dritto?»

«Sì». Lo guardai senza farmi vedere. Aveva di nuovo cambiato espressione. Non era più sorridente, bensì teso. Le braccia erano ancora rigide, le mani stringevano il volante, le nocche erano sbiancate. «Sabato, alla festa…», mi bloccai. «Ti ho visto con una ragazza».

«E allora? Sono sempre con una ragazza», mi rispose con cattiveria.

«Potrei essere una di loro», dissi. «Ci hai ripensato?»

La mano destra scivolò sul cambio. «No».

«No che non ci hai pensato? Oppure no che non posso essere una di loro?»

«Per caso stai riprendendo il discorso che mi hai fatto al Planet Coffee?»

«Togli il "per caso" e il punto interrogativo».

Kyle si protese in avanti, come per guardare meglio la strada oltre la fitta tenda di acqua. «Adesso dove devo andare?». Si fermò.

«Sempre dritto».

Kyle ripartì sgommando. Smise di guardarmi e di riprendere il discorso.

Tornai a rivolgermi la domanda che mi aveva ossessionato fin da bambina: che cosa c'era di tanto sbagliato in me?

Aspettai che i minuti passassero nel silenzio, che la strada davanti a noi fosse sempre più vuota, che le nuvole cambiassero colore divenendo nere, che la pioggia aumentasse. Quando non ce la feci più a sostenere la situazione, cominciai a parlare.

«L'altro giorno, cosa è stato?». La sua occhiata perplessa parve chiedermi una spiegazione. «Quando ci siamo incontrati per strada e mi sei saltato addosso, mi hai leccato e baciato il collo, premuto il ginocchio sulla coscia, cos'è stato?»

«Niente».

Tamara Jones è forte e perfetta così com'è. Nonostante ripetessi questa frase come un mantra, la risposta di Kyle mi cadde addosso come un macigno.

«Impossibile», ribattei.

«Avevo bevuto, ero ubriaco, non sapevo neppure chi avevo davanti a me».

«Eppure non mi sei parso tanto sbronzo. Ah, avevi bevuto anche quando ci siamo incontrati alla festa della confraterni-

ta?»
«Credo di sì».
Tentavo di captare una sua occhiata, ma gli occhi di Kyle si erano incollati alla strada. Aveva scalato di marcia e rallentato, perché la pioggia era troppo fitta e si faticava a vedere e a proseguire. Mi domandai perché avesse accettato di seguire le mie stupidi indicazioni per chissà dove.
«Allora bevi di nuovo».
«Come?»
«Ubriacati, così non saprai di fare sesso con me e penserai che sono qualcun'altra. Non proverai schifo».
Aprì e chiuse le dita sul volante. La sua fronte era corrucciata, gli occhi assottigliati. «È questo che vuoi? Che un ragazzo ti scopi pensando a un'altra, per di più ubriaco?»
Lanciai con violenza l'asciugamano sul sedile posteriore. Non feci in tempo a rispondergli, perché continuò a parlare.
«I tuoi genitori ti hanno fatto studiare a casa, perché alcuni compagni di classe ti avevano preso di mira».
«Tra questi c'erano anche Baron e Perez».
«Non è questo il punto. Non so come funzionano certe cose, ma pensavo che una bambina vittima di stupidi scherzi e cattiveria, e poi emarginata dalla scuola e dal resto perché così ha voluto la sua famiglia per proteggerla, non volesse più essere trattata male da un ragazzo, da nessun altro. Sei stata anche mollata dal tuo ex perché lui ti ha tradita con un'altra. Me l'hai detto tu stessa».
Stronzo. Che motivo c'era di ricordarmi tutto questo?
«Dopo quello che hai passato, ancora non ti vuoi abbastanza bene?»
Mi sfregai le mani. Era la prima volta che affrontavo certi discorsi con lui o con qualcun altro che non fossero i miei genitori e Lexie. «Ti ho detto di non preoccuparti per me. Ti ho anche detto che voglio divertirmi, questo significa che mi voglio bene visto che in tutti questi anni non ho mai conosciuto cosa voglia dire divertirsi con qualcuno», alzai la voce, scaldandomi. «Ma se la verità è che non mi vuoi neppure per

un po' di sesso, che ti faccio schifo, che devi bere per non fissare il mio viso e ricordarti che sono Tamara Jones, allora... allora... allora dimmelo!», gridai.

Kyle non disse una parola, sembrava incazzato nero. Con una virata brusca, abbandonò la strada che stavamo percorrendo e si immise nella Cantelou Road. Che sarebbe? Non lo sapevo. Era una strada a due corsie, non troppo ampia, circondata da alberi secchi, sterpaglia, qualche casa e muri di pioggia.

«Dove siamo?», chiesi con la voce un po' consumata dalle grida di prima.

«Speravo me lo dicessi tu».

«Non ho mai visto questo posto. Siamo sempre a Montgomery?»

Rallentò molto per indicarmi un cartello. «Ci siamo allontanati da poco dalla statale. Siamo finiti a Splattered Woods. Siamo sempre a Montgomery, ma non sono mai stato qui».

«Neppure io».

Seguì le indicazioni per il bosco, la Toyota si infilò in una strada piccola e stretta tra alberi alti che almeno attutivano lo scroscio della pioggia. C'era così penombra lì dentro che sembrava fosse sera. E io ero da sola con Kyle, nella sua auto.

Nello stesso momento, spostammo lo sguardo su un cartello che chiarì a entrambi dove fossimo finiti. «Qui giocano a paintball», spiegò lui. «Siamo finiti in un bosco dove organizzano questo tipo di gioco. Credo si tratti di una proprietà privata, o forse no. Meglio tornare indietro».

Gli diedi ragione. Tuttavia, Kyle proseguì lungo la strada, che presto si trasformò in un sentiero non asfaltato, via via più stretto. Le ruote della Toyota abbandonarono anche quest'ultimo, finendo su una distesa di foglie umide e pozzanghere. Dopo aver spento il motore, abbracciò lo schienale del mio sedile e si girò per guardare attraverso il lunotto.

«Dovrei fare inversione ma non c'è spazio a sufficienza».

«Tornare indietro in retromarcia?»

Riaccese l'auto, i tergicristalli ripresero a funzionare e a stridere sui vetri. «Non sarà facile evitare tutti questi alberi senza finirci contro». Sbuffò.

La situazione non era delle migliori, per lui. Eravamo nel bel mezzo di un bosco, con la macchina intrappolata tra gli alberi, la pioggia che non accennava a diminuire.

Kyle spense di nuovo il motore, poi si allungò verso il vano portaoggetti, da dove tirò fuori una lattina di birra. Prima che richiudesse l'anta, feci in tempo a notare una seconda lattina. Ma non me la offrì. Si limitò ad aprire la sua, a mettersi comodo sul sedile, a bere in silenzio, guardando il telo di acqua che si muoveva lungo il parabrezza.

Era difficilissimo capire che intenzioni avesse, perché ci fossimo fermati lì, cosa avrebbe fatto con me.

«No, grazie, non ho sete», parlai con ironia.

«Te l'ho detto che non sono un gentiluomo con le donne, e tu lo sai».

Incrociai le braccia e sbuffai. «Ok, Kyle. Di certo non ti sei fermato qui perché vuoi che ti passi i miei appunti per studiare in auto».

«Potrebbe essere un'idea».

«Ho solo gli appunti della scorsa settimana, visto che come ti ho detto oggi non ne ho presi».

Kyle chiuse la lattina tra le mani e la accartocciò. Mi stupii della velocità con cui aveva bevuto quella birra. «Perché giovedì hai saltato la lezione di storia?»

Quella domanda mi prese in contropiede. L'avevo saltata per non incontrarlo, dopo quello che mi aveva detto su come gestiva il sesso con le ragazze. Mi aveva spiazzata e un po' spaventata, ma poi i dubbi e le paure si erano trasformati nella curiosità di scoprire dal vivo cosa si provasse a finire con lui.

«Perché oggi non hai preso gli appunti?»

«Perché ho pensato a te, tutto il tempo». Fui sincera, a costo di sbagliare.

«Questo spiega perché non dovremmo fare nulla insieme. Sei coinvolta?»

Scoppiai a ridere. «No! Non lo sono, lo giuro! Mi piaci e basta, come piaci a tutte le altre donne che cercano solo un'avventura con te. Non ti amo, Kyle. NON TI AMO», gridai e dettai lentamente queste ultime tre parole mettendo le mani ai lati della bocca.

La lattina fece ancora più rumore quando le sue mani la schiacciarono una seconda volta. La lanciò sul cruscotto, poi mi rivolse uno sguardo cupo. «Ok. Spero per te che sia il divertimento che tanto desideri».

A questo punto avrei dovuto gioire alla follia, invece fui abbrancata dalla paura. Non riuscivo a muovermi, mi sembrava di non essere neppure in grado di respirare. O meglio, dovevo essere io a forzare il respiro, o i polmoni da soli non avrebbero respirato per me.

Il grosso bicipite di Kyle si tese da sotto la manica del dolcevita, quando il suo braccio si avvicinò al mio sedile. Abbassò la mano, e all'improvviso mi ritrovai a essere sospinta all'indietro. Dopo aver spostato più indietro il sedile del passeggero, cominciò a muovere la leva laterale per abbassare lo schienale.

In quel momento, maledissi Tamara Jones perché stava tremando. Ero bagnata per la pioggia e in auto non faceva caldo, tuttavia tremavo per un altro motivo: Kyle Rew. Mi tornarono alla mente i suoi duri affondi nel corpo di quella ragazza, il suo pene forse troppo grosso e lungo per me, e i tremori aumentarono.

Dopo essersi assicurato che le sicure fossero abbassate, Kyle si tese verso di me senza staccarsi dal suo sedile. Veloce, la sua mano sinistra si infilò sotto la gonna, di lato, e mi afferrò l'orlo degli slip. Sollevai un po' il sedere e mi spostai verso di lui, la schiena contro la portiera, le gambe aperte. Kyle mi abbassò gli slip su un fianco, seguì con le dita l'elastico sfiorandomi la pancia, poi me li calò anche sul fianco sinistro. Mi ritrovai tutte e due le mani sotto la gonna. Con un gesto veloce e piuttosto rude, mi abbassò gli slip in una frazione di secondo. Per fortuna rimasi coperta dalla minigonna o mi sarei vergognata a morte. Per togliermeli del tutto, mi sfilai anche gli stivali di gomma.

A un tratto Kyle mi strinse le cosce, la sua stretta risalì piano e si fermò sui fianchi, sotto la vita elasticizzata della gonna. Ero ancora vestita, lui era sul suo sedile, eppure tremavo.

«Guardati». Scosse la testa, mentre le sue dita affondavano piano nella mia carne. «Non ti ho fatto nulla, non ti sono saltato addosso, a malapena ti ho sfiorato e tu stai tremando».

«Ho freddo».

«Ma per favore!», mi schernì.

«Ho preso la pioggia, i miei vestiti sono fradici, qui dentro si gela. Tremo perché ho freddo».

Dovetti sembrargli patetica, visto il modo in cui mi stava guardando.

«Se vuoi, possiamo fermarci. Non abbiamo ancora iniziato. Posso smettere».

«No».

Scosse di nuovo la testa, poi si spostò sul mio sedile con una mossa tanto rapida che non feci in tempo a notarla. Se ne stava chino, con le braccia tese, le mani aggrappate allo schienale, il viso a poca distanza dal mio.

Ebbi un tremito violento; era l'eccitazione di averlo sopra di me ma non ancora addosso al mio corpo.

Kyle mi guardò a lungo, io feci altrettanto senza distogliere lo sguardo dai suoi grandi occhi verdi, mentre il respiro accelerava e diventava troppo rumoroso. Dovetti abbassare gli occhi quando sentii qualcosa che strisciava tra le mie cosce. Era la sua gamba. All'improvviso ricevetti un colpo proprio lì, che mi tolse l'aria. Il ginocchio. Mi aveva toccata col ginocchio.

Ripeté quel gesto con più delicatezza, poi mosse la gamba in senso circolare, da una parte e dall'altra. I suoi jeans erano ruvidi, ma forse riuscii anche a sentire la sua pelle calda attraverso lo strappo del tessuto.

«Ti piace?», sussurrò. In quell'istante, sfiorò con un movimento circolare un punto tra le cosce che mi fece sobbalzare.

Il clitoride, forse, o non so cosa, ma fu fantastico.

«Sì», gemetti. Abbassai di nuovo lo sguardo sulla sua gamba che si spingeva sotto la gonna e si muoveva lì sotto innescandomi onde di piacere.

Kyle si abbassò un po', i suoi capelli mi ricaddero sul viso. Non riuscivo a stare ferma. Lo presi dalla nuca e lo attirai a me. Riuscii a sfiorargli le labbra. Dio se erano carnose e calde... Ci riprovai ma lui oppose un po' di resistenza. Lo attirai a me con più forza e gliele sfiorai per la seconda volta. Solo quando provai a baciarlo sul serio, mi accorsi che lui si era immobilizzato, che stava strizzando gli occhi e che il suo ginocchio non stava più ruotando contro di me. Pensai di chiedergli se nelle sue regole sul sesso fosse vietato baciarsi, ma tolse subito la gamba, si abbassò reggendosi su un gomito e mi bloccò il viso con l'altra mano. Adesso i suoi occhi erano spalancati sui miei. I respiri di entrambi erano veloci e profondi. L'acqua continuava a tamburellare sulla carrozzeria, un po' di vapore si era formato sui vetri.

Con quello sguardo penetrante, il respiro rotto, il corpo rigido, sembrava volesse dirmi qualcosa.

«Non ho il preservativo».

Di fronte alla sua affermazione, non battei ciglio. Ero sicura che Kyle Rew si portava dietro scorte di preservativi. Non gli credevo. Era una scusa, e il suo modo di fissarmi mi stava dicendo qualcos'altro, solo che non riuscivo a capire cosa.

«Quindi», tentennò, «niente sesso».

«Ne ho uno io», mentii.

Mi sorrise per un po'. «Sono certo che non è della misura giusta».

«La tua scusa è... soltanto una scusa ed è anche piuttosto patetica».

La sua mano stava per lasciare la mia guancia, mentre i suoi occhi si erano incollati alla cicatrice che avevo sulla fronte.

Gli afferrai il polso e con forza mi portai la sua mano sulla coscia. «Possiamo fare dell'altro».

«I preliminari li salto».

«Non potendo fare sesso, questi non sono dei veri e propri preliminari».

Kyle non mi fermò quando gli posai la mano sulla parte interna della mia coscia. «Tamara». Chiuse per un attimo gli occhi. Quando sollevò le palpebre, aveva uno sguardo strano, un po' confuso, e si mordicchiava il labbro di sotto.

Gli tolsi la mano dal polso e aprii un po' di più le gambe. Il suo palmo caldo risalì lungo gli ultimi centimetri di coscia. Kyle si spostò un po' di lato, mettendosi più comodo. Gli feci spazio, e così finimmo che io ero stesa a pancia all'aria e lui di fianco a me, sempre sollevato su un gomito, che mi guardava un po' dall'alto. Appena le sue dita scivolarono tra le mie pieghe, chiusi gli occhi e non seppi più dove ero, dove eravamo, quanta pioggia stava cadendo, quanto vapore aveva appannato i vetri. Avrei voluto Kyle sopra di me, la sua mano a farsi spazio da dietro, il suo petto premuto contro il mio, ma non avevo le energie per dirglielo, e forse non ero nelle condizioni di chiedergli qualcosa, visto che qualcosa me la stavo già prendendo da lui.

La sua grande mano si muoveva sopra e sotto, ma con lentezza, con un fare più dolce di quello che mi sarei aspettata, più gentile delle premesse, più intenso di tutti i miei desideri. Lo sbirciai tra un gemito e l'altro. Aveva gli occhi incollati al mio viso, lo sguardo era sempre confuso, sembrava perso chissà dove, come se stesse pensando a qualcosa di più grande di sé. Guardava così anche le altre quando le toccava? Quando lo avevo visto in bagno mentre si sbatteva quella tipa, i suoi movimenti mi erano sembrati più meccanici, violenti, brutali; un atto puramente fisico. Adesso non era quel Kyle; era controllato, delicato, e questo mi fece provare ancora più desiderio nei suoi confronti.

«Sei...»

«Sono?», gli chiesi.

«Molto bagnata».

Sì, lo ero, eccome. La sua mano scivolava da sola, tanto ero umida.

Lottai un po' per spostare le braccia. Kyle non si mosse, perciò lottai a lungo prima di trovare una via per sollevarle e passargliele intorno al collo. Spinsi il viso contro il suo, gli urtai lo zigomo nella foga, premetti le labbra sulle sue. Non ricambiò il mio bacio. Gli succhiai il labbro di sotto e la sua mano si fermò per poco, un istante, forse due o tre, poi il suo dito premette tra le pareti facendosi spazio in profondità. Ebbi un leggero capogiro e una sensazione di fastidio. Il dito di Kyle uscì dal mio corpo.

«No», lo supplicai. «Continua. Ti voglio. Adesso», dissi.

«Vuoi divertirti». La sua parve una domanda.

Infilai le unghie nel suo collo, perché dopo quella domanda la sua mano aveva ripreso a muoversi, solo che io volevo di più, volevo qualcosa di suo lì dentro che mi facesse girare di nuovo la testa, urlare e venire, perché stavo scoppiando. Perché lo volevo!

«Voglio solo te, Kyle».

Non so cosa successe dentro di lui quando si sentì dire quel "Voglio solo te, Kyle". Ebbe un impeto di passione - o di qualsiasi altra cosa fosse - e il suo dito tornò ad affondare nel mio corpo, le sue labbra si gettarono sulle mie quasi con disperazione e con questa stessa foga e potenza cominciò a baciarmi. Mi baciò seriamente. La sua lingua entrò con prepotenza nella mia bocca, cercò la mia come se fosse ciò che desiderava da un pezzo senza trovarla; come se fosse l'unico bacio di cui aveva bisogno, di dare e ricevere.

Allontanò la mano e quasi non me ne accorsi, tanto ero rapita dalle sue labbra. La mano strisciò sulla mia coscia, risalì, scese di nuovo, poi si spostò su un seno. Me lo accarezzò da sopra il maglioncino. Me la ritrovai di nuovo sotto la gonna. Kyle era tanto rigido col corpo quando veloce e agitato con la mano e le labbra e la lingua. E col dito, che tornò dentro di me mandandomi in delirio. Lo muoveva nel modo perfetto, senza farmi male ma senza essere troppo delicato da non sentirlo. Era magnifico, tutto: la foga, la passione, il respiro che mi mancava, le vertigini.

Non so cosa successe nel momento in cui allontanò di nuovo la mano. Gli passai una gamba sul fianco, ci muovemmo entrambi in modo scoordinato e confuso, e alla fine finii sopra di lui. Gemetti forte nel sentire il suo bacino premuto contro il mio. Aveva un'erezione. Gli piacevo, si era eccitato.

Mi spinse su e giù, facendomi strofinare sul suo rigonfiamento. Io ero nuda là sotto, lui invece aveva quei maledetti jeans ruvidi e bottoni freddi che mi davano un po' fastidio. Nudità contro nudità sarebbe stato il massimo.

Prima che ci baciassimo, scorsi una scia di tristezza nei suoi occhi. Le mani allentarono la presa sui miei fianchi. Kyle frenò i movimenti che mi stava facendo fare sul suo bacino, poi sollevò il capo e ci fu quel nuovo, meraviglioso bacio. Lento, ritmato, passionale, niente a che fare con quello di prima. Mi muovevo sopra di lui da sola, la sua mano era chissà dove, l'altra mi stava accarezzando il sedere. Parve leggermi nei pensieri, infatti immerse il dito dentro di me e a quel punto mancò poco perché svenissi tramortita dalla tensione. Cominciai a tremare, a gemere sempre più forte, mentre la pressione del suo dito aumentava. Non riuscivo a capire nulla, sentivo solo che il suo bacio era un fiume di dolcezza, la sua mano un tocco familiare anche se era la prima volta che mi toccava.

«Dio, Kyle, io...»

Io niente. Non riuscii a dire più nulla. Raggiunsi l'orgasmo tra i versi più strani e gli acuti più striduli che avessi mai sentito udire dalla mia bocca, poi mi accasciai contro il suo petto. Il cuore che batteva veloce era il mio; quello che batteva impazzito, con un caos di *tum tum tum*, era quello di Kyle.

Lineville, quattro anni prima

Il tempo passava e un cazzo cambiava nella mia vita. Avevo un anno in più, ero iscritto al terzo anno della Lineville High School ed era tutto uguale a prima.

No, a essere sincero, qualche differenza con l'anno prima c'era. L'assicurazione sanitaria di mamma non poteva più coprire le spese per la riabilitazione; nonna era spesso in Wisconsin e tornava a casa raramente; io mi ero trovato un lavoro part-time come cameriere al Burger & Chips House; papà mi stava aiutando a distanza a pagare a rate una vecchia Mustang, forse perché gli si era intenerito il cuore per via della nascita del figlio avuto con la nuova compagna. Mi vedevo spesso con una ragazza dell'anno prima del mio, Cecilie Cook, mentre Ralph e Adrian rimorchiavano matricole e le scaricavano spezzando loro il cuore.

Nonostante queste novità, le cose importanti non erano mutate di una virgola. Mia madre continuava a bere e a non occuparsi di me. Erano più le volte che dava di matto di quelle che sembrava la madre di anni prima, quando lei e papà si amavano e io non ero un peso da spostare se davo fastidio o schiaffeggiare se parlavo troppo. Papà era sparito. Di lui mi rimanevano quell'unica telefonata, durante la quale mi aveva fatto promettere di accettare il suo aiuto economico per pagarmi la Mustang, e l'assegno che mi inviava ogni mese.

Quando mi contorcevo allo specchio per guardarmi il tatuaggio, ero sempre più soddisfatto di essermelo fatto fare. Quella frase racchiudeva i miei pensieri sulla vita che mi era capitata. C'era di peggio, per carità, ma questo non significava che la mia vita fosse meno schifosa di ciò che pensavo.

Mi grattai il tatuaggio da sopra la T-shirt un attimo prima di bussare alla porta del supervisore.

«Avanti», mi gridò da dentro.

Il signor Clark mi accolse nel suo studio con un sorriso tirato sulla faccia, i grossi occhiali dalla montatura nera calati sulla punta del naso.

«Prego, Kyle, siediti pure. Tu e io abbiamo un po' di cose da dirci».

Era una bugia. Ci eravamo già detti tutto. Conoscevo la mia situazione scolastica, come lui conosceva la mia situazione familiare.

«Come stai?»
«Bene, grazie», gli risposi.
Il signor Clark abbassò la testa su alcuni fogli, mostrandomi tutta la sua calotta calva circondata dai pochi capelli grigi. Era un brav'uomo, ma lo trovavo falsamente cortese, esageratamente sorridente, e per questo mi stava un po' sul cazzo.
«Allora Kyle, i tuoi voti non sono ancora migliorati. Sei andato meglio in matematica e sei peggiorato in letteratura inglese, e non è da te. So che continui ad affrontare un brutto periodo, i problemi a casa non si sono risolti, per di più adesso lavori. Ma vedi, con questi voti rischi di perdere l'anno. Sarebbe un peccato, perché sei in gamba. Ti basta una lettura per assimilare i concetti, mentre gli altri studenti hanno bisogno di almeno due o tre riletture».
Non sapevo cosa dirgli. Quando tornavo a casa, se non lavoravo dovevo occuparmi della cucina, di mamma, della spazzatura, della spesa, di tutto. Il mio poco tempo libero lo passavo con Ralph e Adrian oppure con Cecilie. Non facevo grandi cose, ormai non ne avevo il tempo e spesso le energie. Lo studio? Era il mio ultimo pensiero.
«Non vuoi ripetere l'anno, vero?»
«No, certo che no, signore».
«Allora dovresti impegnarti di più. All'inizio del primo anno avevi un'ottima media».
«Lo so».
«Devi diplomarti e proseguire gli studi, se vuoi allontanarti dai problemi».
Lo sfidai con un'occhiata severa. «Mi piacerebbe risolvere i problemi, invece che scappare».
«Lo so, lo so, ma vedi, a volte i problemi degli adulti non si possono risolvere. Il divorzio dei tuoi genitori non si può cancellare. I problemi di alcolismo di tua madre richiedono tempo perché si possano risolvere. Se hai bisogno di un supporto psicologico...»
Lo bloccai agitando la mano. «No, grazie, non ne ho bisogno». Lui me lo proponeva sempre, io lo rifiutavo senza

nemmeno prendere in considerazione quella possibilità. Conoscevo i problemi della mia vita, non avevo bisogno di uno strizzacervelli con cui condividerli. Non mi serviva.

«D'accordo, ma noi siamo qui. Possiamo darti una mano quando vorrai, ma tu devi aiutare noi a non cacciarti da questa scuola, studiando e ottenendo risultati migliori di questi». Sventolò il foglio con i miei voti.

«Ci proverò». Ripresi lo zaino da terra e mi alzai.

«Kyle Rew, è la tua vita».

«Lo so, signore».

«Bene. Puoi andare. Spero di rivederti nel mio studio per congratularmi dei tuoi progressi».

«Lo spero anch'io».

Lo salutai, poi mi voltai verso la porta. Quando la aprii, feci un balzo indietro. Oltre la soglia c'era Tamara Jones, occhi bassi, mani attorcigliate sul grembo, una treccia sempre più lunga portata davanti.

Anche lei faceva parte delle piccole - o grandi novità - dell'ultimo anno. Si era ufficialmente fidanzata con quello sfigato di Charles Preston, nel senso che adesso si mostravano in pubblico senza nascondersi. Passeggiavano nei corridoi mano nella mano, si sbaciucchiavano davanti a tutti - ma erano baci molto casti -, stavano sempre insieme. Allora perché era dietro la porta del signor Clark e lui non era lì a tenerle la mano?

«Ciao», la salutai e richiusi la porta prima che lei potesse entrare nello studio del supervisore.

Sollevò gli occhi, due sfere celesti in mezzo a ragnatele rossastre. Doveva aver pianto, perché oltre al rossore delle sclere notai che le palpebre erano gonfie. «Ciao».

Non so da quant'è che non sentivo la sua voce. Forse da quella volta in cui l'avevo trovata seduta sul portico della casa abbandonata. I saluti a scuola erano sempre stati sfuggenti e inghiottiti dal vocio degli studenti fermi nei corridoi.

«Il signor Clark è libero?», mi domandò.

«No, ha appena ricevuto una telefonata. Dovrebbe averne

per un bel po'». Usai quella bugia per avere qualche minuto da passare con lei.

Diede un'occhiata all'orologio. «Aspetterò cinque minuti, poi busserò».

«C'è qualche problema?»

Lei si irrigidì. Aveva tutte le ragioni per reagire in quel modo, visto che non ero nessuno per farle quella domanda.

«Lucas e Mark ti stanno importunando di nuovo?»

Le sue guance divennero rosso fuoco, gli occhi si spalancarono sulla mia bocca come se le avessi rivolto l'offesa peggiore del mondo. «E tu come lo sai che quei due hanno la pessima abitudine di infastidirmi?», disse con una voce risentita che non le si addiceva molto.

Sospirai, rattristato dalla situazione. Quel pomeriggio di circa un anno fa aveva bevuto proprio tanto, se adesso non si ricordava di aver parlato con me di Lucas Green e Mark Taylor. Non ricordava niente di niente.

«Ah, lascia perdere, non ha importanza». Feci un passo laterale per andarmene, ma Tamara mi prese dal braccio e con una certa forza mi spinse contro la parete. Fu il tocco più dolce e selvaggio che avessi mai ricevuto.

«Sei loro amico?»

«Non direi proprio».

«Io penso di sì, invece. Sei amico di quegli stupidi di Baron e Perez, adesso ti sarai alleato con Lucas e Mark per darmi fastidio».

Mi fece male il cuore sentire dalla sua bocca certe folli supposizioni contro di me. Io che l'anno prima li avevo presi a cazzotti affinché non la importunassero più; io che mi pentivo ancora di aver partecipato alla causa della sua cicatrice sulla fronte; io che non facevo altro che rodere quando la vedevo mano nella mano col suo ragazzo; io che ripensavo a quel pomeriggio sul portico, che mi pentivo di non aver provato a baciarla. Io che...

«Sì», dissi infine. «Li conosco ma non sono miei amici, tutt'altro».

«Allora come fai a sapere che mi hanno dato del filo da torcere? E nessuno sa che hanno ricominciato».

«Il tuo ragazzo lo sa?»

La sua stretta sul braccio divenne solo un ricordo. Quando staccò la mano, mi mancò subito quel contatto. «Conosci anche Charles?». Schioccò le labbra. «No, impossibile. Mi stai prendendo in giro».

«Perché dovrei?»

«Perché Charles non conosce persone come te, Baron, Perez e gli altri. Lui si tiene alla larga da quelli come voi. E anch'io». Così alla larga che mi aveva abbracciato e stampato baci sulla giacca di pelle.

Mi grattai la fronte. «Senti, sono venuto a sapere che quei due cretini ti stanno addosso, niente di più. Quanto al tuo ragazzo, no, non lo conosco e sinceramente non mi interessa neppure conoscerlo. Anch'io mi tengo a debita distanza dai tipi come lui. Semplicemente penso che un ragazzo, in questo caso il *tuo* ragazzo, debba difenderti dagli stronzi come Lucas Green e Mark Taylor e tutti gli altri. Ma se sei qui, significa che non sta facendo un buon lavoro. Forse ha paura di sporcarsi le mani o di avere la peggio, perciò preferisce mandarti dal supervisore piuttosto che difenderti».

Tamara si stava arrabbiando, sul serio. Era più rossa di prima, stringeva i pugni e respirava con l'affanno.

«No!», gridò. «Lui è… lui è malato».

«Malato?». La cosa non mi dispiaceva affatto.

«Ha preso l'influenza, manca da scuola da tre giorni».

Non me n'ero accorto. Stavano sempre insieme che quando vedevo lei mi pareva che accanto ci fosse anche lui.

«Non può difendermi se non c'è. Quei deficienti hanno approfittato della sua assenza per riprendere i loro stupidi giochetti contro di me. E io… io…»

«Tu?»

Gli occhi di Tamara si chiusero, mentre il suo petto si ingrossava per prendere un bel respiro. «Io… ora devo vedere il signor Clark».

Io invece ero intenzionato a parlare con quei due, anzi, li avrei affrontati minacciandoli di morte.
Il mio sguardo scivolò dal suo viso al resto. In un anno circa le erano cresciute le tette, perché la maglia che indossava era un bel po' gonfia sul davanti. Si era anche alzata, infatti per guardarla negli occhi non dovevo abbassare troppo lo sguardo. E aveva dei bei fianchi e delle belle gambe, anche se erano nascoste dietro i pantaloni bianchi che le arrivavano al polpaccio.
Alle mie spalle sentii dei rumori provenire dallo studio del signor Clark. Pensai in fretta a cosa dirle prima che il supervisore aprisse la porta.
«Vuoi un passaggio?»
«Che?»
«Ho la macchina nel parcheggio della scuola. Posso darti un passaggio a casa».
«Perché dovrei accettare un passaggio proprio da te?»
«Ti scorterei a casa, i tuoi nemici non potrebbero farti nulla con me al tuo fianco».
Con me al tuo fianco.
Tamara ci stava pensando, e io sperai davvero di poterle offrire quel passaggio. Sarebbe stata la prima volta che metteva piede nella mia auto. Lei e io insieme, diretti verso la casa che avevo spiato qualche volta, di nascosto.
Mentre aspettavo che mi desse una risposta, sentii dei tacchi rumorosi battere sul pavimento del corridoio, poi una voce familiare che strillava il mio nome.
«Kyleee! Finalmente ti ho trovato».
I suoi bracciali di bigiotteria tintinnarono quando si lanciò su di me. Cecilie mi abbracciò e mi baciò sulle labbra con quel suo modo vivace ed eccessivamente espansivo.
Feci in tempo a vedere la faccia risentita di Tamara, che si voltava verso lo studio del supervisore. Il suo pugno batté due volte sulla porta, il signor Clark le gridò di entrare e lei sparì nel suo studio.
Allontanai Cecilie e mi incamminai nel corridoio, diretto

verso l'uscita.
«Ehi, quanta emozione nel tuo bacio, quanta felicità di rivedermi!», mi disse lei alle spalle, sarcastica, mentre cercava di raggiungermi.
«Non è giornata».
«Kyle, non è mai la tua giornata, ci sono abituata. Dove stiamo andando?»
«Sto andando al parcheggio. Prendo l'auto e me ne torno a casa».
«A casa? Ma è presto. Non vuoi fare niente oggi pomeriggio?»
«No». Cercai di mettere distanza camminando veloce.
«Non ti vedi neppure con i tuoi amici?»
«Ralph deve andare in piscina, Adrian studierà con la sua nuova ragazza».
Cecilie mi prese per mano. Protestai per camminare libero dalle sue dita sudaticce e fu inutile. «Me lo dai un passaggio?»
«No», tuonai.
«Andiamo, non fare lo stronzo con me. Lo so che sei stronzo e pure quanto, non hai bisogno di dimostrarlo ogni giorno».
Sorrisi, perché tutto sommato quella ragazza era abbastanza simpatica. Mi fermai per guardarla. Aveva tutto quello che poteva piacermi: capelli corvini lucidi, occhi espressivi e scuri, anelli alle orecchie che le davano un'aria trasgressiva. Aveva una famiglia incasinata ma unita. Era la quarta di otto figli, aveva la fortuna di poter uscire tutte le sere e il permesso di vedersi con i ragazzi da quando aveva tredici anni.
Mi posò le mani aperte sul petto, si sporse verso di me per baciarmi. Sapeva di fumo. Terminò il bacio leccandomi un labbro.
«Un passaggio», mi ripeté.
Annuii senza darle la soddisfazione di una risposta.
Quando entrammo in auto, lei spinse indietro il sedile del passeggero, allungò le gambe poggiando i piedi sul cruscotto. Glielo avevo lasciato sempre fare per non dover litigare

ogni volta.

«Giornataccia?». Incrociò le braccia dietro il poggiatesta e mi fissò.

«Una giornata come tante».

«Sei stato nello studio del supervisore. I tuoi voti non sono migliorati».

«Qualcuno sì, qualcun altro no».

«Posso darti ripetizione io, se vuoi». Se la rise mentre faceva scivolare la mano sulla mia coscia.

«Penso che saresti una brava insegnante di educazione sessuale, ma in questa materia ho il massimo dei voti».

«Stronzo!». Mi colpì con un pugno sulla gamba. «Doppio stronzo», scherzò.

Mentre ridevamo, mi domandai il motivo per cui frequentavo Cecilie. Non ero sicuro della risposta. Forse perché sapeva fare degli ottimi pompini; forse perché non era appiccicosa e opprimente, non pretendeva nulla, era spesso sorridente, non mi faceva troppe domande. La guardai di soppiatto mentre ondeggiava la testa seguendo il ritmo del suo fischiettio, rivolta verso il finestrino. O forse stavo con lei perché a scuola era in classe con Tamara Jones. Ero davvero arrivato a tanto? E poi per quale motivo?

«Come mai non sei andato in piscina col tuo amico?»

«Non mi piace molto nuotare, preferisco il football. Domani ho gli allenamenti. Stasera invece lavoro».

«È un modo gentile per dirmi che non ci vedremo neppure domani?»

«Probabile».

«A volte sei antipatico».

«A volte fai troppo la fidanzatina».

«Perché ti amo».

Inchiodai di colpo. «Come hai detto?»

Lei se la rise, poi ritirò la risata diventando sempre più seria, infine adirata. «Ho detto che ti amo. Kyle Rew, ti amo. Mi sono innamorata di te».

Ripartii prima che qualche auto ci venisse addosso. Imboc-

cai la strada per casa sua. Volevo scaricarla al più presto.
«Ehi, sembra che ti abbia detto che domani morirai».
«Dovresti saperlo come sono».
«Del tipo?»
«Allergico agli affetti, all'amore, alle fidanzate tutte cuoricini e "Ti amo". Non fa per me, mi dispiace».
«Prima o poi ti innamorerai anche tu».
«Non accadrà».
«Hai un cuore, quindi accadrà».
«Non stare con me con questa speranza, altrimenti è meglio farla finita qui».
Lei sbadigliò con nervosismo. «Con te non mi faccio speranze, con nessuno a dire il vero. A sedici anni da poco compiuti è normale avere una cotta per qualcuno, nel mio caso per te. Non hai idea di quante mie compagne di classe ti sbavino dietro. La metà di loro è innamorata di te!»
La guardai di sfuggita prima di imboccare la strada che portava dritto al suo cottage. Cecilie non si stava prendendo gioco di me.
«Andiamo Kyle, non dirmi che non lo sapevi. Hai palpato un sacco di ragazze alle feste, da quando sei iscritto alla Lineville High School».
«Ma nessuna era del tuo anno».
«Ok, ma hai sempre saputo di riscuotere successo con l'altro sesso, perciò non fare il finto tonto».
«Ti sbagli, non sto facendo il finto tonto. Non mi sono mai accorto che molte ragazze del secondo anno mi venissero dietro».
«Be', è così. Magari tra loro troverai la ragazza di cui innamorarti». Incrociò le braccia e riprese a fischiettare.
«Non dire stupidaggini».
«Magari ti sei già innamorato di qualcun'altra».
«Non starei qui».
«Magari lei non ricambia i tuoi sentimenti».
Frenai bruscamente. «Passaggio dato, destinazione raggiunta. Puoi andare adesso».

«Dici sul serio?»
«Sei tu che mi hai chiesto un passaggio, io volevo starmene da solo e tornare a casa mia».
«Stai reagendo così solo perché ti ho detto che sono innamorata di te. Forse avresti gioito di più se ti avessi raccontato che amo un altro».
Cecilie prese lo zaino e uscì a razzo dall'auto. Sbatté la portiera. «Stronzo!», gridò. Girò intorno all'auto, tirò un pugno sul cofano e mi puntò il suo dito medio. «Fottiti!»
Rimisi in moto, mentre Cecilie camminava nel vialetto di casa voltata verso di me, col suo dito medio ancora sollevato.
«Fottiti anche tu», dissi tra me e me.
Quel pomeriggio, in verità, non avevo intenzione di tornare a casa e incontrare mia madre con l'incognita di trovarla ubriaca o depressa, incazzata o imbottita di sonniferi per riposare. Ma i miei amici erano impegnati, Cecilie mi aveva fatto incazzare - o meglio, io avevo fatto incazzare lei - ed ero anche piuttosto nervoso per via di Tamara Jones. Sì, la verità era questa: ero isterico per Tamara, perché quei due coglioni della sua classe l'avevano presa di nuovo di mira nonostante le mie minacce dell'anno prima. E perché sul sedile del passeggero davanti avrei voluto lei invece di Cecilie. Mi sarebbe piaciuto da impazzire. Tra una parola e l'altra, avrei scavato più a fondo in quegli anni bui delle elementari che l'avevano indebolita, avrei indagato sulla sua sofferenza, sui soprusi che aveva dovuto sopportare.
Mi fermai al The Gutter, mi presi da bere e da mangiare, deciso a passare il pomeriggio fuori prima di andare al lavoro. Niente casa, niente mamma. Avevo bisogno di stare da solo e non vedere nessuno.
Rimasi lì un'oretta e mezzo, a guardare i ragazzini che giocavano a bowling. Poi me ne andai e feci praticamente il giro intero della città per due volte, così da intrattenere il tempo.
Quando mancava più di mezz'ora al mio turno di lavoro, mi fermai per strada, presi il cellulare e scrissi a Ralph e Adrian per sapere i loro programmi della serata. Entrambi

mi promisero che sarebbero passati dal Burger & Chips House per le otto, a patto che i loro genitori li avessero lasciati liberi. Poiché ero a pochi metri dal The Gutter, mi fermai di nuovo nel parcheggio per prendermi una bibita energetica.

Mi ero appena messo comodo sul cofano quando, voltando lo sguardo da una parte e dall'altra, scorsi una coppietta un po' distante, addossata a un muretto, abbracciata così stretta che mi domandavo come facesse a respirare. Lui si scostò, le scompigliò i capelli, poi la baciò con una foga tale che sembrava dovesse mangiarle le labbra.

Distolsi lo sguardo da quei due, ma poi lo posai di nuovo su di lui. Perché…

«Ma porca puttana!»

Scesi dal cofano e mi diressi verso di loro. All'ultimo cambiai direzione e mi appostai vicino a un pick-up, così da essere nascosto alla loro vista.

Guardai meglio, guardai a lungo, più volte, da diverse angolazioni. All'inizio pensai che la biondina fosse Tamara, la lunghezza dei capelli era la stessa, l'altezza pure, più o meno. Invece no.

Charles Preston non stava baciando Tamara. E di sicuro non era a casa con l'influenza.

Me ne tornai alla macchina, andai al lavoro e servii i tavoli come un automa, col corpo presente e la testa completamente assorta in altri pensieri. Ralph e Adrian non vennero. Mi scrissero tutti e due che avevano problemi a uscire di casa, che ci avrebbero provato sul tardi, con basse probabilità di successo.

Quando salii di nuovo in auto, era mezzanotte. Mamma non si era fatta viva tutto il giorno, non sapeva neppure dove fossi, visto che non ricordava quando lavoravo e quando no. Non si preoccupava per me, d'altronde non riusciva a preoccuparsi neppure per se stessa.

Con la testa sempre troppo immersa in certe considerazioni, presi un'altra strada. Mi fermai quando vidi alla mia destra il retro dell'abitazione di Tamara Jones, nella parte nord della città. Una casa in stile ranch, estesa su un solo piano. Probabilmente tutti dormivano, perché non c'era una sola luce accesa su quel lato. E anche se ci fosse stato qualcuno sveglio, cosa avrei potuto fare? Chiedere di Tamara? Io? E perché?

Spensi il motore e reclinai un po' il sedile, la testa piegata di lato per guardare la sua casa. In quei minuti trascorsi lì, pensai che ognuno avesse il proprio destino. Quello di Tamara era essere presa in giro dal prossimo. Possibile? Sembrava di sì. Presa in giro alle elementari da me e i miei amici e dagli altri; presa in giro al liceo dai compagni di classe; presa in giro persino da quel perfettino sfigato del suo ragazzo. Forse io stesso, anche adesso, la prendevo in giro col mio comportamento.

La porta sul retro si aprì, una luce sopra la tettoia si accese. Scivolai sul sedile per evitare che qualcuno notasse la mia presenza nell'abitacolo. Poi sollevai un po' la testa e *la* spiai. Era Tamara, con in mano un piccolo sacchetto nero della spazzatura. Lo gettò nel bidone di latta, che richiuse col coperchio, poi rimase un po' lì fuori, con lo sguardo che puntava al cielo. Indossava una camicia da notte bianca, trasparente sotto la luce che si irradiava dalla tettoia. Molto trasparente. Nonostante la distanza, vedevo chiaramente i suoi capezzoli e il disegno delle mutandine. Mi si seccò la gola davanti a quella vista. Peccato che durò poco, perché lei si girò, la sua testa ondeggiò sul collo ma il mio sguardo scese subito sul suo sedere, due mele belle rotonde che si intravedevano attraverso la camicia da notte. Al passo successivo, la penombra che la abbracciò non mi consentì di vedere nient'altro. La porta si richiuse, io tirai su lo schienale e ripartii.

CAPITOLO SEI

Ci sono persone che conosciamo di vista da una vita, con le quali ogni tanto scambiamo una parola o un'occhiata o un sorriso; persone che, a ben pensarci, sono una presenza costante, solo che non ci facciamo più di tanto caso o non diamo a questo aspetto la giusta importanza. Poi scatta qualcosa, vediamo *quella* persona sotto una luce diversa, memorizziamo i suoi movimenti, aspettiamo il suo sorriso, siamo rapite dal suo fascino. E quando un bacio e qualcosa di più ci rende complici, ci accorgiamo che quella presenza costante è la cosa più importante a cui aggrapparci, la sola che aspettiamo di rincontrare… e baciare.

Era questo che stavo pensando di me e Kyle. Dopo esserci appartati in auto e tutto quello che era successo, non la smettevo di pensare a lui, a noi, a Kyle-bambino alle elementari di cui avevo un vago e lontano ricordo; a Kyle-adolescente che incontravo nei corridoi della Lineville High, con cui mi ero intrattenuta poche volte; a Kyle-adulto che avevo rivisto all'università, con cui parlavo di corsi, appunti e dettagli irrilevanti.

Ripensai anche a Charles, al tempo buttato con lui, ai suoi tradimenti, al vuoto che aveva creato intorno a me non dandomi la possibilità di notare altre persone all'infuori di noi due. Di *vedere* seriamente Kyle Rew.

Dei bisbigli mi arrivarono all'orecchio. Era Lexie, che stava dicendo qualcosa alla montagna ricciolata seduta accanto a me. Mentre il prof di psicologia parlava a braccio, la mia amica e il mio compagno di gomito si scambiarono di posto. Lui ci trucidò con un'occhiataccia, che poi però scomparve dietro un sorriso di cortesia.

«Che succede?», mi sussurrò Lexie, mettendo le mani intrecciate davanti alla bocca. Pensava che in questo modo il prof non si sarebbe accorto della nostra chiacchierata. Probabile, ma eravamo in quarta fila e c'era il rischio che ci beccasse.

«Dimmelo tu. Perché hai cambiato posto?»

«Per parlarti. A pranzo mi vedo con Robert».

Cambiai pagina del mio block-notes. Quella di prima l'avevo imbrattata col nome di Kyle su tutti e quattro gli angoli e un KYLE gigantesco al centro del foglio.

«Ieri sei rientrata tardi, non hai risposto al cellulare. Stamattina non ti ho trovata in camera».

«Sono uscita presto per fare jogging, poi sono passata dalla caffetteria per fare colazione. Si è fatta l'ora delle lezioni e non sono tornata al dormitorio».

«E ieri sera? Cos'è successo?»

Come potevo riassumerle quello che c'era stato tra me e Kyle? Dopo che le sue mani mi avevano portato al culmine del piacere, ero crollata sul suo petto ed ero rimasta immobile ad ascoltare il battito delirante del suo cuore. Poi mi ero addormentata. Imperdonabile da parte mia, ma era successo. Al mio risveglio erano le nove passate di sera, aveva quasi smesso di piovere, il dolcevita di Kyle era sporco della mia saliva, il suo viso e il suo modo di comportarsi gelidi. Mi aveva accompagnato al dormitorio, salutato frettolosamente, e io ero rimasta fuori, seduta sugli scalini, con le gambe strette al petto, incapace di muovermi, salire in camera, dormire.

«Mi hai fatto preoccupare», aggiunse Lexie.

«Mi dispiace».

«Shhh», ci richiamò una vipera dietro di noi.

«Ne parliamo un'altra volta, ok?»

La mia amica mi rispose con un no. Prese il suo quaderno e cominciò a scriverci sopra. Così iniziammo la nostra conversazione epistolare.

LEXIE: *Hai conosciuto qualcuno?*

IO: *No.*

LEXIE: *Con chi sei stata?*

IO: *Con Kyle.*

LEXIE: *:-) È successo qualcosa?*

IO: *Sì.*

LEXIE: *Del tipo che…*

IO: *No, ma siamo stati insieme, in quel senso. E ci siamo baciati. Ed è stato fantastico. Mi tremano ancora le gambe se ci penso. Mi sento una sedicenne, ma non è colpa mia se sto provando ancora delle forti scosse dappertutto.*

LEXIE: *Tamara, no!*

Sollevai gli occhi sul prof, che adesso aveva iniziato a scrivere sulla lavagna col pennarello rosso, per sottolineare l'importanza di certi concetti. In pratica, da quando avevo parlato con Kyle al tavolo della caffetteria, avevo smesso di prendere appunti con costanza, di seguire con la mente le lezioni, di essere concentrata. Aveva ragione Lexie a scrivermi "Tamara, no!". Non andava bene per niente, e lo sapevo.

IO: *Mi piace molto. Bacia in modo divino, è stato passionale, poi lento e più dolce. Ora capisco che fortuna hanno le altre ad andare a letto con lui.*

LEXIE: *Soffrirai…*

IO: *Grazie mille :.(*

LEXIE: *Ti stai innamorando, di già.*

IO: *No.*

LEXIE: *Allora cos'è?*

IO: *Sesso?*

LEXIE: *Non penseresti a lui se fosse solo sesso. Non saresti così scossa per ieri. Ricordati che è una cattiva persona con le ragazze, che le usa, che non ha un cuore, che non si lega a nessuna. Cosa farai se dovessi innamorarti di Kyle Rew?*

IO: *Niente, perché tanto non accadrà.*

LEXIE: *Lo spero per te.*

Terminammo così la nostra infantile conversazione scritta. Lexie riprese a prendere appunti, con la sua solita precisione; non si lasciava sfuggire nessuna parola detta dal prof o scritta sulla lavagna. Era più brava di me in questo.

Quando la lezione si concluse, aspettammo che l'aula si svuotasse, poi prendemmo le nostre cose e uscimmo nel corridoio. Robert, il suo ragazzo, era di fronte alla porta dell'aula, con un sorriso da occhio a occhio. Guardava la mia amica con amore, si vedeva che teneva molto a lei; ma si vedeva anche che era geloso e marcava stretta Lexie, per la paura che qualcun altro potesse metterle gli occhi addosso.

«Ciao ragazze. Com'è andata la lezione?», ci chiese.

La mia amica e io ci guardammo sorridendo. «Bene. Abbiamo fatto a gara a chi prendeva più appunti. Ho vinto io, ovviamente. Per starmi dietro, Tamara ha perso un po' di concentrazione e alla fine ha preso i peggiori appunti di sempre». Fece scivolare lo zaino dalla spalla e prese il quaderno. «Tieni. Ti conviene fotocopiare un po' di pagine».

Strizzai l'occhio. «Grazie».

«Vieni a prendere qualcosa da mangiare con noi?», fece Robert.

«No, grazie, prenderò una bibita ai distributori».

«Okay. Ci vediamo dopo».

Lexie mi diede un bacio sulla guancia. «Siamo a mensa o in qualche bar qui vicino. Non sentirti un terzo incomodo, forse verranno anche alcuni amici di Robert».

«Sul serio, voglio solo qualcosa da bere, poi penserò a fotocopiare i tuoi appunti. Sarà per un'altra volta».

Storse un po' la bocca. «D'accordo». Mi salutò con un altro bacio sulla guancia e raggiunse Robert. Insieme uscirono

dall'edificio.
Mentre mi avvicinavo ai distributori, presi dal borsellino una manciata di spiccioli. Le aule si erano svuotate per la pausa pranzo, anche se non del tutto, e nel corridoio c'erano pochissime persone. Prima di me, una ragazza stava decidendo cosa comprare. Nell'attesa, guardai fuori attraverso le grandi vetrate. Chissà che fine aveva fatto Kyle. Non si era visto in giro, e di certo lui non passava inosservato. Poi mi venne in mente un pensiero che mi lasciò rattristata. Dopo avermi accompagnata al dormitorio, era uscito con i suoi amici e aveva rimorchiato qualcuna? In auto mi aveva solo detto che avrebbe fatto un salto in un locale. Non dovevo pensarci, non erano affari miei. Come già sapevo e gli avevo pure detto, non avevo l'esclusiva su di lui né ambivo ad averla.
Quando fu il mio turno, infilai le monetine nel distributore e selezionai una lattina di Coca-Cola. A quanto pareva, il distributore non aveva voglia di essere molto collaborativo. Sputò le monete e dovetti rifare tutto da capo. Selezionai nuovamente il numero corrispondente alla lattina, ma nulla si mosse. Diedi un pugno sul vetro del distributore, col risultato che sputò una moneta da un cent.
«Dannazione», borbottai.
In quell'istante, vidi un braccio superare la mia spalla, una mano che infilava altre monete nel distributore. Mi immobilizzai per qualche secondo, frastornata da quel profumo amico, poi le gambe cominciarono a tremarmi.
«Ciao», lo salutai.
Kyle si spostò al mio fianco e in quel momento il braccio a spirale del distributore fece cadere la lattina di Coca nel cassetto.
«Ciao. Ti mancavano cinque centesimi».
«Oh», esclamai, guardando Kyle che si chinava per aprire il cassetto, prendere la lattina e passarmela. Provai a non toccargli le dita, inutilmente. La sua grande mano stringeva la Coca-Cola, così le mie dita si posarono sulle sue prima di

sentire il metallo freddo. «Grazie».

«Non c'è di che».

Un gruppetto di studentesse accompagnate da tre ragazzi superò il distributore. Non potei fare a meno di notare le occhiate acide che quelle ragazze mi rivolsero. Guardai loro, la lattina, Kyle. Era insolito ricevere una gentilezza da parte sua, dovevo ammetterlo, e questo sembrava strano tanto a me quanto a quelle oche che adesso stavano ridendo.

Il silenzio divenne imbarazzante. Lui non parlava, era rivolto verso il distributore e sembrava intento a scegliere cosa bere. Cosa avrei potuto dirgli?

Ieri è stato fantastico. Vorrei essere di nuovo toccata dalle tue mani e baciata. Il tuo pene era duro sotto i jeans, mi piacerebbe risentirlo ma dentro di me. Quando ci rivediamo per sperimentare qualcosa di nuovo? Mmm, no, non andava bene niente, ma lui era Kyle Rew, un ragazzo con cui si poteva parlare di sesso senza freni.

Mi schiarii la voce. «Ieri è stato...»

«Non parlo mai del sesso del giorno prima, con nessuno», mi interruppe subito e con una voce di un'ottava più bassa.

«E di quello del giorno dopo?»

Si chinò per prendere una bottiglia d'acqua. «A volte, con i miei amici, quando discutiamo su quale ragazza riusciremo a portarci a letto».

Che stronzo. Attaccai le labbra alla lattina e per poco non mi tagliai un labbro con la linguetta. Kyle svitò il tappo e cominciò a bere, guardandosi intorno. Sì, guardava altrove e non me, non riuscivo nemmeno a fissare il colore delle sue iridi, ma era comunque lì, vicino. Una compagnia silenziosa ma presente, proprio come al liceo.

«Sei stato molto gentile con me, oggi». Si voltò e io agitai la lattina. «Di solito non sei così cordiale con le ragazze».

Alla luce che penetrava dall'ampia vetrata del corridoio, gli occhi di Kyle ricordavano l'acqua limpida dell'oceano, quando l'indaco o l'azzurro virano al verde. Erano stupendi ma anche imperscrutabili. Come la volta prima, sembrava

che volessero comunicarmi qualcosa, solo che io non ero tanto brava a capire cosa.
«Non sono stato gentile».
«Ma...»
«Se non avessi infilato quei centesimi, avrei aspettato chissà quanto prima che tu riuscissi a prendere la tua bibita».
Strinsi la Coca tra le dita e la latta si avvallò in un punto, facendo rumore. «Non ci avevo pensato», considerai. Mi finsi sicura e sorridente e aggiunsi: «In fondo, non c'è bisogno di fare il gentile con una ragazza che vuole solo del sesso da te».
Da imperscrutabili, i suoi occhi divennero come mare prima della tempesta: grigi, tristi, malinconici. «Vuoi solo sesso». La sua affermazione sembrava un modo per ricordarsi quali fossero le mie intenzioni con lui.
Richiuse la bottiglia, la mise nello zaino, poi mi prese la lattina di mano, che io lasciai andare con riluttanza, e la mise sopra il distributore.
«Andiamo», mi disse.
«Dove?»
«Non hai detto che vuoi solo sesso da me?»
Annuii.
«Allora andiamo».
Kyle attraversò il corridoio dalla parte opposta all'uscita e io lo seguii. Incontrammo poche persone che procedevano nel senso opposto al nostro. Ci guardarono con diffidenza, come a chiedersi che ci facessimo ancora là dentro e soprattutto dove stessimo andando. Salimmo le scale, arrivammo all'ultimo piano dove non ero mai stata. A un tratto Kyle aprì una porta, mi spinse dentro e la richiuse.
Il cuore cominciò a battermi veloce. Non vedevo nulla lì dentro, c'era buio, ma sentivo un profumo intenso di detersivi. Kyle illuminò la stanza col cellulare, mentre posava lo zaino a terra.
Mi guardai rapidamente intorno. Eravamo in uno sgabuzzino. C'erano secchi, scope, stracci, un ampio scaffale che si alzava da terra e arrivava al soffitto, pieno zeppo di detersivi.

La luce del suo telefono si smorzò. Kyle fece qualcosa per lasciare il display perennemente illuminato. Non era granché come trovata, ma sempre meglio del buio pesto di qualche minuto prima.

Forse non sapeva dove era l'interruttore, meditai. Forse accendere una luce era troppo rischioso, ipotizzai. E forse ci trovavamo lì per fare... sesso, conclusi.

Eh, sospirai. Ero in quel buco di stanza da sola con lui. Non si sentivano rumori da fuori, il piano su cui ci trovavamo mi era parso deserto, tutti erano fuori per la pausa pranzo, e Kyle poteva essere mio. Tutto quello che desideravo, insomma. Mi voltai verso lo scaffale di metallo, contro cui avevo appoggiato la schiena. Non era proprio il luogo dove mi aspettavo di avere un incontro con Kyle Rew.

«Che c'è?», mi chiese.

Feci scivolare lo zaino a terra e intercettai il suo sguardo. Sembrava divertito dalla situazione, dalla mia immobilità, dal mio improvviso silenzio.

«Non ti piace qui? Mi pare di averti specificato che non ci sono fiori e candele quando faccio sesso o lenzuola pulite, e che spesso mi capita di farlo anche in posti peggiori di questo».

Socchiusi gli occhi e feci un bel respiro, poi pensai in fretta.

Cosa volevo? Kyle.

Mi importava dov'ero? No.

Potevo avere i piedi immersi nel fango e non sarebbe cambiato nulla. Giusto.

Ero da sola con lui, la fioca luce del cellulare a rischiarare i nostri volti, i corpi vicini in uno spazio ristretto. Era solo questo che contava. Sì.

Inoltre, il ripostiglio dove eravamo era il luogo più profumato in cui potessi finire. Ok.

«Qui va bene», dissi, la voce sicura e chiara.

Fu strano vedere una sottile linea tra le sopracciglia di Kyle, che gli conferì un'espressione contrariata. Era come se volesse vedermi scappare da lì, fuggire da lui, abbandonare la mia

idea di saltargli addosso.
Mi avvicinai tendendogli le braccia al collo. Kyle non si mosse ma, quando gli fui vicinissima, mi prese dai fianchi, mi fece fare mezzo giro e mi spinse contro la parete. Mi morsi le labbra per il colpo; non fu particolarmente doloroso, ma neppure piacevole.
Kyle mi prese dai polsi e mi sollevò le braccia sopra la testa, poi iniziò a baciarmi. Il collo, non le labbra, solo il collo. Bastò quello per farmi contorcermi dal piacere.
Il suo petto premette contro il mio, il suo bacino cominciò a spingere. Avevo i pantaloni della tuta, quegli stupidi e insulsi pantaloni di una taglia più grande, ma lui non sembrò preoccuparsene quando mi lasciò il braccio per far scorrere le dita sul fianco. Me lo strinse forte, mentre le dita dell'altra mano mi serravano il polso tenendolo fermo contro la parete. Gli cinsi il fondoschiena con una gamba. Questo movimento lo spinse ad avere uno slancio di passione verso di me. Entrambe le sue mani si infilarono sotto l'elastico dei pantaloni. Anche se odiavo averli addosso, dall'altro lato erano perfetti perché sufficientemente larghi da permettere a Kyle di toccarmi dove voleva, di fare evoluzioni con le mani, di esplorarmi tutta.
Più mi sfiorava e più il suo bacino spingeva contro il mio. Aveva quei maledetti jeans e io volevo vederlo in boxer, volevo *sentirlo* senza tutto quel tessuto addosso.
Mi aggrappai alle sue spalle, avvicinai il viso per baciarlo e finii per toccargli l'orecchio con le labbra. Quelle di Kyle si erano posate sulla mia spalla. Me la stavano mordicchiando da sopra la felpa e non erano morsi troppo gentili.
Si staccò appena per abbassarmi i pantaloni sui fianchi. Gemetti, spalancai la bocca sul suo viso che mi stava fissando. Mi passò i pollici lungo l'elastico degli slip, sotto e sopra, sotto e sopra, poi non so come mi spostò gli slip di lato e col pollice cominciò ad accarezzarmi il clitoride. Abbandonai la testa contro la parete, strizzai gli occhi completamente rapita dal suo tocco e inerme. Ma la carezza divenne una pressione

troppo energica, spinta, quasi dolorosa.

«No», dissi a voce molto alta.

Kyle si bloccò di colpo e fece un passo indietro. Sembrava spaventato di… avermi fatto male.

«No… non così forte», mi vergognai a dirlo. Pensando agli affondi dati a quella ragazza della festa, io dovevo sembrargli una bambina fragile.

Poiché si era bloccato e il suo sguardo era rivolto altrove, le sue braccia erano distese lungo i fianchi, gli presi le mani e me le portai sulla vita.

Kyle mi spinse di nuovo contro la parete e riprese ad accarezzarmi. Spostò le dita di una mano sul mio sedere e da lì si fece spazio davanti. Il suo dito spinse attraverso gli slip bagnati, scavò nel cotone umido per trovare il punto esatto. Gemetti ancora, contro la sua guancia. Provai a baciarlo, ma il suo viso era fermo, i muscoli del collo rigidi.

L'altra mano mi prese dalla coscia destra e al suo invito sollevai la gamba e la piegai sul suo fianco.

Era. Tutto. Stupendo. Intenso. Forte.

Mentre mi stringeva la coscia, col pollice mi accarezzò la pelle. Il dito lambì un punto duro e sopraelevato, una, due, tre, infinite volte, poi si mosse più lentamente. Tutto Kyle rallentò. Il respiro divenne più silenzioso, le mani lasciarono il mio corpo.

Mi sentii in difetto, diversa dalle altre, a disagio, e non sapevo cosa dire. Per me non era successo nulla, non capivo cosa fosse successo a lui. Avevo quella cicatrice sulla coscia dal secondo anno di liceo: lunga, bianca, storta - tortuosa, dicevo io - e che prudeva ai cambi di stagione. La sera prima non gli era capitato di sentirla, oggi sì. E allora? Charles sapeva che ce l'avevo, Lexie pure, persino Robert me l'aveva vista quando un giorno accavallai le gambe con indosso gli short. Cosa c'era di tanto sbagliato ad avere una cicatrice? Gli faceva schifo? Si sceglieva le ragazze tutte perfette e dalla pelle liscia, senza imperfezioni, graffi, acne o segni?

Presi i pantaloni dall'elastico e me li tirai su. Mi sistemai la felpa e i capelli. Provai a chiedergli qualcosa, del tipo se fosse meglio andarcene, ma non riuscii a formulare una frase, un suono, niente. Ci riuscii dopo alcuni, eterni secondi di silenzio e confusione.

«Che c'è?», gli chiesi.

Kyle scosse la testa, continuando a fissarmi. Quando pensai che fosse tutto finito, mi prese il viso tra le mani e lo avvicinò al suo. E mi baciò. Con lentezza, le sue labbra sfiorarono le mie da destra a sinistra e viceversa. Aprii la bocca e lui mi succhiò appena il labbro di sotto, poi mi baciò quello di sopra.

Mi succhiò quello di sopra e mi baciò quello di sotto.

Si avvicinò, incollò il petto al mio senza spingere, senza sbattermi contro la parete. Sentivo tutto il suo calore, percepivo dolcezza ed estremo desiderio di trattarmi con delicatezza.

Quando la sua lingua penetrò dentro di me e ruotò intorno alla mia con movimenti lenti, mentre le sue labbra toccavano le mie, spingevano, sfregavano, non capii più se davanti a me c'era davvero Kyle Rew o un altro ragazzo. O se il Kyle di qualche minuto prima fosse scomparso, perché in realtà non esisteva, o se questo che mi stava baciando fosse solo un'illusione, un miraggio.

Una mano mi lasciò andare il viso, mi prese la treccia e la portò sulla spalla. Senza smettere di baciarmi, riuscì a sfilarmi l'elastico, poi ad aprire le ciocche. Infine, continuando a tenere le labbra sulle mie, con entrambe le mani mi scompigliò i capelli, che ricaddero leggeri sulle spalle.

Kyle mi abbracciò da dietro, i suoi gemiti si sommarono ai miei. Mi mancava l'aria, ma non avevo la minima intenzione di staccarmi da quel corpo, da quell'abbraccio, da quella bocca. Mi strinse più forte, ma con dolcezza, e le gambe cedettero.

Non so come, scivolammo tutti e due a terra, in ginocchio. Lui si sedette accanto a me, una mano che mi accarezzava i capelli, la bocca che cercava la mia.

«Sto...». Boccheggiai. «Ho paura di svenire».

«Svieni. Ci sono io qui con te», mi rispose.

E a quella risposta, non ero più Tamara Jones. Non avevo più corpo, mi sentivo liquida, i sensi sciolti, la mente fatta di aria, il cuore di amore. Ero un liquido vibrante, armonia di gemiti, confusione di respiri.

Il lungo e inatteso bacio di Kyle Rew era infinite volte meglio del sesso. Era un viaggio in una realtà parallela, la vista di colori che viravano dall'amaranto al bianco, dall'azzurro al rosso fuoco; la scoperta di un nuovo senso, la calma del cuore... Tutto e più di tutto elevato all'ennesima potenza, non sapevo come spiegarlo, non sapevo cosa mi stesse succedendo.

Ma si sa, i momenti belli finiscono. Quando mi resi conto che non ero svenuta e che Kyle aveva smesso di baciarmi, spalancai gli occhi. Davanti a me non c'era nessuna realtà diversa dalla solita, nessun caleidoscopio, nessun abbraccio pieno di amore. C'era solo un Kyle in piedi che stava digitando frettolosamente i tasti del suo cellulare, vicino alla porta.

Io ero seduta a terra, incredula.

«Devo andare». La sua voce fredda e distaccata strideva col bacio, con l'abbraccio, con le carezze. Distolse lo sguardo dal cellulare per guardarmi. Mi illuminò con la luce del display e io non potei vedere che espressione avesse. «Tamara, ti ho appena dimostrato che non sei come le altre».

«Come?». Ebbi un tremito così violento che fui sicura che Kyle lo aveva notato.

«Quasi svenivi per i miei baci, lo hai ammesso tu stessa».

«Io...»

«Non sei la ragazza da portare a letto e scaricare il giorno dopo, te l'avevo detto».

Mi tirai su. «Anche tu non mi sei parso quel tipo di ragazzo».

Il suo cellulare suonò. Gli era arrivato un messaggio. Non riuscii a leggere da parte di chi. Piegò il cellulare dalla sua parte. Aveva il viso contratto, e secondo me quel messaggio non c'entrava nulla con la sua espressione.

«Vado. Mi stanno aspettando». Aprì e chiuse la porta senza darmi il tempo di ribattere o di fargli qualche domanda. O di accusarlo di essere stato lui ad avermi baciato, ad avermi fatto afflosciare a terra sotto la pressione e l'insistenza delle sue carezze. Era un attore fino a questo punto?

Avevo le lacrime agli occhi. Le ricacciai indietro. Da bambina ne avevo versate troppe. Al tempo delle medie, quando avevo studiato da privatista a casa, piangevo quasi tutti i giorni nonostante le sedute dallo psicoterapeuta o la distanza dal mondo di perfidi coetanei. Al liceo i pianti si erano ridotti drasticamente, la presenza di Charles mi aveva aiutata e in parte protetta fino al triste epilogo. Quindi, dopo tutto quello che avevo passato, non avrei piagnucolato per uno stronzo di nome Kyle Rew.

Mi asciugai in fretta la sola e unica lacrima che era caduta dall'occhio e abbandonai di corsa lo sgabuzzino.

Decisi di mettere una pietra sopra. Se a quel ragazzo non piacevo abbastanza, se per lui non ero il tipo da portare a letto, se non rappresentavo la ragazza perfetta, sorridente, maliziosa e troia da farci del sesso, mi stava bene. No, non mi stava affatto bene, ma lo accettavo.

Ci avevo provato, non aveva funzionato.

Ci avevo creduto, lì in auto; ci avevo sperato, in quello sgabuzzino, ma poi tutto si era trasformato nella triste e solita realtà. Tamara Jones era stata presa di nuovo in giro. Era il mio destino. La differenza col passato è che me l'ero cercata, questa volta. Avevo fatto tutto io, creato io la situazione.

Kyel Rew era stata una presenza costante nella mia vita? Perfetto. Ora non sarebbe stato neppure questo.

Lo avrei cancellato, avrei eliminato quei piccoli ricordi che avevo di Kyle-bambino, di Kyle-adolescente e di Kyle-ragazzo all'università.

«Non ti piace?», mi chiese Lexie.

Feci segno di no col capo e allontanai il piatto con l'hamburger e le patatine. «Ho lo stomaco pieno, ho bisogno di qualcosa di leggero. Mangerò l'insalata».

Lei e Robert mi guardarono come se fossi impazzita. Chi mai avrebbe preferito un'insalata a un hamburger alla piastra e le patatine fritte ricoperte di maionese?

«Allora lo prendo io».

«Robert», lo richiamò lei.

«Che c'è? È stato pagato».

Rassicurai la mia amica con un sì.

«Ok, ma ci dividiamo le patatine».

Mentre quei due litigavano per chi si sarebbe accaparrato più patatine, io infilzai una serie di foglie verdi con i rebbi della forchetta. Nonostante tutti i ragionamenti fatti e la conclusione a cui ero arrivata, non riuscivo a mandare giù un boccone di cibo. Sollevai lo sguardo oltre le loro teste. Il locale in cui stavamo cenando era pieno. Una TV gigante appesa alla parete trasmetteva video di canzoni, a tutto volume. Se non altro, tra musica, vocio di sottofondo e rumori mi sentivo più a mio agio, nascosta.

Avevo accettato l'invito di Lexie per non restare in stanza, a piangermi addosso o farmi mille problemi mentali. Ma quella sera non sopportavo niente, neppure la mia migliore amica, sia quando sorrideva da innamorata al suo ragazzo sia quando litigava con lui. Ero io il problema. Tamara Jones era sempre stato il problema. Ma Tamara era forte e perfetta.

Forte e perfetta. Forte e perfetta. Forte e perfetta, gridai dentro di me, alla Tamara debole e imperfetta. Non funzionava. Non funzionava mai. Mi sentivo fatta di vetro: un colpo più forte e sarei caduta rompendomi in mille pezzi. Mi sentivo pure un pezzo di vetro sformato e sbagliato, dalla base così deforme da non poter stare in piedi.

«Mmm, Tamara», cominciò Robert. «Lexie mi ha detto che stai con un ragazzo».

Spostai immediatamente lo sguardo sulla mia amica. Lei sbarrò gli occhi e arrossì. A quel punto, aveva ammesso di non essere stata affatto discreta. Mi passai l'unghia del pollice sul collo, e lei congiunse le mani, piegò tre volte la testa chiedendomi perdono in silenzio.

«Oh, *ops*, ho sbagliato qualcosa».

«Sì!», squillò la sua voce. «Mi hai dato poche patatine, quindi ripassami il piatto che rimediamo subito». Con quella risposta, provò a cambiare discorso.

Robert, però, sembrava convinto di dover approfondire la questione. «Vi state ancora frequentando, vero?»

«Robert!»

«Che c'è? Ditemelo subito se questi non sono affari miei o sono i vostri segreti. Alla festa della confraternita mi era parso di capire…»

«Ok, non sono affari tuoi», lo zittì subito lei.

Erano ridicoli insieme, carini e anche tanto teneri. A volte la loro sdolcinatezza mi dava fastidio. Quella sera mi faceva prudere gli occhi. Per quanto fossi stata con Charles tanti anni, la nostra relazione non era mai stata affiatata come la loro.

«Tranquillo, Robert. Quello che c'è stato con Kyle non è un segreto, anche perché non c'è stato niente». Quasi niente…

«Kyle?». Guardò confuso Lexie. Lei rispose alzando le spalle. Le sorrisi, riconoscente. Gli aveva solo raccontato che c'era un ragazzo nella mia vita, ma non quale e sicuramente neppure di che tipo di interesse si trattasse il mio.

«Kyle Rew», spiegai.

«Kyle Rew, quel Kyle Rew?», domandò sbigottito.

Lexie gli fece qualcosa sotto il tavolo, per intimarlo di smetterla, e lui cominciò a tossicchiare.

«Sì, lui. Mi piace, non posso negarlo. Mi piaceva, ora non più».

La mia amica inclinò la testa di lato, col labiale mi chiese "perché?", ma ovviamente non eravamo nel posto giusto e nella situazione ideale per spiegarglielo.

«Bene!», esclamò il suo ragazzo. «Quel tipo non si addice alle ragazze perbene come te. Capisco che ti possa piacere, in pratica piace a tutte, ma è un pervertito».

«Robert».
«È la verità. Ti pare normale che un ragazzo di vent'anni stia sempre con una ragazza diversa?»
«Ventuno», dissi a bassa voce.
Lexie addentò due patatine insieme, sporcandosi le mani di unto, sale e maionese. «Da quello che mi racconti ogni tanto, ci sono molti ragazzi peggiori di lui».
«C'è sempre qualcuno peggiore di qualcun altro, questo è certo. Come lo hai conosciuto?», mi chiese ancora.
«Lo conosco da anni, anche se non posso dire di conoscerlo veramente».
«Seguiamo alcuni corsi insieme», aggiunse la mia amica.
Finalmente arrivò il mio drink. Fresco, frizzante, dal sapore intenso.
«Se vuoi un consiglio, sta' alla larga da lui».
«È quello che farò », vacillai sulla sedia nel dirlo.
Le labbra della mia amica disegnarono un nuovo "perché?", a cui non risposi.
«Tu lo conosci bene?», domandai a Robert.
«No, mai scambiato con lui una parola o un saluto. Però l'anno scorso ho preso parte a qualche festa della confraternita e l'ho visto spesso in compagnia di qualche ragazza mozzafiato».
«Stronzo», borbottò Lexie.
«Perché?»
«Ti sei accorto della presenza di Kyle Rew perché ti mangiavi con gli occhi le sue compagnie femminili».
«Non eravamo ancora fidanzati».
«Non fa differenza».
«Ero il più serio della combriccola, non mi ubriacavo mai».
Lei ruotò gli occhi e riprese a mangiare patatine.
«Quindi lo hai visto in azione?»
«In azione?». Scoppiò a ridere. «Non c'era il tempo di vederlo in azione. Si prendeva ciò che voleva - la ragazza a cui mirava - e spariva in qualche stanza. Tutto qui».
«È quello che mi pare facciano molti ragazzi». Non lo stavo

difendendo, stavo solo facendo una considerazione ad alta voce.

«Sì, certo. Però parlando con gli altri ragazzi sono venuto a sapere che Kyle Rew è davvero uno stronzo con le donne, non sa cosa sia la gentilezza. Dovrebbe anche aver avuto problemi con la droga».

«Ne eri a conoscenza?», Lexie me lo chiese a bassa voce, protendendosi dalla sedia verso di me, come se non volesse farsi sentire da Robert.

Pensai alla risposta. «Non proprio», dissi un attimo dopo. Già, non sapevo poi chissà quanto di lui e della sua vita. La droga? Aveva fumato erba durante il liceo, niente di più.

«Se quello che si dice è vero, suo padre mollò lui e la famiglia per cambiare città, Stato, famiglia. La madre era drogata come lui».

«Drogata come lui?»

«Già».

«Ah, Robert, non esagerare. Sai come sono i ragazzi alla nostra età. Farneticano. Vengono a sapere una cosa e la ingigantiscono».

«Più di una persona mi ha riferito che lui e gli amici facevano uso di droghe. Se ho capito bene, alla fine la madre è morta di overdose e lui è rimasto da solo».

«Che storia triste», commentò Lexie.

Io non avevo parole per commentare la brevissima ricostruzione del passato di Kyle, anche perché non ero certa che fosse una ricostruzione reale. Possibile che pur frequentando lo stesso liceo non sapessi niente di tutto ciò? Però ricordavo che se la faceva con Cecilie Cook, una ragazzina del mio anno che godeva di una pessima fama e che si diceva in giro bevesse tutte le sere e fumasse roba pesante. E la madre morta per droga? Non ne sapevo niente. Ero al corrente della sua morte e basta.

«Com'è finito a Montgomery?». Ero curiosa di saperlo.

«Ha seguito i suoi vecchi amici. Loro studiavano qui, così si è trasferito in questa città».

Aveva senso.

«Poiché sei la migliore amica di Lexie», continuò Robert, «spero di cuore che tu mantenga le distanze da quel tipo. Potrebbe essere pericoloso».

Ripensai al bacio, al lento disfacimento di Tamara Jones sotto i tocchi di Kyle. Come poteva essere davvero pericoloso?

«Quindi credi che Tamara non sia al sicuro frequentandolo o passandogli i suoi appunti».

«Penso di no».

Giocai a spostare le foglie di insalata lungo i bordi della coppa, dove rimanevano appiccicate grazie all'olio di cui erano unte. Il mio stomaco era completamente chiuso. Approfittai che quei due si stessero scambiando qualche confidenza sottovoce per fare un salto nel passato, a quando stavo con Charles. In quegli anni, al liceo, mi ero così isolata con lui, nel mondo che mi aveva costruito intorno, da non guardarmi mai in giro. Quante volte avevo visto Kyle a scuola? Diverse. Quante volte lo avevo notato? Praticamente mai. Ero stata così assorbita da Charles da essere sorda ai pettegolezzi, agli scoop, a tutto quello che si diceva a scuola su una persona piuttosto che su un'altra, come su Kyle.

«Che ne dite di andare al cinema?», propose Lexie, cambiando discorso.

«Che film proiettano?»

«Non lo so. Basterà andare, vedere cosa c'è e scegliere. Tamara?»

Non mi andava di tornare in stanza, l'indomani non dovevo svegliarmi presto per fare jogging, perciò pensai di accettare. «Per me va bene, ma niente film strappalacrime o troppo romantici».

«Ci proveremo. Robert?»

Lui sbadigliò. Quando il naso di Lexie gli accarezzò il collo e lei fece le fusa come una gatta, Robert acconsentì. «Però scegliamo un film non troppo lungo. Ho già sonno».

«Sei il solito». Sbuffò lei. «Andiamo».

Presi la mia borsa, me la misi sulla spalla e seguii quei due che mi camminavano davanti, mano nella mano. Strano a dirsi ma quella sera non mi sentivo un terzo incomodo, neppure ad andare al cinema con loro, forse perché non sentivo niente. Non sentivo neppure me stessa. Ero avulsa dal corpo e dal mondo. Forse era il caso di correre anche domani, avrei ripreso maggiore consapevolezza di me stessa.

Dei ragazzi mi bloccarono la strada, così persi di vista la mia amica e Robert. Dovetti spingere uno di lato per farmi spazio.

Quando arrivai alla porta e la aprii, dapprima avvertii l'aria fredda della sera colpirmi il viso, poi una pugnalata dritta al cuore, che quella mattina mi era parso fosse stato riempito di amore per qualche secondo, con un imbuto impugnato da Kyle. Invece adesso impugnava un coltello - in senso figurato, si intende.

Indietreggiai mentre lui spalancava la porta dall'altra parte. Ci guardammo, ma il mio sguardo si spostò subito sull'ombra dietro di lui. Era truccata, alta, con una folta capigliatura bruna. E non era solo un'ombra, bensì una ragazza in carne e ossa, e anche molto bella.

Il ragazzo di Lexie aveva ragione. Kyle Rew poteva essere pericoloso, molto pericoloso. Mi aveva appena fatto un male cane al cuore, nonostante mi avesse messo in guardia da se stesso. Mi aveva ferita.

«Ehi, Tamara».

Gli occhi che mi stavano guardando sembravano neri e per niente cattivi o pericolosi. Anzi, sembravano dispiaciuti, e questo rendeva tutto ancora più difficile.

Non riuscii a salutarlo. Per fortuna la mia amica venne in mio soccorso. Mi prese da un braccio e gridò ad alta voce: «Andiamo a divertirci. Ci stanno aspettando».

Mentre mi lasciavo tirare da Lexie, la mano di Kyle urtò dolcemente la mia, di proposito.

Sì, Kyle Rew era *pericoloso*.

Lineville, quattro anni prima

Ralph mi passò lo spinello, prima di ricominciare ad annoiarmi con i suoi discorsi sulle ragazze. «Secondo voi, perché una ragazza che vuole stare con me, a cui piaccio da morire, che ansima quando la bacio e la tocco, non vuole fare sesso?»

Feci un tiro mentre fissavo il soffitto di casa Baron, comodamente steso sulla moquette. «Perché è una ragazza seria o che ha ricevuto un'educazione rigida», risposi.

«Forse vuole aspettare fino al matrimonio», commentò Adrian.

«Non aspetterò neppure un mese, se è per questo. Le ragazze serie non fanno per me. Quando l'ho conosciuta, mi è parsa tutt'altro che seria».

Passai lo spinello a Adrian, che stava steso alla mia destra, mentre Ralph era seduto alla mia sinistra. «Quanti anni ha?»

«Quattordici. È al primo anno».

«È troppo piccola», disse Adrian.

«Come si chiama?», chiesi, anche se mi interessava poco.

«Molly. Molly e non so altro. Ci sto uscendo da quattro sere. Ci vedremo domani. La andrò a prendere da casa con l'auto, spero di combinarci qualcosa».

Adrian mi restituì lo spinello. Ci trovavamo in camera di Ralph, a fumare, parlare, passare il tempo insieme. Erano le cinque passate del pomeriggio. Alle sei dovevo svignarmela perché alle sei e mezzo avevo un appuntamento non concordato con due stronzi: Lucas Green e Mark Taylor. A quell'ora finivano i loro allenamenti in piscina, tutti i mercoledì e i venerdì. Lo avevo scoperto accompagnando Ralph a nuoto, anche se in un orario diverso dal loro, perché così aveva voluto il caso. Desideravo dargli una bella lezione, lontano però da scuola o dal parcheggio per evitare che il preside lo venisse a sapere e mi desse una bella sospensione.

«Mira a ragazze più grandi», fu il consiglio di Adrian.

«Molly è perfetta, se non fosse per l'età e le sue remore a

farlo». Ralph mi tolse di mano lo spinello e io sbuffai. «Tu, Kyle, cosa ci racconti? Ultimamente non stai con nessuna».

«Non mi interessa nessuna».

Adrian fece schioccare le labbra. «Impossibile. A scuola ci sono tante ragazze carine con cui non hai pomiciato. E all'ultima festa abbiamo conosciuto tante ragazze dell'ultimo anno della Central High. Possibile che non te ne piaccia neanche una?»

«Possibile». Allungai una mano verso Ralph, che mi passò uno spinello nuovo. Era l'ultimo che fumavo per quel giorno, giurai a me stesso. Dovevo avere i sensi in all'erta se volevo mettere le mani addosso a quei due.

«Non è che per caso ti interessa qualcuna in particolare? Un interesse vero, serio, profondo».

«Del tipo che è innamorato?»

«Sì. Questo spiegherebbe la sua apatia verso le ragazze. Che ci dici, Kyle?»

«Che non sono innamorato».

«Non starai così perché la tua storia con Cecilie è finita?»

«Assolutamente no». Mi tirai su a sedere. Si stava facendo tardi. Dovevo smettere di fumare e salire in auto al più presto. «Mi piace essere libero, dovreste saperlo. Cecilie stava cominciando a diventare appiccicosa».

«Anche prima eri libero, ma frequentavi spesso ragazze diverse senza mettere da parte la tua libertà». Ralph mi diede un pugno leggero sulla schiena. «C'entra tua madre?»

«No, lei non c'entra niente». Mi misi in piedi, andai alla finestra a controllare non so cosa. Il cielo, forse; la strada, le persone, le auto, il nulla. «Sto bene così».

«A noi non sembra», replicò Adrian.

«Sto davvero bene così», ripetei.

Dopo qualche secondo di silenzio, sentii uno dei due alzarsi e raggiungermi alla finestra. Era Ralph, che si sporse oltre il davanzale proprio come me. «Che giornata noiosa. Che ne dite di una partita alla playstation?»

Presi la mano di Ralph e gli incastrai lo spinello tra l'indice

e il medio. «Sarà per un'altra volta. Devo andare».
«Così presto?», protestò Adrian.
«Devo passare in farmacia e fare un paio di commissioni prima di tornare a casa. Ci vediamo domani a scuola». Ero già alla porta e l'avevo aperta. Quei due storsero il naso.
«Ok, a domani. Conosci la strada da una vita, va' pure. E se hai bisogno di qualcosa da mangiare, apri il frigorifero. Mia madre l'ha riempito da cima a fondo, c'è cibo a volontà per una settimana».
«Grazie, non mi serve niente. A domani».
Quando lasciai casa Baron, la voglia di dare una lezione ai compagni di classe di Tamara Jones crebbe così tanto che mi sentivo su di giri, entusiasta, con una carica in più.
Man mano che mi avvicinavo al centro sportivo, rividi a rallentatore la scena di Charles Preston che baciava quella biondina mingherlina. Lui sarebbe stato la mia prossima vittima, la mia vendetta successiva, visto che se la spassava invece di proteggere la sua ragazza.
Parcheggiai l'auto non troppo distante e raggiunsi a piedi il parcheggio. A quell'ora c'erano poche persone, la vigilanza non si vedeva, ma non li avrei colpiti là. Avevo studiato per bene la zona. Alle spalle del parcheggio, oltre il centro sportivo, c'era uno spiazzo abbastanza ampio e desolato. Quel posto sarebbe stato perfetto.
Come calcolato, gli allenamenti terminarono alle sei e trenta. Da lì fuori sentii il suono di un fischietto, delle urla, dei saluti. Aspettai dieci minuti buoni e con mia grande fortuna Green e Taylor furono gli ultimi a uscire. Il parcheggio si era svuotato del tutto. Anche prenderli a pugni lì non sarebbe stata una pessima idea.
Uscii allo scoperto. Quei due si immobilizzarono, poi Mark cominciò a digitare i tasti del suo telefono.
«Che vuoi?», tuonò la voce del primo.
«Seguitemi». Feci segno di spostarci sul retro.
«No», rispose il nanerottolo.
Presi il mio coltello a scatto dalla tasca dei jeans, mostrando-

lo. «Seguitemi».
Non se lo fecero ripetere due volte. Dopo esserci spostati sul retro, mi assicurai che non ci fosse nessuno nei paraggi. Era già buio, un solo lampione circondava le nostre figure con un cerchio di luce arancione sull'asfalto.
«Che cosa vuoi ancora?», indietreggiò uno.
«Lo sapete molto bene, non c'è bisogno di perdere tempo a parlare. Avete sbagliato, di nuovo. Non dovevate farlo. Vi avevo avvertiti».
Lucas agitò un pugno sotto il suo mento. «Si può sapere che cazzo c'entri tu con noi due? Fatti gli affari tuoi e va' a prendere a pugni qualcun altro. Se hai bisogno di sfogarti a cazzotti perché la tua vita è una merda, hai sbagliato bersagli».
«Tamara Jones è il vostro bersaglio, quindi io non ho sbagliato il mio».
Mi guardarono in modo strano, scorsi anche l'ombra di un sorriso sulla faccia del nanerottolo. Quei due non sembravano minimamente spaventati dal mio coltello o dalle mie minacce. Va bene, avevano bisogno che Kyle Rew diventasse sul serio cattivo.
«Questo è davvero il mio ultimo avvertimento. Continuate a dare fastidio a Tamara Jones e i vostri genitori verranno a piangere sulle vostre tombe».
Lucas se la rise. «Sei un bell'imbusto. Sei troppo sicuro di te. Sei uno sprovveduto senza cervello».
Rimisi a posto il coltello, feci scrocchiare le dita, poi mi avventai contro il primo che mi capitò a tiro: Mark. Piccolo com'era, non mi fu difficile scaraventarlo a terra. Lui non oppose resistenza alcuna, il che fu strano. E quando mi accinsi a colpirlo in viso, pensai che fosse stato troppo facile. Lo colpii di nuovo, sull'altra guancia. Lui si lamentò e mi sputò addosso, ma non fece nient'altro.
C'era qualcosa che non andava. Piegai il viso per cercare Lucas e lo vidi ridacchiare sopra di me. Un istante dopo, qualcuno mi prese dal braccio, una forza il doppio della mia mi trascinò all'indietro.

Il cerchio di luce proiettato dal lampione fu riempito da cinque, no, sette, no, dieci ragazzi. Ne riconobbi due, li avevo visti lasciare la piscina pochi minuti prima di loro. Dovevano essere amici di quei due stronzi o parenti, non so. Contro qualsiasi mia previsione, ero spacciato.

Il nanerottolo si avvicinò a me, mentre un'altra persona mi bloccava anche dall'altro braccio. Mi sputò addosso, in pieno viso, e se la rise. «Pestatelo a sangue».

Non appena ebbe proferito quell'ordine, un pugno pesante affondò nella mia guancia sinistra. Sentii all'istante il sapore metallico del sangue sulla lingua. Poi fu il turno di un colpo in addome, un pugno sotto il mento. Il ragazzo che mi teneva dal braccio destro mi prese dai capelli obbligandomi a reclinare la testa all'indietro. Quello che successe dopo fu un susseguirsi di pugni e calci. Non riuscivo più a tenermi in piedi. Provai a liberarmi e a reagire e fu solo peggio. I calci più dolorosi li ricevetti sul ginocchio e, quando mi lasciarono cadere a terra, sulla testa. Nonostante il dolore e la paura di morire, ripensai a quella ragazza del secondo anno. A Tamara Jones. Usai le ultime energie vitali rimaste per ricordarla. Il suo pensiero mi aiutò a sopportare meglio la sofferenza. Una tenda nera calò davanti agli occhi quando qualcuno mi colpì con forza sulla nuca. La mente si svuotò, il ricordo di Tamara scomparve insieme a tutti gli altri pensieri.

Mi svegliai per colpa delle urla. Non erano le mie. Erano urla femminili, un pianto, delle parole che si rincorrevano veloci: "Commozione cerebrale"; "Com'è successo?"; "Lei è una parente?"; "...le telecamere di videosorveglianza". Poi silenzio, buio, freddo, sonno. Quando mi risvegliai e aprii gli occhi di nuovo, la prima cosa che vidi fu un piercing bagnato. Un piercing bagnato? Mi concentrai meglio, fissai quell'anello argentato con una goccia sopra. Qualcuno tirò su col naso.

Sollevai lo sguardo. Vicino a me c'era una ragazza dai capelli neri, che piangeva dagli occhi e dal naso. Le lacrime erano finite sulle labbra, una grossa goccia si era posata sul piercing. Questa precipitò finendomi sul dorso della mano.

Cecilie Cook, da non crederci. Stava piangendo per me. Quindi era davvero innamorata di Kyle Rew. Poverina.

Mi guardai intorno. Ero in... ospedale. Da quanto? Che avevo? Mi ero rotto qualcosa? E mamma? Flash di ricordi mi illuminarono il cervello: Lucas, Mark e i loro amichetti su di me. E Tamara? Dopo avermi picchiato a sangue, avevano fatto del male pure a lei?

«Calmati». Cecilie mi prese la mano. La sua era calda e innamorata, la mia fredda e rigida. «Hai una commozione cerebrale».

«Da quanto?»

«In che senso?»

«Da quanto tempo sono qui?»

«Da oggi. Ti hanno ricoverato d'urgenza».

Oggi, solo oggi. Il tempo non era passato, per fortuna. «Ho ossa rotte?»

«Pensavano il setto nasale, ma è tutto intero. Dalla TAC non è emerso nulla, nessuna emorragia interna, a parte una commozione cerebrale. Dovrai restare qui in osservazione e a riposo». Staccò la mano per asciugarsi le lacrime.

Chiusi gli occhi perché le palpebre mi pesavano e mi sforzai di sorridere. «Non piangere. Sono forte».

«Forte? Sei ridotto malissimo. Dovresti vederti. Sembri più morto che vivo. Non so neppure come tu abbia fatto ad aprire gli occhi. Sono rossi e gonfissimi».

Ecco perché le palpebre pesavano. «Non sento male, non sento nulla».

«Merito della morfina».

Rimanemmo in silenzio. Il *bip* delle macchine mi ricordò una delle sere in cui mia madre fu ricoverata. Ero abituato a quel *bip*.

«Tu cosa ci fai qui?». Con uno sforzo impensabile, riaprii gli occhi.

Cecilie scosse le spalle.

«Come mai sei qui? Chi ti ha avvisato?»

«Ti ho trovato».

«Cazzate».

«Risponderò alla tua domanda, ma tu poi dovrai rispondere alle mie».

Annuii. Anche parlare mi costava fatica, perché sentivo la bocca asciutta, troppo secca.

«Chat di gruppo», disse.

«Chat...»

«Con Lucas, Mark, alcuni compagni di classe e amici in comune».

«Amici in comune... Sei amica loro? Ma sì, certo, dovevo immaginarlo».

«Che significa?», gridò, ma poi tornò a prendermi la mano. «Siamo compagni di classe, abbiamo un gruppo su Hangouts di cui faccio parte anch'io».

«Un gruppo di cui fanno parte quei due stronzi».

«E non solo. Oggi pomeriggio Mark ha inviato un messaggio di aiuto, chiedendo rinforzi a due dei nostri compagni, che hanno subito allertato i loro fratelli e gli amici dei loro fratelli. Quando ho letto il tuo nome, il posto in cui eravate, ho fatto il più in fretta possibile. Devono aver visto la mia auto e se la sono squagliata. Quando sono arrivata, c'eri solo tu, a terra, esanime. Ho chiamato il 911 ed eccoci qui».

In quel momento entrò l'infermiera, una donna dai capelli rossi raccolti sulla testa, l'espressione algida. «Le visite non sono più ammesse. Devi andare».

«Sì, certo». Cecilie mi lasciò la mano.

«Avvisa Ralph e Adrian, per favore, e di' di avvisare mia madre».

«Ok».

Il viso dell'infermiera occupò per intero la mia visuale. «Sto per farti un'iniezione. È per alleviare il dolore e farti riposare». Dopo l'iniziale bruciore per l'ago nella pelle, i miei sensi smisero di funzionare. E mi addormentai.

Di solito nella mia vita gli eventi spiacevoli si concentravano tutti nello stesso periodo. Non fu quello il caso. Quando fui dimesso e tornai a casa, trovai mamma in ottima forma: pulita, sorridente, bella. Sobria. Aveva rimesso a posto la casa, non c'era un oggetto fuori posto, un quadro storto, un mobile impolverato. C'era profumo di pulito e di bucato, e di arrosto. Sì, dopo tanto tempo mia madre aveva cucinato, quindi aveva fatto la spesa.

Quella sera cenammo come una famiglia normale, la televisione accesa, una cena degna di essere chiamata tale, una madre interessata a me e alla mia salute, gentile, affettuosa e disinteressata all'alcol. Stentavo a crederci. Forse aveva temuto di perdermi, si era così spaventata da aver messo da parte i suoi problemi per occuparsi dei miei. Troppo bello e inverosimile.

«Non hai fame?», mi chiese a un certo punto.

«Sono sazio».

«La testa come va?»

«Fa un po' male, ogni tanto, ma sto bene».

«Cos'è successo?». Me lo aveva chiesto tutti i giorni in ospedale e io le avevo dato la stessa risposta suggerita da Ralph.

«Mamma, per favore. Non cambierò versione solo perché me lo domandi un'altra volta».

«Il punto è che non ti credo».

«Dovresti farlo, invece. Sono stato aggredito da alcuni ragazzi ubriachi che volevano il mio portafogli e le chiavi dell'auto».

«Ma non hai sporto denuncia».

«Sì, invece, denuncia contro ignoti perché dove mi hanno pestato non c'erano telecamere di sorveglianza e io non ricordo i loro volti». Non avevo fatto nessuna denuncia. Io, Ralph e Adrian avevamo in mente una spedizione punitiva contro Lucas e Mark. Prima, però, i miei amici volevano delle spiegazioni che ancora non avevo dato.

«Kyle, ascoltami». Spezzò un pezzo di pane ma non lo mangiò. «A scuola i tuoi voti sono peggiorati. Rischi di perdere l'anno».

«Recupererò».

«Potresti non farcela. Hai perso anche due settimane, non sarà facile rimetterti al passo con lo studio e migliorare la media».

«Ce la farò», la tranquillizzai.

«Ho bisogno di farti una domanda». Indugiò a lungo prima di riaprire bocca. «Stai andando male a scuola, ti sei ficcato in qualche casino, sei stato aggredito da dei ragazzi... per colpa mia?»

«Come?»

«Il mio problema con la depressione, con l'alcol. C'entro io? La tua è una reazione?»

Forse, sì, anche. Ma che potevo dirle? Se le avessi detto la verità, si sarebbe sentita in errore e avrebbe provato a spegnere i sensi di colpa bevendo, oppure no, non potevo prevederlo. Nel dubbio, mentii. «No, mamma, nessun casino. Sono stato aggredito per i soldi, te l'ho spiegato mille volte. Con la scuola ultimamente ho un pessimo rapporto, ma cercherò di tornare a essere suo amico», scherzai.

Mamma prese il pezzo di pane che aveva spezzato e lo ridusse in un pezzo ancora più piccolo, lasciando cadere le numerose briciole fuori dal piatto. «Pensavo di chiamare tuo padre».

«Pessima idea».

«Dovrebbe sapere quello che è successo».

«Non cambierebbe niente. Lascialo perdere. Sta bene lì dov'è».

«Sai, sto frequentando un nuovo gruppo di alcolisti anonimi. Sono brave persone, mi trovo bene. Sta funzionando aprirmi con loro poco alla volta».

«Bene, sono contento». Ma quella storia l'avevo già sentita tante volte e non ci credevo più. Tempo due giorni o una settimana e tutto sarebbe tornato come prima.

«La nonna pare stia bene. Per ora resterà in Wisconsin. Appena le comunicherò che sto meglio, sono certa che tornerà qui con noi».

Io ero convinto del contrario. Nonna stava meglio lontana

dai casini di questa casa.
Presi il mio piatto e quello di mamma e mi alzai da tavola.
«No! Lascia, faccio io questa volta». Mamma mi tolse i piatti dalle mani e li sistemò nel lavandino. Non so da quant'è che non lo faceva lei al posto mio.
«Vado di sopra. Mi fa un po' male la testa. Ho bisogno di riposare».
«Certo, va' pure. Io mi sposto nell'altra stanza a guardare un po' di televisione».
Mi trascinai fino al letto con fare svogliato e stanco. L'indomani mattina sarei tornato tra i banchi di scuola, con la stessa svogliatezza. Non mi mancava nulla della Lineville High, soprattutto non mi mancava lo studio. Però... c'era un però. Mi mancava vedere Tamara Jones, anche solo di sfuggita. Pensando a lei mi ricordai di quello che le aveva fatto Charles Preston. Non fui in grado di elaborare un piano contro di lui e contro quei bastardi di Lucas e Mark perché ero troppo stanco.
Mi addormentai dopo aver letto sul cellulare un messaggio di Cecilie: *Spero tu stia bene. Domani parleremo di quello che ti è successo.*
Il giorno dopo, tutti sembravano felici di rivedermi a scuola, vivo. Non in ottima forma perché avevo ancora il viso un po' gonfio e livido, ma comunque vivo.
Stavo camminando nel corridoio della scuola quando Ralph e Adrian mi presero sottobraccio. «Quando pensi che sia il momento di vendicarci?», mi chiese Ralph.
«Ancora non lo so. Devo sondare la situazione».
«Quale sarebbe la traduzione di "devo sondare la situazione"?»
«Voglio capire se quei bastardi hanno compreso la lezione oppure no».
Adrian mi diede uno strattone. «Sul serio, Kyle? A me risulta che sono stati loro a darti una bella lezione. Stavi rischiando di morire, se non fosse arrivata la Cook».
«In ogni caso, quale lezione dovrebbero aver capito? Ancora

non ci hai detto perché li stavi aspettando quella sera».
Sentii la tempia destra pulsare. «Hanno importunato una persona, tutto qui».
«Chi?»
Se avessi fatto il nome della Jones, la loro reazione mi avrebbe scatenato un attacco di violenza.
«Oh-oh, continua a non volercelo dire. Ripeto la mia teoria: si tratta di una ragazza a cui tiene», ipotizzò Adrian.
«È così, Kyle? Avresti dovuto dircelo. Ti avremmo aiutato, non saresti stato da solo. E perché non ci spieghi di chi si tratta?»
«Perché non mi va, ok? Non mi va». Li spinsi via e me ne andai affrettando il passo. Per fortuna avevo scienze all'ora successiva e loro non avevano scelto quel corso.
«Kyle, sei davvero strano», mi gridò da dietro Adrian.
«Comunque non finisce qui!», esclamò l'altro.
Entrai in bagno, mi lavai la faccia, gettai acqua fredda sulle tempie. Mi sentivo che la testa stava per esplodere. Guardandomi nello specchio mi resi conto dell'aspetto disastroso che avevo. L'occhio sinistro non si era sgonfiato, il labbro di sotto era tagliato al centro, un livido tendente al giallo si estendeva dallo zigomo destro alla tempia.
In quel momento entrò in bagno Charles Preston. Si bloccò sull'uscio quando mi vide. Fece un'espressione disgustata, poi andò verso il gabinetto. Lo fissai da dietro, a lungo, pensando a cosa fare con lui. Forse dovevo minacciarlo di riferire alla Jones la verità sul suo tradimento. Qualcosa però mi fermò. Non avevo ancora incontrato Tamara, forse quei due non stavano nemmeno più insieme. Così uscii dal bagno e ripercorsi il corridoio per andare in aula.
Subito dopo la fila degli armadietti, una figura dal passo frettoloso per poco non mi venne addosso. Era proprio lei, Tamara. Mi spostai a destra per farla passare e lei si spostò sulla sua sinistra; mi spostai dall'altro lato e lei sincronizzò involontariamente i movimenti con i miei.
«Oh, cavolo», borbottò tenendo il libro di biologia stretto tra

le braccia. Sollevò lo sguardo su di me, scosse la testa e senza nemmeno salutarmi se ne andò.

Rimasi di merda. Avevo quei lividi in faccia per lei. Avevo rischiato di finire al cimitero per difenderla da Lucas e Mark. E Tamara, invece, sembrava non aver fatto caso al mio aspetto.

Durante le ore di lezione, ripensai a quello che era successo e conclusi che non mi importava. Avrei minacciato altre mille volte quei due bastardi, affinché non la prendessero più in giro. Lei forse non lo avrebbe mai saputo, e andava comunque bene così. Non volevo fare l'eroe perché lo sapesse, ma perché non soffrisse come negli anni passati.

Ero rientrato a scuola ormai da quattro giorni. Mamma continuava a essere sobria, Tamara l'avevo intravista nei corridoi un'altra volta, il suo ragazzo lo avevo beccato ai distributori ma senza di lei, Lucas e Mark cambiavano strada quando mi vedevano, i miei due amici continuavano a farmi il terzo grado per sapere chi fosse la bella principessa che avevo cercato di difendere finendo all'ospedale. E poi c'era Cecilie, che mi aveva dato appuntamento negli spogliatoi della palestra. Voleva parlarmi, da un pezzo, e io l'avevo evitata e avrei continuato a evitarla ma dovevo darle delle spiegazioni. Era stata lei a soccorrermi, a chiamare il 911. Non potevo ignorarla.

Arrivai all'"appuntamento" con un leggero ritardo. Gli spogliatoi erano vuoti, il silenzio però era intervallato da dei singhiozzi. Mi sporsi oltre l'alta fila degli armadietti. A terra c'era Tamara, in pantaloncini, seduta. Era lei che piangeva. La mia attenzione si rivolse alla lunga ferita che aveva sulla coscia.

Ero sul punto di venire allo scoperto e parlarle, quando vidi arrivare Charles dalla parte opposta con un asciugamano in mano.

«Ecco, tieni, e sta' tranquilla. Non devi piangere».

«Mi brucia».

«È perché hai corso durante l'ora di educazione fisica. La ferita si è un po' aperta». Si sedette di fronte a lei. Mi feci un po' più da parte, per non essere scoperto. Avrei fatto meglio ad andarmene, ma rimasi lì.
«Ti sei fatta vedere in infermeria?»
«No, da un medico, giorni fa. Mi ha messo dei punti e mi ha detto di lasciare la ferita scoperta. Ma tre o quattro punti sono saltati».
«Mi dispiace non esserci stato in tutti questi giorni», si scusò lo stronzo. «Perché non mi hai detto niente?»
«Non volevo disturbarti. Tuo nonno sta male, era giusto che ti occupassi di lui».
Il nonno? Quella biondina con cui lo avevo visto lo chiamava nonno?
«Ne vuoi parlare?», chiese lui.
Sperai di sì, perché volevo sapere come cazzo si fosse procurata quella brutta ferita, che da lontano sembrava profonda.
«Mi hanno spintonata».
«Come?», si agitò la voce di Charles.
«Sono stata accerchiata da alcuni ragazzi, derisa, presa in giro. Ho gridato aiuto, ho provato a difendermi. Sono riuscita a scappare e a saltare sulla mia bicicletta, quando uno di loro mi ha spinto e mi ha fatto cadere. Sono finita su un vaso, su dei vetri. Avevo la gonna, perciò mi sono fatta male. Nessuno mi ha aiutata. Continuavano a ridere come matti».
«Chi è stato?»
Mi trattenni dall'uscire allo scoperto e chiederle esplicitamente se i suoi compagni di classe c'entrassero qualcosa.
«Non lo so».
«Come non lo sai?»
«Non li conosco, non lo so».
«Tamara, sei qui con me».
Sbirciai la situazione. Lui la teneva dalle spalle, lei stava piagnucolando di nuovo. Alla sua età avrebbe dovuto smettere di piangere o arrabbiarsi come alle elementari; avrebbe

dovuto godersi la vita e non continuare a subire angherie dai coetanei.

«Parlami, dimmi chi è stato e lo dirò al preside».

«Non lo so», ripeté.

«Per caso ti hanno minacciato?»

Non sentii la sua risposta.

«Ti hanno più fatto del male?»

«No, non è più successo».

«Cosa hai detto ai tuoi genitori?»

«Che sono caduta mentre facevo sport. Mi hanno creduta e penso che vada bene così. È meglio che non sappiano la verità. Per quanto sia difficile questa situazione, non voglio ritirarmi da scuola e studiare a casa. Sarebbe un fallimento. Mi sentirei diversa e sbagliata».

«Sì, giusto, capisco, ma...»

«Nessun ma. È la mia decisione».

Mi era tutto chiaro. Erano stati quei due bastardi, ma lei non voleva fare i loro nomi a Charles per evitare che lo venisse a sapere il preside, quindi i genitori e correre il rischio di tornare a studiare a casa come privatista.

Sentii schiocchi di baci falsi.

«Mi dispiace», ripeté lui. «Se fossi stato con te, se non fossi scappato sempre via all'uscita da scuola per andare da mio nonno, non ti sarebbe accaduto nulla».

«L'importante è che tu ora sia qui con me».

«Sì, certo. Ci sono, Tamara».

Lei sospirò. «Ti amo, Charles».

«Anch'io».

Anch'io, anch'io, anch'io. Che schifo. Come poteva mentirle fino a quel punto? Perché La Jones doveva essere presa in giro da tutti?

Preferii andarmene dagli spogliatoi, per non origliare i loro baci, i loro gemiti, i "Ti amo" sinceri di Tamara e quelli ipocriti di Charles. Quando salii sulla mia Mustang, rimasi a fissare il parcheggio della scuola pensando al da farsi. Presi in fretta una decisione: non avrei minacciato quel ragazzo di dire la verità a Tamara sul bacio che aveva dato alla biondina al The Gutter. Lei aveva bisogno di lui; lei lo amava; lei era o si sentiva al sicuro con lui. Stava meglio, con lui.

Misi in moto e me ne andai, infischiandomene di Cecilie, dell'appuntamento che mi aveva dato, di quello che lei voleva sapere da me.

CAPITOLO SETTE

Era passata una settimana da quando Kyle mi aveva portata in quello sgabuzzino dell'università, una settimana da quando lo avevo rivisto nel locale accompagnato da una delle tante ragazze che si portava a letto. In università non si era fatto vivo, alla caffetteria neppure. Lo avevo perso di vista del tutto, e forse era meglio così.

Dopo qualche giorno passato a convincermi che Kyle Rew non mi desiderava, avevo ritrovato la concentrazione a lezione e anche lontano dall'aula. Adesso prendevo appunti come una volta, studiavo come una volta, vivevo come una volta. Fino a quella mattina, quando a lezione di storia vidi Kyle superare la fila di sedie e accomodarsi al suo solito posto, quello cioè accanto al mio.

«Ciao», mi disse a bassa voce, senza voltarsi a guardarmi.

«Ehi, ciao», lo salutai.

Tutta la concentrazione ritrovata, tutti i miei buoni propositi di non pensare a lui svanirono all'istante. Il profumo di Kyle era così intenso, così penetrante, che era impossibile non distrarsi. E poi il suo profilo tagliato dalle onde di capelli che gli ricadevano oltre l'orecchio assorbiva completamente la mia attenzione.

Il prof cominciò a spiegare la sua nuova lezione, il vocio nell'aula si spense, il mio cuore si lasciò andare a un lento e ripetuto borbottio. Volevo parlare con Kyle, dirgli qualcosa, sentire la sua voce. Il suo sguardo era rivolto al prof e alla lavagna dietro di lui; una mano ce l'aveva sulla gamba, l'altra impugnava la penna con cui aveva appuntato la data del giorno; la bocca cucita nel silenzio, che decisi di rompere subito.

«Non ti ho visto in giro in questi giorni», bisbigliai.

Kyle piegò la testa, mi squadrò con i suoi profondi occhi verdi, e io mi sentii di... svenire.

«Ho fatto tardi tutte le sere, non sono mai riuscito a svegliarmi prima di mezzogiorno», rispose. Il suo tono fu brusco, la mano che teneva sulla coscia si chiuse a pugno.

«Hai saltato un bel po' di lezioni», dissi per continuare la conversazione.

«Niente che non si possa recuperare», mi zittì con la sua risposta.

Kyle Rew era stronzo e lunatico. Oppure, pensandoci bene, in quello sgabuzzino aveva dimostrato che non ero la ragazza che volevo fargli credere di essere, che ero troppo tranquilla per lui o coinvolta.

Tornai con la mente alla lezione, con l'udito alle parole che il prof elargiva in profusione, come se stesse avendo un'emorragia di date, eventi storici e notizie su personaggi importanti.

Mancavano una decina di minuti alla fine della lezione, quando mi arrivò un messaggio. Frugai nella borsa alla ricerca del telefono, tirando fuori le chiavi della mia stanza, la pochette che mi portavo dietro, il portafogli. Quando l'ebbi trovato, lo posai sul banco. Ero quasi certa che si trattasse di Lexie, oppure poteva essere Emily, mia sorella, che quella mattina mi aveva tempestata di messaggi. Sul display però apparve il nome di Charles. Smisi di respirare per qualche secondo. Feci scorrere il dito sullo schermo, aprendo il suo lungo messaggio.

Ciao Tamara, come stai? È da tanto tempo che non ci sentiamo.

Mi piacerebbe rivederti e passare qualche ora insieme. Sono dalle parti di Montgomery. Spero accetterai il mio invito. Charles.

Dopo la nostra rottura, ci eravamo incrociati per caso in città, poi io mi ero trasferita a Montgomery e, da quello che ero venuta a sapere, lui si era trasferito a Lexington, nel Kentucky.

Presi il cellulare ma mi tremò la mano, così lo lasciai di nuovo sul banco e rilessi il messaggio. Charles era stato importante per me, il mio unico ragazzo, il grande amore della vita, come avevo pensato erroneamente. Mi aveva ferita, tradita, ingannata. Mi aveva trattata come avevano fatto tutti gli altri, cioè prendendomi in giro. Pensare a lui mi faceva male, immaginare di rincontrarlo mi destabilizzava.

Kyle si mosse sulla sedia e io mi accorsi che aveva lo sguardo abbassato sul mio telefono. Premetti il tasto centrale, il display si spense, il messaggio di Charles scomparve dalla vista.

Trascorsi il resto della giornata in uno stato confusionale. Tra una lezione e l'altra, non facevo che prendere il telefono in mano e rileggere il messaggio del mio ex, pensando a cosa rispondergli, se rispondergli.

«Cosa ti è successo questa volta?», mi chiese Lexie, mentre ci avviavamo verso l'uscita. «Kyle ci ha riprovato con te per dimostrarti ancora che non sei una ragazza da una notte soltanto?»

«No, lui non c'entra».

«Quindi c'entra qualche altro maschietto».

«Sì».

Lasciammo l'edificio per raggiungere una panca libera, all'ombra di un albero. Lexie si mise a correre prima che qualcun altro ce la soffiasse da sotto il naso.

«Nostra!», esclamò ridendo. Batté la mano sul legno per invitarmi a sedermi. «Devo passare da Robert, ha l'influenza. Pochi decimi di febbre e si lamenta come se avesse chissà quale malattia. È difficile sopportarlo quando fa così, ma lo amo, quindi lo sopporto, quindi lo assisterò». Mi scrollò dalla spalla. «Tamara, che succede? Sei così assente. Qualcuno ti ha fatto qualche torto? Quel tipo di torto».

«No. Si tratta di Charles».

«Ah». Lexie non lo aveva mai visto di persona. Lo conosceva dai miei racconti sul nostro passato insieme, quindi aveva di lui una pessima considerazione.

«Mi ha mandato un messaggio, dopo due anni che non ci sentiamo. È qui in città, vorrebbe vedermi».

«Tu cosa vuoi?»

Scossi la testa, mentre fissavo il portone aperto dell'università. «Non lo so, ancora non l'ho capito».

«Ti piacerebbe rivederlo oppure no?»

«Non lo so, davvero».

«Sì che lo sai, solo che sei confusa. Quel ragazzo ti ha spezzato il cuore».

«Ha tradito la mia fiducia».

Kyle uscì dall'università con gli occhiali da sole sulla testa, i jeans bassi e più strappati del solito sulle ginocchia, una maglia larga che si increspava in tante onde sulla pelle per via del vento. Ripensai a noi due nella sua auto, a come mi aveva fatto venire, a quello che avevo provato, al lungo e intenso bacio nello sgabuzzino, alla sua improvvisa freddezza. Volevo lui, pensai, ma non potevo averlo.

«Vuole riprovarci. Vuole tornare con te».

«Chi?»

«Come chi? Charles, ovvio. Tu e Kyle non siete mai stati insieme». Me lo indicò con un'occhiata. Sembrava stesse venendo dalla nostra parte. «Oh-oh».

«Che c'è?»

«Ore tre».

Spostai lo sguardo a destra. Una ragazza dalle labbra truccate di un rosso acceso avanzava con passo veloce verso di lui. Kyle la intercettò con una lunga occhiata. Lei si fermò solo quando il suo corpo non si fu incollato a quello di lui. Gli sorrise, la sua bocca si mosse per dire qualcosa, ma Kyle la allontanò con un gesto brusco della mano.

Lexie si agitò. «Non venirmi a dire che ti piace essere trattata così, perché è assurdo! Cosa ci trovano le donne a farsi calpestare da un uomo?»

«L'ha solo allontanata».

«No!», sbottò. «L'ha cacciata via con poca educazione».

«Lui con me non si è mai comportato così».

«Mai?»

«Proprio così».

«Mah», borbottò. «Non capirò mai perché alle donne piace essere maltrattate. L'educazione e il rispetto sono tutto».

«Non hai pensato che quella ragazza potrebbe avergli dato fastidio, in qualche modo?»

«No, né mi interessa. Comunque, torniamo a noi e a Charles, visto che hai detto di non voler più avere a che fare con Kyle Rew. Lo incontrerai?»

Seguii con lo sguardo Kyle mentre si spostava verso il parcheggio. «Una parte di me è curiosa di sapere cosa ha da dirmi».

«Non ha nulla da dirti. Quel ragazzo vuole solo tornare con te. In questi due anni si sarà divertito abbastanza, ora è stufo, vuole una compagna accanto e ti ha ricontattato perché crede che tu stia ancora pensando a lui».

«Oppure vuole solo rivedermi, scambiare due chiacchiere, salutarci. In fondo siamo stati insieme quattro anni».

«Non mi hai mai parlato bene di lui».

«Quale ragazza tradita dal proprio ragazzo ne parlerebbe bene?»

«Mi riferisco anche ad altro. Mi dicesti che fece terra bruciata intorno a te, che eravate sempre e solo voi due, che hai trascorso il liceo soltanto con Charles».

«Quello è stato un errore anche mio. Lui rappresentava il mio porto sicuro e io non mi sono mai allontanata».

«Tanto sicuro che è crollato».

«Già», dovetti darle ragione.

«Il mio consiglio è di non rispondere al suo messaggio, non incontrarlo, cancellarlo dalla tua lista di conoscenti, ma so che farai di testa tua, quindi non aggiungo una parola di più. Adesso devo andare da Robert. Vuoi venire anche tu?»

«L'idea di vedere il tuo ragazzo a letto con l'influenza non mi entusiasma».

«Non entusiasma neanche me!». Se la rise. «Ok, allora ci vediamo dopo». Si alzò dalla panca e si sistemò i pantaloni che le erano scesi sul sedere. «Tamara, chiamami se hai bisogno di parlare con qualcuno o di chiedermi un consiglio. E non pensare troppo a Charles e neppure a Kyle».

«Ci proverò».

Ci salutammo, poi lei si avviò verso la casa di Robert, io rimasi un po' lì a pensare, a ricordare, a chiedermi cosa fosse giusto fare e non fare. Socchiusi gli occhi, mi lasciai accarezzare i capelli dal vento. Quella mattina li avevo lasciati sciolti, liberi di muoversi sulle spalle.

Quando riaprii gli occhi, distinsi l'auto di Kyle che usciva dal parcheggio. Attraverso il parabrezza inondato dal sole vidi con nitidezza il suo viso un po' imbronciato, lo sguardo nascosto dietro le lenti scure. Accanto a lui, sedeva un passeggero di sesso femminile, che non coincideva con la ragazza che aveva allontanato qualche minuto prima.

Richiusi gli occhi e ricominciai a chiedermi cosa fosse giusto fare e non fare, pensare e non pensare, anche con quello stronzo di Kyle Rew.

Alla fine avevo risposto a Charles con un messaggio breve e conciso, in cui gli comunicavo di avere un paio di ore libere dopo le sette di sera. La sua risposta fu piena di entusiasmo – così mi parve. Mi diede appuntamento in un pub, il Connell's Pub, anche se ricordavo la sua avversione verso bar, pub e locali in genere che non fossero dei ristoranti di un certo livello.

Quella sera ero emozionata come una ragazzina al suo primo appuntamento. Non sapevo cosa aspettarmi e che pensare. Da una parte odiavo Charles e mi veniva ancora la nausea se consideravo quello che mi aveva fatto; dall'altra stavo pensando a lui come al ragazzo che avevo amato e che mi aveva fatto stare bene – prima di tradirmi.

Con indosso un vestito nero dalle maniche a tre quarti, la gonna che si fermava appena sopra il ginocchio, le scarpe basse, uscii dal dormitorio e presi subito un taxi. Non ero mai stata al Connell's. Avevo visto su Internet che distava parecchio dal dormitorio; raggiungerlo a piedi era impossibile, con i mezzi ci avrei impiegato troppo.

Arrivai cinque minuti prima del previsto. Pagai il tassista e uscii dall'auto. E lo vidi in piedi, sulla soglia del locale. Charles era un po' diverso, ma non troppo. Indossava sempre gli occhiali, anche se avevano una montatura più giovanile, rossa. Portava una giacca di panno scuro e una camicia bianca; sotto aveva messo dei jeans molto chiari. I capelli erano più lunghi e di un biondo molto più scuro, sembravano quasi castani, con un ciuffo gonfio e laterale ben pettinato sulla testa.

Il cuore mi stava battendo forte, ero emozionata, ma man mano che mi avvicinavo alla sua figura sentivo l'emozione spegnersi e i battiti rallentare.

Quando mi vide, mi sorrise e mi venne incontro a braccia aperte. «Tamara, ciao! Da quanto tempo. Come stai?»

«Bene, grazie». Il suo abbraccio fu soffocante, il suo profumo era diverso da quello che avevo respirato per quattro anni.

«Sono felicissimo di rivederti. Grazie di aver accettato il mio invito». Indietreggiò per guardarmi meglio. «Ti trovo in grandissima forma. Sembri più alta, più snella. Stai davvero molto bene». Accompagnò i complimenti annuendo con la testa.

«Anche tu stai bene. Ti sei fatto crescere i capelli».

Charles batté le dita sul ciuffo, che sembrava particolarmente rigido. «Sì, ormai porto questa pettinatura da un anno e mezzo. Entriamo? Hai fame, sete?»

«Ho sete. Berrò volentieri una birra mostrando il mio documento falso».

Lui assunse un'espressione un po' contrariata. «Ti faccio compagnia con un cocktail analcolico».

E così entrammo nel locale, un pub con le pareti di legno, le sedie e i divani di velluto verde, le luci soffuse.

Charles mi invitò a sedermi sul divanetto, lui si accomodò accanto a me, il braccio che toccava il mio.

Mi sentivo strana, un po' a disagio. L'emozione si era dileguata del tutto, lasciandomi con la sensazione di conoscere il ragazzo che mi sedeva accanto soltanto di vista. Era come se i quattro anni insieme non ci fossero mai stati, come se i ricordi belli e dolci di noi due fossero sfumati. Non restava neppure il male che mi aveva fatto. Non lo odiavo.

«Allora Tamara, come te la passi qui a Montgomery?»

«Direi piuttosto bene. I corsi mi piacciono, gli esami vanno bene, ho una splendida migliore amica di nome Lexie, che divide con me la stanza al dormitorio. E tu, invece?»

«Farmacia è difficile ma lo sapevo. Studio molto, ho poco tempo per tutto. Lexington è una bella città. Ho una casa tutta mia, molto carina. Potresti venire a trovarmi un giorno».

Presi la birra che il cameriere aveva appena servito e, senza fare alcun brindisi, cominciai a bere. «Charles», dissi posando il bicchiere sul tavolo. «Come mai sei qui?»

Lui si aggiustò gli occhiali. «Volevo vederti».

«Come mai?». Ripresi a bere.

«Mi manchi, Tamara».

Altri sorsi di birra.

«Mi manchi tantissimo. In questi due anni non ho fatto altro che pensare a te, a noi, allo stupido che sono stato andando con le altre».

«Non è questione di stupidità. Ti sei dimostrato per quello che non eri, mi hai sempre mostrato una facciata di te che non esisteva al cento per cento. Credo sia questo che mi ha fatto più male in assoluto».

«Lo so e mi dispiace ancora tanto. Potrei continuare a chiederti scusa per i prossimi vent'anni e so che non servirebbe».

Cominciò a giocare con la cannuccia del suo cocktail. «Mio padre mi ha impartito un'educazione molto severa. Ero sempre controllato in tutto, non ho mai avuto la libertà di sentirmi libero e fare ciò che volevo».

«Ci sono andata di mezzo io».

«No, ci siamo andati di mezzo noi due. Ho rovinato tutto facendo le cose di nascosto. Pensavo di prendermi la mia libertà frequentando quelle ragazze di nascosto, di raggirare tutti i divieti di mio padre, e invece ho solo distrutto la nostra relazione e la tua fiducia nei miei confronti. Dopo aver scelto di stare con l'ultima ragazza con cui ti avevo tradito, mi sono accorto che non volevo nessuna e volevo divertirmi con tutte». Lasciò la cannuccia e il bicchiere per cercare la mia mano. Se la portò sulla sua gamba, la chiuse tra le sue. Io guardavo la parete lontana davanti a noi, tappezzata di sottobicchieri della birra. Nel frattempo, bevevo. «Quando ho iniziato il college, ho finalmente avuto tutta la libertà che avevo sempre desiderato. Per i primi mesi ho frequentato feste, confraternite, ragazze, tralasciando un po' lo studio».

«Hai dato sfogo a quella parte di Charles che hai sempre tenuto nascosto».

«Sì, più o meno. E sai cosa ho scoperto?»

Finii la birra, sollevai la mano verso il cameriere che arrivò correndo. «Un'altra, per favore».

Lo vidi spalancare gli occhi per la velocità con cui avevo svuotato il bicchiere. «Arriva subito».

«Cosa hai scoperto?», gli chiesi.

«Che il vero Charles non è quello che frequenta club e va alle feste, torna tardi, ci prova con le ragazze».

«Chi sarebbe il vero Charles?»

«Il ragazzo che hai conosciuto tu a quattordici anni, senza quella parte crudele che ti ha tradito».

Certo, troppo semplice e scontato.

«Sono il ragazzo che ti ha amato, quello che vuole diventare farmacista, quello che vuole sposarsi e avere dei figli». Mi prese anche l'altra mano e mi fece voltare dalla sua parte.

«Tamara, non riesco a immaginare il mio futuro senza di te. Ti voglio ancora. Ti amo ancora».

Mi amava ancora. Chiunque si senta dire una cosa del genere non può rimanere indifferente. Il mio cuore, infatti, accelerò i battiti, i palmi cominciarono a sudare e la confusione nella testa divenne troppo grande, un rumore assordante che non riuscivo a contenere.

«Kyle, io...»

Charles mi stritolò le mani. «Kyle?»

«Cosa?»

«Mi hai chiamato Kyle. Tamara, sei... sei fidanzata?»

In quel momento arrivò la seconda birra. Ringraziai il cameriere, sfilai la mano da quella di Charles e mi lanciai sul bicchiere. Lo avevo chiamato Kyle. Avevo fatto il nome di Kyle Rew senza accorgermene. Doveva essere la birra, o forse no.

«No, sono single, da due anni. Ho frequentato due ragazzi l'anno scorso ma tra noi non c'è stato niente».

«Allora chi sarebbe questo Kyle?»

«Un compagno di corso. Frequentava la nostra scuola».

«Non ricordo nessun... Oh, no, aspetta. Non mi dire che stai parlando di Kyle Rew». Il suo viso divenne bordò.

«Proprio lui».

«Quello che si drogava nei bagni della scuola?». La sua mano stava sudando.

«Non lo so se si drogava».

«Fumava erba. Quel tipo aveva un sacco di problemi. La madre morì perché alcolizzata, andò in coma etilico». Ed ecco un'altra versione dei fatti che qualcuno aveva messo in giro su Kyle. «Faceva spesso a botte, ha preso a pugni tante persone solo per il gusto di farlo e per fortuna fu pestato a sangue dai nostri compagni, Lucas e Mark. Lo ridussero quasi in fin di vita, gli diedero una bella lezione».

La sua affermazione mi mise in all'erta. «Questo non me lo ricordo».

«Perché facevo di tutto per tenerti lontana da loro».

«Proprio loro?»

«Sì, gli stessi cretini che ti avevano importunata più di una volta, quelli che mio padre prese in disparte e li ammonì per i loro comportamenti scorretti».

Suo padre, il reverendo, era convinto che Lucas Green e Mark Taylor avessero smesso di darmi fastidio da quando lui li aveva presi in disparte e aveva recitato un lungo sermone. Lo pensava anche Charles. No, Charles pensava che quei due mi avessero lasciata in pace perché la sua presenza li aveva tenuti lontano da me, e questo in parte era vero. Ma la verità assoluta è che smisero di colpo di darmi fastidio, prima ancora che rivelassi a Charles di loro e che suo padre si mettesse in mezzo.

«Ha messo la testa a posto?», mi chiese a un tratto.

«Chi?»

«Quel ragazzo, Kyle».

Certo, stavamo parlando di lui. Bevvi un po' di birra prima di rispondere. «Non lo so, non lo conosco così bene. Frequentiamo alcuni corsi in comune».

Un gruppo rumoroso di studenti entrò nel locale, e io e Charles ci distraemmo per qualche secondo.

«È una cattiva persona, devi stare alla larga da lui. Non si può mai sapere cosa può succedere quando è nei paraggi, come può reagire. Non devi avere a che fare con lui, mi raccomando! Cambia strada quando lo vedi, evita di rivolgergli la parola». Sembrava agitato. «Sei innamorata di qualcuno?», mi chiese a un tratto.

«Mmm, no».

«Quindi c'è ancora una speranza per me, non sono arrivato troppo tardi».

Il tempo di posare il bicchiere che Charles mi cercò di nuovo l'altra mano e la strinse nella sua. Adesso che lo guardavo dritto negli occhi, sembrava un bambino felice e fiducioso. Ma io ero più apatica che felice, più disillusa dal suo amore che ottimista.

«No, non credo, non lo so».

«Andiamo Tamara, eravamo tanto innamorati e felici».

«Finché tu non hai rovinato tutto».

«Te l'ho spiegato, le cose sono andate in quel modo perché ero troppo giovane, stupido, volevo un po' di libertà, mentre mio padre mi teneva stretto al guinzaglio. Ho sbagliato e ti chiedo perdono».

«Non hai paura che possiamo essere cambiati in questi due anni? Che io non sia più la Tamara Jones che conoscevi?»

Il suo no fu perentorio. «Sei sempre tu, i tuoi occhi non mentono».

Io però mi sentivo diversa, almeno nei suoi confronti.

«Tamara». Mi strinse con forza le mani e si tese verso di me. «Posso… posso baciarti?». Si tese un altro po' e io lo lasciai avvicinare.

Oltre la sua spalla, vidi la porta del pub aprirsi e lasciare entrare una coppia: lui moro, lei rossiccia; lui alto, lei di media statura; lui col profilo corrucciato, lei sorridente.

Montgomery, circa duecentomila abitanti. Com'era possibile che Kyle si trovasse al Connell's Pub, quella sera, a quell'ora? Era una coincidenza incredibile.

Lui andò al bancone e ordinò qualcosa, mentre lei gli stava attaccata alle costole. A un tratto Kyle si voltò, poggiando i lombi contro il bancone, e si guardò in giro.

«Non hai idea da quanto tempo stia aspettando questo momento», riprese a parlarmi Charles.

Stavo per guardarlo quando gli occhi di Kyle incrociarono i miei. Lui indurì lo sguardo, una linea verticale spuntò tra le sopracciglia. Lentamente, studiò il ragazzo seduto accanto a me.

Charles era troppo intento a stringermi le mani e a fissarmi, per accorgersi di lui.

La ragazza che stava accanto a Kyle accostò le labbra al suo orecchio, lui sorrise con sforzo, poi mi diede le spalle dopo un'ultima, veloce occhiata.

«Andiamocene», dissi allontanando le mani.

«Di già?»

«Ho bevuto troppo e troppo in fretta, non mi sento affatto

bene. Preferisco uscire e prendere una boccata d'aria».

«Ok, come preferisci. Ho la macchina parcheggiata qui fuori».

Raccolsi la giacca e la borsa dal divanetto e mi affrettai a uscire dal pub. La vista di Kyle con quella ragazza mi aveva fatto male, di nuovo. Non riuscivo a togliermelo dalla testa: lui, noi, l'auto, la pioggia, le sue mani addosso, quel bacio nello sgabuzzino, quella sensazione di essere ubriaca per la passione che avevo provato.

Charles mi raggiunse. «Tamara, cosa ti senti?»

«Mi gira la testa. Lì dentro mi mancava l'aria».

«Deve essere l'alcol bevuto a stomaco vuoto». Mi indicò la sua auto. Era nuova, bianca, lucida e pulitissima. Non badai né alla marca né al modello. Dentro era spaziosa, gli interni profumavano in maniera esagerata. «Dove andiamo?»

«Al dormitorio».

Charles parve rimanerci male. Inserì l'indirizzo nel suo navigatore, poi accese il motore e si immise in strada. Sebbene non conoscessi la zona, capii subito che stava cambiando strada rispetto alle indicazioni della voce parlante, forse per allungare il tragitto e stare un po' più tempo insieme.

«Sai, domani devo tornare a Lexington. Sono partito stamattina sul presto e in circa sette ore ho attraversato il Kentucky, il Tennessee e l'Alabama per venire da te».

Stringevo la borsa tra le mani, il mio cervello ascoltava quello strano borbottio che il cuore aveva ripreso a fare e che non c'entrava con Charles.

«Volevo dirti ciò che penso e che provo guardandoti in faccia. Se non avessi risposto al mio messaggio, in qualche modo sarei stato in grado di trovarti e costringerti ad ascoltarmi».

«E se fossi stata con qualcuno? Se fossi stata coinvolta seriamente in una storia?»

«Non importa. Ci avrei provato ugualmente, avrei comunque percorso queste cinquecento miglia per rivederti».

Carino da parte sua, ma sempre troppo semplice e scontato.

«So quello che pensi: potrei rifarlo ancora, ma non è così. Io sono un bravo ragazzo, lo ero anche al liceo. Sono serio, il più serio tra le persone di sesso maschile che potresti conoscere. Volevo solo fare altre esperienze. Ho sbagliato tempismo».

«Tempismo? Mi dicevi che mi amavi e poi andavi da un'altra ragazza», commentai cinica. «E alla fine hai scelto di stare con l'ultima tipa con cui mi avevi tradito».

«Ho sbagliato, Tamara. Perdonami. Ho sbagliato e me ne pento tutti i giorni. Dio santo, quando vorrei tornare indietro nel tempo e non commettere certi errori».

Per quanto fosse dispiaciuto e forse realmente innamorato di me, non ero in grado di trovare dentro il mio cuore il vecchio amore per lui. Forse baciandolo sarebbe cambiato qualcosa, avrei scoperto un antro di me che ancora lo cercava, lo desiderava, lo sognava?

«Sei un bravo ragazzo», recitai quello che mi aveva detto.

«Sì, e con te sarò un Charles migliore del bravo ragazzo che pensi io sia. Sarò perfetto, l'uomo che hai sempre desiderato avere al tuo fianco».

«L'uomo che hai sempre desiderato avere al tuo fianco», ripetei ancora. Charles mi guardò stranito, io gli sorrisi confusa. Qual era il tipo di uomo che volevo al mio fianco?

Charles mi aveva tradita e raggirata col silenzio. Non era un bravo ragazzo. Non era neppure l'uomo che volevo al mio fianco.

Ripensai a Kyle perché, dannazione, non riuscivo proprio a togliermelo dalla testa. Lo avevo voluto per una notte di sesso, come gli avevo proposto, e invece mi era entrato nella mente, faceva parte dei miei pensieri quotidiani e, per quanto mi sforzassi di metterci una pietra sopra, lui era sempre *davanti* a me, *con* me.

«Il dormitorio è su quella parallela».

«Oh, certo, ok». Nonostante l'informazione che gli avevo dato, Charles seguì le indicazioni sbagliate del suo navigatore impazzito, che ci portarono ad allontanarci dal dormitorio, per poi farci fare un giro pazzesco fino al tanto sudato arrivo. Impiegammo qualcosa come venti minuti in più, durante i quali lui continuò a ripetermi "Ti amo", "Ti penso sempre", "Vorrei provare a riconquistarti", "Dammi un'altra chance".

«È quello». Gli indicai l'edificio rossiccio.

«E così è lì che alloggi. Bene, adesso saprò dove venire a cercarti», scherzò, poi tornò serio. «Tamara, in questi due anni ho scritto parecchie lettere, erano tutte per te, ma non ho mai avuto il coraggio di inviartele».

«Erano lettere d'amore?»

«Di pentimento e amore». Si sfilò la cintura di sicurezza. «Posso baciarti?», mi chiese di nuovo.

Mi sfregai il viso. «Senti, non credo di essere più quella Tamara, né di amarti o di voler dare una seconda chance a noi due».

«Ma...»

Lo interruppi. «Baciarti non cambierà nulla».

«Come fai a dirlo se non ci provi?»

Mi battei una mano sul petto. «Lo sa il mio cuore».

«Se non sei innamorata di qualcuno, è probabile che tu lo sia ancora di me».

Scoppiai a ridere per la sua presunzione. «Sul serio? Magari non sono innamorata di nessuno e basta».

«Ti prego, baciami e poi mi dirai. Solo un bacio. Consideralo un bacio di addio», mi supplicò.

Un cellulare vibrò. Guardai Charles con diffidenza, ma lui scosse la testa. Era il mio, perché la seconda vibrazione sopraggiunse dalla borsetta che avevo sulle gambe. Cercai il telefono, pensando che Lexie potesse avere bisogno di me. Era proprio lei, che però non aveva bisogno del mio aiuto. Mi informava solo che Robert era moribondo, che avrebbero visto un film insieme e che sarebbe rimasta a dormire da lui.

«Tutto ok?», mi chiese.

«Sì, è la mia amica, Lexie, quella con cui divido la stanza».

Dopo aver rimesso a posto il telefono, fissai lo sguardo supplichevole di Charles e feci segno di sì col capo. In pratica lo stavo per baciare come se con quel bacio volessi scusarmi delle miglia che aveva percorso per me. Ma io non volevo baciarlo, o forse sì.

«Sì», dissi di nuovo. Sì, volevo baciarlo per essere sicura che non mi piacesse ancora.

Con movimenti lenti e il sorriso sulle labbra, Charles si avvicinò al mio sedile. Accostò la guancia alla mia, un calore familiare mi scaldò il viso, ma non il cuore. Chiusi gli occhi e provai a lasciarmi andare, perché ero troppo rigida, troppo sulle mie. Feci dei bei respiri, mentre quelli di Charles diventavano più veloci e irregolari.

Le sue labbra mi baciarono la guancia. Piegai il viso, ritrovandomi la sua bocca sul collo. Cominciò a baciarmelo, tanti piccoli baci veloci e impazienti.

Per quanto mi sforzassi di tornare la vecchia Tamara, la nuova me prese il sopravvento e mi fece ripensare a Kyle, all'ardore, alla passione, all'impeto che metteva nei suoi baci. Non dovevo fare paragoni per capire che Charles non era più il mio amore. Dovevo solo considerare una cosa: non avevo i brividi per i suoi baci, non mi sentivo coinvolta, ero più spenta che viva.

Quando le sue labbra scivolarono a un centimetro dalle mie, gli puntai le mani sulle spalle e lo allontanai.

«Tamara», quasi piagnucolò.

«Mi dispiace, non ti amo più».

«Permettimi almeno di dimostrarti quanto è grande il mio amore, lasciati baciare».

Aprii subito la portiera. «Non ce n'è bisogno. Non ho amore da darti».

«Devi darmi una possibilità! Una! Non puoi incolparmi a vita dell'errore che ho fatto».

Avevo già mezzo busto fuori dall'abitacolo. «Ascoltami, Charles». Mi sedetti di nuovo. «Non ti sto dando la colpa di niente. Hai sbagliato, è vero, ma adesso i tuoi errori non c'entrano. Sono io che non ti amo più. Mi dispiace per la strada che hai fatto, il viaggio, tutto, ma sapevi di non avere

alcuna certezza con me».
«Veramente no. Ero certo che saresti tornata con me».
La sua spavalderia non lo rendeva simpatico, attraente e neppure un bravo ragazzo, considerai.
«Be', ti sbagliavi». Uscii dall'auto e richiusi la portiera.
«Tamara!»
«Fa' buon viaggio e non cercarmi mai più, è meglio. Ciao».
Mentre mi incamminavo verso il dormitorio, sentii un'altra portiera aprirsi. Pensai che Charles mi avrebbe seguita e obbligata ad ascoltarlo ancora, a baciarlo, persino a tornare con lui. Mi voltai e infatti era dietro di me, ma stava rallentando e mi guardava più arrabbiato che dispiaciuto. Il famoso ego maschile…
Quando mi chiusi il portone alle spalle, cacciai fuori un lungo sospiro di sollievo. Avrei fatto meglio a seguire il consiglio di Lexie, tuttavia con questo incontro mi ero tolta un dubbio: Charles Preston faceva solo parte del mio passato; lui non era il mio presente, neppure il mio futuro. E questa era una certezza.
Forse ero destinata a rimanere da sola, forse avrei dovuto aspettare anni per trovare un ragazzo che mi amasse sul serio; forse non volevo l'amore e non ero neppure tagliata per essere quella che punta solo a divertirsi per una notte.
Raggiunto il mio piano, infilai la faccia nella borsa per cercare le chiavi della stanza, perse in chissà quale scomparto interno dei tre che c'erano. Dopo averle trovate, diedi un'occhiata al display del cellulare che segnava le undici passate di sera.
Svoltai l'angolo del corridoio e mi bloccai. Un ragazzo con la testa china e le braccia incrociate sul petto se ne stava attaccato alla mia porta.
Mi schiarii la voce, agitata, e lui sollevò lo sguardo.
Kyle Rew era nel dormitorio e mi stava aspettando.
«Ma…». Mi schiarii di nuovo la voce, mentre mi avvicinavo a lui. Le gambe stavano tremando e facevo persino fatica a tenere le chiavi in mano. «Cosa ci fai qui? Come hai fatto a

entrare? È contro il regolamento».

Lui si raddrizzò, le braccia ricaddero lungo i fianchi. Aveva uno sguardo sofferto mentre mi fissava negli occhi. «Sono entrato da una porta che dà sul retro. Lì non c'è videosorveglianza. Poi ho preso le scale di emergenza, mi sono infilato nel corridoio del pianterreno e da lì sono salito al terzo piano, questo».

«Se ti scoprono, passi i guai».

«Non è la prima volta che mi intrufolo nel dormitorio femminile». Come dire che si era introdotto nella struttura per fare visita a una delle tante ragazze con cui era stato.

«Come facevi a sapere il numero della mia stanza?»

«L'ho letto sul tuo mazzo di chiavi, questa mattina, a lezione».

Aveva notato e memorizzato il numero della mia camera, e adesso era lì.

«Stasera c'eri anche tu al Connell's Pub. A quanto pare, hai fatto prima di me».

Annuì.

«Kyle, perché sei qui?»

Indicò dietro di sé. «Prima apri la porta».

Ingoiai facendo una fatica enorme. «Se dovessero scoprirci, rischierei il mio posto letto».

«Non succederà».

«Lo spero». Mi mossi a scatti, nervosa. La serata stava prendendo una piega inaspettata.

Quando lo affiancai per infilare la chiave nella toppa, inspirai il suo profumo, quel mix inebriante che mi faceva diventare umida tra le gambe. Sì, era la verità, non potevo negarla. Bastava quello per farmi bagnare.

Dopo alcuni tentativi a vuoto per via del tremore, riuscii a infilare la chiave nella serratura e a girarla. La porta si aprì. Entrai prima di Kyle, accesi la luce, mi voltai e lui superò l'uscio e richiuse la porta colpendola col piede.

«Allora?»

Il suo sguardo non si spostava di una virgola dai miei occhi.

«Che succede?»

«Sono venuto qui per questo».

Con un passo avanti, Kyle si avvicinò, mi bloccò il viso con le mani e premette le labbra sulle mie. Mi caddero la borsa e le chiavi di mano, mentre la sua bocca cominciava a muoversi contro la mia.

Il mio respiro impazzì, così i battiti del cuore. Kyle mi tirò più a sé tenendomi sempre dal viso, le sue labbra avevano fame delle mie, la lingua scivolò veloce dentro la mia bocca per baciarmi con la passione che avevo già conosciuto, con lui.

Ricambiai il suo bacio, mi aggrappai alla sua maglietta nera, dai fianchi, e mi spinsi contro di lui. Sotto di me sentivo i suoi muscoli sodi, il suo torace duro come la roccia, il suo cuore rumoroso. Il suo rigonfiamento nascosto sotto i jeans.

Quando la sua bocca scese sul collo, quando le mani si abbassarono sui miei seni, ebbi un'esplosione dei sensi e capii che quello che stavo per fare prima con Charles era il nulla, un qualcosa di meccanico, vuoto e sterile.

Gli baciai la spalla, mentre lui mi succhiava la pelle del collo per poi leccarla. Quando mi scappò il primo vero gemito, Kyle mi prese dal sedere e mi tirò su, come se per lui fossi la cosa più leggera al mondo.

Mi sentivo ubriaca e stordita, ma abbastanza lucida da sapere quello che volevo: lui. Soltanto lui.

Gli agganciai le gambe dietro la schiena, le braccia dietro il collo e gli diedi la libertà di fare ciò che voleva. Non so come ma capì qual era il mio letto. Pensai a Lexie per un secondo, giusto il tempo di ricordarmi che non sarebbe rientrata al dormitorio, e sorrisi felice.

Kyle mi posò sul letto e si stese sopra di me. Riprese a baciarmi, mentre le sue mani adesso giocavano a sparpagliarmi i capelli sulle lenzuola.

Provai a tirarmi su e a mettermi più comoda, lui si spostò quel tanto da permettermi di togliermi la giacca. Mi imitò e si tolse la maglietta, che cadde sul pavimento. Conoscevo il suo fisico asciutto, le onde perfette dei suoi addominali, la V che si perdeva nei jeans, tuttavia lo ammirai come se fosse la prima volta che lo vedevo a dorso nudo. Dopo qualche secondo, mi sollevò la gonna dell'abito, mi tirò sul petto tutto il resto e in un secondo anche il vestito era a terra, insieme alla piccola montagna di indumenti.

Dopo essersi messo in ginocchio sul letto, abbassò il capo e cominciò a lasciarmi una lunga, lenta, tortuosa scia di baci, dalla base del collo all'ombelico, fino a un punto imprecisato sugli slip. Mi inarcai e socchiusi gli occhi, gustando ogni singolo tocco con cui le labbra di Kyle mi solleticavano la pelle. Risalì con i baci troppo in fretta ma fui felice di sentire la sua bocca sulla mia. Aprii gli occhi e gli sorrisi, mentre quel bacio provava a rubarmi i sensi.

Quando mi scavalcò con una gamba e mi prese le mani per spostarmi le braccia sopra la testa, pensai che Tamara Jones sarebbe svenuta presto e lottai contro me stessa affinché non accadesse. Dovevo, volevo continuare a provare quel calore bruciante che le occhiate, i gesti, le carezze e i baci di Kyle mi avevano acceso dentro.

Quando la sua lingua si fece spazio intorno alla mia, avvolgendola con movimenti lenti e sensuali, non potei tirarmi indietro dal domandarmi ancora se baciasse tutte le ragazze in quel modo. Era passionale, coinvolgente, sexy e tremendamente dolce, quel mix esplosivo a cui nessuna avrebbe potuto resistere. E io avevo la fortuna di essere lì con lui, di essere baciata da lui, di essere vicina a fare sesso.

Piano, Kyle si stese sopra di me, il suo corpo premuto contro il mio. Smise di baciarmi e allora aprii gli occhi per guardarlo.

«Tamara, non dobbiamo farlo per forza. Puoi tirarti indietro se vuoi».

«Perché dovrei?»

Lui socchiuse gli occhi e sospirò.

«Voglio questo, Kyle. Non cambierò idea. Non c'è nulla che possa farmi cambiare idea».

«Nulla?»
Scossi la testa.
Dopo avermi fissata a lungo, Kyle lasciò il letto. Mi sedetti, lui invece rimase in piedi davanti a me, pensieroso. Prese qualcosa dalla tasca - un preservativo -, poi si tolse i jeans insieme ai boxer. I suoi indumenti andarono ad aggiungersi agli altri.
Mi impegnai a non abbassare lo sguardo, ma la curiosità e il desiderio ebbero la meglio sui miei sforzi. Posai gli occhi sul suo sesso per qualche secondo, mentre lui si infilava il profilattico.
Kyle mi prese dai polsi e mi fece alzare. Mi cinse dalla schiena, le mani raggiunsero il gancio del reggiseno e lo aprirono. Veloce, mi abbassò le spalline e quasi me lo strappò di dosso per lasciarlo cadere ai miei piedi. Esitante, spostò lo sguardo sui miei seni, poi vi posò sopra i suoi grandi palmi caldi, che veloci scesero lungo i fianchi. In un battito di ciglia, mi sfilò le mutandine, lasciandomi completamente nuda.
La sua bocca si avventò sulla mia, le braccia mi cinsero da dietro e mi sollevarono da terra. Mi ritrovai come prima, con le gambe incrociate dietro la sua schiena, le braccia allacciate dietro la sua nuca, e il suo pene nudo che premeva contro di me.
Mentre mi levava ossigeno con quei baci appassionati, mi spinse contro la parete e io mugugnai per il delizioso dolore che avvertii.
Quando i miei piedi toccarono il pavimento, Kyle cominciò a muoversi con foga, tentò di farsi strada dentro di me. Ci provò due, tre, quattro volte, e rallentò i movimenti, forse perché aveva notato che mi stavo irrigidendo. Non ero abituata al sesso impetuoso; non ero abituata al sesso in generale.
«Mi... fermo?», mi chiese ansimando.
«No. No... no», lo pregai.
Mi strinse forte i fianchi e diede un affondo veloce nel mio corpo. Mi morsi il labbro proprio mentre mi baciava, per via

del leggero bruciore e dolore che avevo sentito. Kyle parve non preoccuparsene questa volta e ripeté il suo affondo, con più forza e decisione di prima.

«Era questo che volevi?». Si ritrasse uscendo dal mio corpo.

«Sì».

Quando mi penetrò per la terza volta, il dolore scomparve e provai… l'immenso.

«Sì, sì, sì», ripetei.

Kyle si ritrasse di nuovo e premette la testa contro la mia spalla. Il suo corpo tremava.

Senza che me ne rendessi conto, scivolò dentro di me e cominciò a muoversi a ritmo tribale. Abbandonai la testa di lato, sopraffatta dal piacere. I nostri corpi stavano sudando, erano appiccicosi, la pelle schioccava mentre ci muovevamo.

Con i denti mi afferrò un capezzolo, facendomi male e poi bene, tanto bene. Chiuse le labbra, me lo succhiò, mentre i suoi affondi sembravano sempre più profondi e veloci.

«Basta», ansimai confusa e spaventata all'idea di poter perdere i sensi.

«Come?»

«Ancora», lo incitai un secondo dopo. «Sì, ancora».

Gli conficcai le unghie nelle scapole, mentre lui sfregava la fronte sulla mia spalla, mi baciava dove capitava, mi penetrava senza mai fermarsi.

Lo sentii irrigidirsi. Allora mi afferrò una coscia e se la portò sul fianco, uscì lentamente e rientrò con un affondo convulso. Ancora, ancora e ancora.

Gridai forte, ma le labbra di Kyle mi tapparono la bocca per non farmi urlare di nuovo. I suoi muscoli si contrassero spasmodicamente, il mio corpo si strinse fortissimo intorno a lui. Piegai la testa di lato, la sua bocca non lasciò andare la mia. I nostri gemiti soffocati divennero un solo, grande, lungo sospiro.

Le sue mani mi presero il sedere, lo strinsero forte, facendo sbattere ripetutamente il bacino contro il suo. In quei momenti toccai il culmine del piacere. Fui scossa da fremiti violenti che non avevo mai provato prima. Vidi tante piccole scintille davanti agli occhi.

Pochi secondi dopo, Kyle si accasciò tremante su di me, il petto che sobbalzava su e giù al ritmo di un respiro agitato.

Era sudato, provato, stupendo. Sexy.

Lineville, quattro anni prima

Seduto sul muretto di casa Cook, aspettavo che Cecilie si decidesse ad aprire bocca. Mi aveva costretto a raggiungerla da lei, perché avevo saltato l'appuntamento negli spogliatoi della scuola e aveva una certa urgenza di parlarmi.

Quella sera non la smetteva di fare avanti e indietro o girare in circolo, fumando sigarette. Alle spalle della casa si sentivano gli schiamazzi dei suoi fratelli più piccoli che stavano facendo il bagno in una piscina gonfiabile, che da quello che avevo visto affacciandomi sul retro assomigliava a un canotto pieno di acqua. Dai vetri di una finestra vedevo ogni tanto sua madre che si spostava per la cucina, tenendo in braccio l'ottavo figlio, un neonato di pochi mesi.

Era una famiglia numerosa, stramba ma unita, e quello che mi stupiva è che Cecilie aveva tutta la libertà del mondo, poteva fare quello che le pareva. Come adesso, per esempio, che stava fumando davanti a casa, senza che qualcuno la richiamasse.

«Ancora non riesco a crederci. È impossibile», cominciò. Mi lanciò un'occhiata furiosa prima di riprendere a girare tutto intorno. «Dov'è finito il tuo cervello, che fine gli hai fatto fare? E il tuo orgoglio? Dove hai lasciato il tuo ego? Non posso pensare che tu fossi lucido mentre progettavi di minacciare i miei compagni».

Agitai una mano per chiederle una sigaretta. Cecilie mi lanciò direttamente il pacchetto. Ne estrassi una, usai il suo accendino e lasciai il tutto sul muretto, accanto a me. «Di che stai parlando?»

«Dovresti dirmelo tu». Spezzò in due la sigaretta e la lasciò cadere a terra, poi la spense con una pedata. «Forse non te ne sei reso conto, ma la mia compagna di classe è una sfigata».

«Chi?», domandai, ma avevo capito benissimo qual era l'argomento che stavamo affrontando.

«Tamara. Tamara Jones. Come ti è venuto in mente di prendere le sue difese? Si può sapere che ti è preso? Non posso credere che tu sia innamorato di quella!». Si fermò di fronte a me, a braccia incrociate, il viso imbronciato.

«In passato, alcuni bambini e compagni di scuola le hanno reso la vita difficile con i loro dispetti».

«E allora?»

Socchiusi gli occhi mentre fumavo la sigaretta. «Sono stato tra gli studenti delle elementari che l'hanno presa di mira. Dopo aver visto le conseguenze sulla sua pelle, ho promesso a me stesso che non le avrei più torto un capello».

«Ancora non capisco il nesso. Cosa c'entra questa storia con Lucas e Mark?»

«Quando ho saputo che quei due avevano ripreso a darle fastidio, ho deciso di intervenire».

Spalancò le braccia e sbarrò gli occhi. «Per difenderla, per comportarti come il suo principino azzurro! Ma non ha senso!»

«Continuare a importunarla, dopo averli minacciati, non ha senso».

Mi indicò con fare sprezzante. «Ma guardati. Per poco non finivi sottoterra. Hai ancora il viso gonfio, i lividi, hai avuto una commozione cerebrale e per te tutto questo ha un senso». Si avvicinò al muretto per prendersi una sigaretta. Cambiò subito idea e mollò il pacchetto là dove lo avevo appoggiato. «Ti piace?»

«Cecilie, spiegami il motivo per cui sono qui».

«Verrò presto al dunque. Tu però rispondi alla mia domanda».

Una pentola si schiantò sul pavimento, il rumore che fece fu inconfondibile. Sentii la madre imprecare, il bambino che aveva in braccio – o un altro – scoppiò in un pianto spaccatimpani.

«Senti, non ho tempo da perdere». Stavo per scendere dal muretto, ma Cecilie mi piantò le mani sulle ginocchia.

Con la bocca che si apriva lentamente, scandì le parole: «Sì, invece».

«No».

«Vuoi che quella ragazzina insignificante non venga più presa di mira dai miei compagni?»

Certo, era il motivo per cui avevo rischiato la vita. Annuii.

«Allora hai tempo da perdere». Mi strinse forte le ginocchia. «Ti piace?»

«No». O sì? Aveva importanza? No, oppure sì?

«Non ti credo».

«Se non mi credi, evita di farmi certe domande».

Mi lasciò andare. «Va bene, la smetto. Arriverò al punto fondamentale della questione. Per motivi che spero non siano quelli che penso, vuoi che Tamara Jones non venga più importunata. Se provi a minacciare i miei compagni, sono certa che avrai di nuovo la peggio».

Me la risi. «La prossima volta non sarò impreparato. Porterò con me i miei amici, Ralph, suo fratello e Adrian».

«Non capisci». Sedette sul muretto, di fianco a me. «I fratelli di Lucas e Mark hanno cinque anni più di noi, due dei loro amici sono pugili. Ciò che ti hanno fatto quella sera è niente. Sei entrato nella loro lista nera, potresti essere spacciato».

Ci credevo poco, anche se il ricordo di come mi avevano ridotto non mi dava motivi per pensare che Cecilie stesse esagerando. «Volevi parlarmi per darmi un consiglio su come gestire questa situazione?»

«Voglio farti una proposta».

«Sentiamo». Spensi la sigaretta sul muretto.

«Lucas e Mark sono miei compagni di classe e li conosco bene. Basterebbe che io dicessi loro di smetterla e Tamara Jones non sarebbe più il loro bersaglio».

«Sì, certo».

Da come mi fissò Cecilie, sembrava seria e sicura di quello che diceva. «Dovresti credermi. Una mia parola e sarà tutto finito. Posso anche fare il contrario».

«Sarebbe?»

«Dire a Lucas e Mark di rendere la vita di Tamara Jones un inferno».

Indurii lo sguardo, arrabbiato e schifato da quello che avevo sentito. «Lo faresti?»

Si grattò la guancia deformata dal ghigno.

«Lo faresti?», chiesi ancora.

«No, penso di no».

Presi il pacchetto di sigarette e lo lanciai in aria parecchie volte, rimuginando su quello che Cecilie mi stava proponendo. «Dov'è l'inghippo?»

«Nessun inghippo, è una semplice proposta. Io dirò a quei due di smetterla, per sempre, e tu diventerai il mio ragazzo. Ti fidanzerai con me seriamente».

Sbagliai presa, il pacchetto cadde a terra. «Cosa? E perché dovrei farlo?»

«Per via della proposta. Se vuoi salvarti la pelle e vuoi che la vita di quella ragazzina sia tranquilla, devi accettare il mio patto».

«Staresti con me per via di un patto?». Saltai giù dal muretto e la guardai ancora più arrabbiato e schifato di prima.

Lei strisciò di lato, in modo da piazzarsi proprio di fronte a me, le gambe aperte, i jeans neri attillati e strappati, la lingua che giocava a leccare il piercing sul labbro. «Sì».

«Cosa otterresti?»

«Mi sembra ovvio: stare con Kyle Rew, il ragazzo che piace a più di metà studentato femminile».

«Puoi avere chiunque, sei carina, un po' sopra le righe ma carina e libera di uscire e fare tardi. Sei indipendente, forte, carismatica. Perché ti abbassi a una cosa del genere?»

Graffiò l'anello al labbro con i denti. «Perché sono innamorata di te. Tu dovresti sapere molto bene cosa si prova».

Strinsi i pugni. «No, non lo so».

Le sue sopracciglia si inarcarono in un'espressione scettica. «Sì che lo sai. Comunque mi piaci, sono innamorata di te e voglio stare con te. Questo patto mi sembra l'ideale per ottenere ciò che voglio. Appariremo in pubblico insieme, a scuola, nei corridoi, a mensa, ovunque io vorrò».

Mi veniva da vomitare. «C'è un accordo da firmare? Delle prestazioni sessuali che devo rispettare?», la presi in giro.

Cecilie mi prese dalle maniche della giacca e con uno strattone mi attirò a sé. Incurante della madre che poteva vederci o dei fratelli che potevano arrivare da un momento all'altro, mi fece sistemare tra le sue gambe. «Non posso obbligarti a fare sesso con me, però sono sicura che non ce ne sarà bisogno. In fondo abbiamo già fatto qualcosa insieme, non mi sei mai parso disgustato di toccarmi». Mi sorrise maliziosa. «Allora, che ne dici?»

«Dico che questo patto non mi farà innamorare di te».

«Vedremo». Mi tirò a sé. Dovetti piantare le mani sul muretto per non caderle addosso.

I nostri visi erano vicini, i suoi occhi cercavano qualcosa nei miei, amore forse, che mai avrebbero trovato. Non per lei, di questo ero sicuro al cento per cento.

«Mi piace cambiare ragazza, non mi lego a nessuna, voglio essere libero».

Lei scosse le spalle.

«Sarà difficile rimanerti fedele o fingere di essere sul serio il tuo ragazzo».

Scosse ancora le spalle. «Pensa a quella ragazzina insignificante, probabilmente riuscirai a essermi fedele, a non farmi arrabbiare, a comportarti come il mio ragazzo».

Tutto questo era così disgustoso che mi veniva la nausea al solo pensiero di baciarla. «Quando finirà il nostro accordo?»

«Quando lo vorrò io, quando mi sarò stancata di te».

«O quando finirò il liceo».

La sua testa oscillò in un chiaro no. «Tu finirai il liceo l'anno prossimo, ma Tamara no, lo finirà con me l'anno dopo il tuo».

«Mi stai dicendo che dovrò stare con te fino a quando Tamara non avrà finito il liceo?»

«A meno che Lucas e Mark non la seguano anche al college», scherzò. Non era divertente, per niente.

«Dovrò esserti fedele?»

«Abbastanza da non farmi incazzare». A un tratto mi sbuffò in faccia. «Sta' tranquillo, sono la prima che si stanca presto dei ragazzi. La mia stupida cotta per te potrebbe finire prima ancora che tu ti accorga di essere stato il mio ragazzo».

Una finestra si aprì. «Cecilie! È pronta la cena!», gridò sua madre.

Lei si voltò verso casa. «Cinque minuti e arrivo».

«Ok!». La signora mi salutò con un sorriso, io con un cenno del capo.

«Vuoi restare a cena?»

«Non pensi sia troppo presto per presentarmi ai tuoi?»

Lei scherzò tirandomi un pugno gentile in addome. «Domani dirò a Lucas e Mark di non importunare più la nostra compagna di classe e di lasciare in pace anche il suo ragazzo. Che schifo, quel tipo lo legherei volentieri alle rotaie e aspetterei con ansia di vederlo travolto da un treno in corsa. È tanto viscido quando superbo e studioso». Su questo non potevo darle torto, sul suo desiderio di legarlo alle rotaie di un treno non mi sentivo totalmente d'accordo. «Quindi? Affare fatto?»

Le risposi di sì muovendo la testa.

«Sigilliamo il patto con un bacio».

«Che?»

«Kyle Rew, da adesso sei il mio ragazzo. Devi baciarmi».

Mi irrigidii. «Se quei due dovessero...»

«Non accadrà mai. Ti do la mia parola».

Cecilie si aggrappò al collo della mia giacca e si protese verso di me. Le sue labbra sottili e il cerchietto di metallo si posarono sulle mie. Tempo un paio di secondi, che la sua lingua già spingeva contro la mia per baciarmi seriamente. Per colpa di tutto quello che era successo, per colpa della sorpresa della sua proposta, del pensiero di Tamara Jones, non provai niente. Niente.

«Sai qual è la differenza tra me e te?», chiese dopo aver staccato le labbra dalle mie.

«Che io non propongo certi patti, tu sì».

«Ah-ah, risposta sbagliata. La differenza è che tu sei innamorato di una ragazza che ama un altro ragazzo, che a sua volta la ama. Io sono innamorata di un ragazzo che ama un'altra ma che non può averla. Chi pensi sia più fortunato tra noi? Chi credi abbia più possibilità di successo?», mi domandò divertita.

Tirai fuori dalla giacca le chiavi della mia Mustang. «Nessuno». Ma lei mi rispose battendosi una mano sul petto. La fissai con rabbia per quello che mi stava facendo. Oppure stavo sbagliando tutto? Dovevo prendermela con me stesso che continuavo a pensare a quella ragazzina e a provare a difenderla da tutti.

«Che c'è?», mi chiese saltando giù dal muretto.

Presi un profondo respiro, poi dissi: «'Fanculo, Cecilie».

Mi rispose con una risata.

«Sì, 'fanculo». E me ne andai verso l'auto.

«È il vaffanculo del mio ragazzo, perciò mi piace!», urlò.

Partii sgommando e rivolgendole un indecoroso dito medio. Lei rispose prontamente porgendomi il suo e poi ficcandoselo in bocca.

Lasciai l'auto nel parcheggio e mi avviai verso la scuola, un po' stufo della giornata. Non potevo lamentarmi di come stavano andando le cose, una volta tanto. Erano passati circa dieci giorni da quando avevo accettato il patto con Cecilie. La vedevo spesso, a scuola mi braccava stretto, a mensa sedeva sempre al mio tavolo, qualche sera ci incontravamo a casa sua o altrove. Era diventata… familiare. Non c'era altro termine per definirla. Di positivo c'era che sapeva come divertirsi, sapeva farmi divertire, era spigliata, non si vergognava di aver fatto sesso per la prima volta in età precoce, non si tirava mai indietro dal continuare a farlo.

Mamma stava sempre bene, in apparenza, ma giusto quella mattina mi era parsa un po' strana. Mi aveva spiegato che non bere la rendeva nervosa e intrattabile.

Mentre mi avviavo verso l'entrata, mi sistemai lo zaino sulla spalla, la maglietta si attaccò alla schiena ricordandomi del tatuaggio che avevo là sopra e che non fissavo allo specchio da diversi giorni. Considerando che la vita faceva schifo e che le cose stavano filando liscio, dovevo aspettarmi che accadesse qualcosa di lì a breve, ma speravo di sbagliarmi.

Una coppietta attirò la mia attenzione. Era Tamara che si stava baciando col suo ragazzo, Charles. Anche su quel fronte le cose "andavano bene", nel senso che Cecilie aveva mantenuto la sua parola. Nessun compagno di classe né altri l'avevano importunata, da quello che ne sapevo. Lei sembrava felice e più bella che mai.

Quando tornai a guardare avanti a me, vidi Ralph e Adrian venirmi incontro a passo veloce.

«Ciao», li salutai.

Nello stesso momento, mi presero dalle braccia costringendomi a camminare all'indietro.

«Che cazzo vi prende?»

Adrian scoppiò a ridere. «Oggi niente scuola, abbiamo altri programmi».

«Una festa a Rockford di un amico di mio fratello, schifosamente ricco e fortunatamente solo. I suoi hanno lasciato lo Stato due settimane fa e lui passa il tempo organizzando feste». Ralph fu il primo dei due a lasciarmi.

Mi voltai e nel farlo incrociai lo sguardo di Tamara, ma in verità non mi vide. Mi guardava come guardava tutti gli altri, con disinteresse.

«Rockford è nella contea di Coosa», considerai.

«È a circa un'oretta da qui», rispose Adrian.

«Prendiamo la mia auto, guiderò io, così tu potrai bere e fare tutto quello che ti pare».

«Lontano da Cecilie».

«Ah, bene». Non era poi così "bene", perché se lo avesse

scoperto avrei potuto passare i guai. Tamara avrebbe potuto passare i guai. «Mi accontenterò di quell'altro tipo di divertimento».

«Perfetto. Andiamo. La festa inizia per le dieci. Arriveremo con un po' di anticipo».

Salii sulla jeep di Ralph, lui partì senza aspettare che Adrian chiudesse la portiera del lato del passeggero. Dal finestrino vidi Cecilie che mi stava fissando a bocca aperta. Le sorrisi vittorioso. Per un giorno sarei stato lontano da lei, dal suo profumo acido, dal suo piercing freddo.

«Come vanno le cose tra te e la Cook?», cominciò Ralph.

«Bene».

Adrian si girò per guardarmi con un sorrisetto sulle labbra. «Ti sta molto addosso. Per colpa sua non riusciamo a stare noi tre da soli e divertirci come in passato».

«Sì, è piuttosto possessiva».

«E a te sta bene?», mi domandò l'altro guardandomi dallo specchietto retrovisore.

«Cerco di tenerla a bada il più possibile».

«Con scarsi risultati», commentò uno dei due.

«Dove volete arrivare?»

«Da nessuna parte». Adrian sbadigliò e tornò a guardare la strada.

«Oggi è la giornata giusta per svagarti senza di lei», continuò Ralph. «A casa di questo amico di mio fratello non c'è nessuno di Lineville».

«A parte noi e James».

«Intendevo nessuno della nostra scuola. Qualsiasi cosa tu vorrai fare, sarai liberissimo di farla».

«Mi stai dicendo che questa festa è un modo per divertirti senza Molly?»

«Mmm, ti sbagli». Adrian si girò di nuovo. «Con Molly è finita».

«Adesso sto con Libby», disse Ralph.

«Sarebbe?»

Adrian rispose al posto suo. «Una tipa carina della Central

High».

«Ah, capisco».

Adrian invece non riusciva a tenere incollate le mani sulle tette di una per più di un giorno. Doveva cambiare subito ragazza… e tette.

«Ci divertiremo?», mi chiese Ralph ammiccando.

«Ci divertiremo».

La casa di questo Jeffrey Lee era un'abitazione in stile vittoriano, di color carta da zucchero con gli infissi bianchi, un parco al posto del giardino, due piscine, di cui una piccola situata sul fronte della casa e una grande, disposta sul retro dove si svolgeva la festa.

I ragazzi e le ragazze avevano l'età del fratello di Ralph. Noi tre dovevamo essere i più piccoli là dentro. Alle ragazze, ci presentammo come studenti iscritti all'ultimo anno della High School e non al penultimo, guadagnando così un anno in più e maggiori possibilità di rimorchiare.

Io e Adrian non lasciammo passare molto tempo prima di berci un paio di drink alcolici, mentre Ralph seguiva suo fratello come un'ombra, facendosi presentare tutte le ragazze più carine.

«Ralph e io ancora non abbiamo capito un paio di cose».

Ogni volta che potevano, i miei amici riprendevano il discorso di Lucas e Mark, quando io cercavo di evitarlo in tutti i modi.

«Se quei due stronzi del secondo anno ti hanno fatto finire all'ospedale, perché continui a non voler organizzare una spedizione punitiva contro di loro?»

«Adrian, non cambierò risposta solo perché è la sessantesima volta che me lo domandi». Mi avvicinai al tavolo dei cocktail e mi servii con un altro bicchiere.

«Ma ancora non capiamo. Qual è il problema? Perché non dargli una bella lezione?»

«Te l'ho già detto. Erano in dieci. Due di quelli, forse quattro, sono pugili. Rischieremmo di avere la peggio e di farci male sul serio». Cantavo sempre la stessa canzone a quei due, sperando che mi credessero e la smettessero di propormi un'azione vendicativa.

«Chi volevi difendere?»

«Un'amica».

«Ci conosciamo da undici anni, Kyle. Come pensi che potremmo berci una stronzata del genere?»

«Lascia perdere, ok? La questione si è risolta, non c'è nulla di cui parlare».

Lui scosse la testa con disappunto.

Dopo aver bevuto, ci spostammo verso il bordo piscina per provare qualche tuffo. Io ero più bravo di Adrian che si tuffava sempre di pancia, lamentandosi poi per il male, ma Ralph era il più bravo di tutti. I suoi tuffi con capriola riscossero anche un bel successo tra le ragazze.

Quando uscii dalla piscina, mi accorsi che una ragazza guardava nella mia direzione. Un po' mi fissava, un po' parlava con le amiche e ogni tanto mi sorrideva. Sarebbe stato tutto normale e scontato, ma quella ragazza ricordava molto Tamara Jones. Aveva i capelli chiari come i suoi, solo un po' più corti e leggermente scalati. La statura era pressoché la medesima, il fisico era asciutto ma, a differenza di Tamara, aveva un seno abbondante, troppo sproporzionato rispetto al resto.

Persuaso da Ralph e Adrian, tornai a fare tuffi, poi a bere, poi di nuovo tuffi e grandi bevute di superalcolici.

Era pomeriggio inoltrato quando mi accasciai sull'erba, la testa che girava, una leggera emicrania che mi stava martellando le tempie. Avevo perso di vista i miei due amici. Ralph, l'unico sobrio, si era spostato da un'altra parte per fumare qualcosa di pesante, Adrian invece si era appartato con qualcuna, anche se non ne ero sicuro.

Il cielo si era annuvolato, eppure un timido sole si sporse sopra di me. Era quella ragazza che ricordava Tamara.

«Ciao».

La sua voce mi giunse come da lontano, tanto ero stordito da quello che avevo bevuto. «Ciao». Mi tirai sui gomiti.

«Mi chiamo Megan», sentii. Oppure Meda o Melanie, non ne fui sicuro.

«Kyle», riuscii a pronunciare.

«Lo so». Da vicino, anche il suo sorriso ricordava molto quello di Tamara.

Non so cosa mi successe in quel momento. La mia mente decise di considerare quella sconosciuta come Tamara Jones, pensò di averla lì davanti, di poterla possedere, di fare con lei ciò che il mio corpo ubriaco desiderava: baciarla.

Le presi l'orlo del prendisole e tirai verso di me. Lei non si lasciò pregare due volte. Si sedette sopra di me, a cavalcioni, e cominciò ad accarezzarmi i pettorali. Nel frattempo mi parlava ma io non riuscivo ad ascoltarla. Ero troppo concentrato sulla somiglianza, o meglio, sull'idea di avere Tamara lì con me, su di me. Appoggiai le labbra sulle sue e la baciai con trasporto, lo stesso trasporto che avrei provato se quel maledetto giorno sul portico fatiscente della casa abbandonata avessi deciso di baciare la Jones. Megan mi disse qualcosa del tipo "Come sei dolce", poi prese a mordicchiarmi le labbra, ridendo di tanto in tanto. Non ricordo come, ma finii di nuovo a terra, le mie mani scivolarono sotto il prendisole. Le accarezzai la pelle accaldata, lentamente e con dolcezza. Quando misi a fuoco la vista, mi resi conto che quella sconosciuta non voleva né baci casti né carezze dolci, niente a che vedere con la passione e il trasporto che ci stavo mettendo pensando a Tamara. E allora la trattai per quella che era, cioè una come tante, e le infilai le mani negli slip. Megan parve gradire. Non so cosa feci di preciso, mi parve di perdere conoscenza per qualche secondo. Quando tornai del tutto in me, lei mi stava cavalcando e gemeva strillando, fingendo che intorno a noi non ci fosse nessuno e che la musica o il brusio coprissero i suoi acuti.

Era sera quando Ralph e Adrian mi lasciarono al parcheggio della scuola, dove dovevo recuperare la mia auto.

«Sei sicuro di farcela?», mi chiese Ralph.

«Sì, sto bene, ho vomitato due volte. Mi sento meglio, sono

abbastanza lucido».

«Potremmo lasciare qui la tua auto, non mi costa nulla portarti a casa».

«No, davvero, sto bene». Scossi il sedile del passeggero davanti. «Ehi, Adrian, muovi quel culo e scendi dalla jeep».

«Mmm».

«Sbrigati, Kyle deve tornare a casa».

Adrian aprì la portiera mentre Ralph gli toglieva la cintura. Per poco non cadde a terra tanto era ubriaco e scoordinato.

«Vuoi che ti scorti fino a casa?»

«Nah, non esagerare. Sto bene, ti ho detto». Scesi dall'auto e aiutai Adrian a sedersi. «L'amico di tuo fratello mi odierà. Ho sporcato la moquette di casa col mio vomito».

Lui mosse la mano sminuendo l'accaduto. «Non sa nemmeno che sei stato tu. Con tutti i soldi che ha, può rifarla nuova prima che tornino i genitori in città».

Cercai le chiavi nei jeans. La mia Mustang nera era l'unica auto nel parcheggio. «Ok, vado, ci vediamo domani a scuola, cioè qui».

«A domani».

Ralph partì senza aspettare che salissi in auto. Prima di mettere in moto, crollai con la testa sul volante.

Che avevo combinato? Come mi ero ridotto? Mentre baciavo quella ragazza alla festa, non avevo pensato nemmeno per un attimo a Cecilie, perché convinto che non mi avrebbe mai scoperto; perché non ero innamorato di lei; perché stavo con lei solo per quel patto. Avevo invece pensato alla Jones. La pensavo così tanto – più di quello che ammettevo a me stesso – da essermi sforzato di vedere lei in Megan, di baciare lei anziché Megan, di accarezzare la sua pelle anziché quella di Megan o Meda o Melanie, o come cazzo si chiamava. Non potevo dire di conoscerla, Tamara, ma era come se la conoscessi da una vita, forse perché era una presenza costante: alle elementari, al liceo, nella mia testa.

Invece di tornare a casa, imboccai la strada per casa Jones. Parcheggiai al solito posto, vicino abbastanza da poter spiare bene la proprietà senza dare nell'occhio. Erano le undici, non avevo pensato che potesse dormire e che quindi non ci fosse nulla da spiare, invece con mia sorpresa la vidi. Era nella sua stanza illuminata a giorno ed era meravigliosamente vicina alla finestra. Indossava una canotta dalle bretelline strette e teneva in mano un cuscino.

Sentii uno strillo infantile, poi una bambina che si avventava contro di lei. Le persi di vista qualche secondo, poi tornarono a riempire la mia visuale. Doveva essere sua sorella – sapevo che ne aveva una di sei anni più piccola di lei. Tutt'e due brandivano un cuscino come fosse un'arma, e allora capii: stavano giocando a lanciarsi contro i cuscini. Stavano giocando e lei rideva. Aveva i capelli scompigliati.

Uno a zero per Tamara, pensai quando lei scagliò il cuscino e poi saltò tenendo le braccia in alto, vittoriosa.

«Due a zero!», esclamai quando riuscì a impedire alla sorella di colpirla.

«E tre», urlai dall'auto quando la vidi colpire la sorellina in viso.

Le loro risate si sentivano in strada. Tamara sembrava felice e serena, ed era quello che avevo tanto desiderato. Mi sentivo in parte responsabile della sua serenità, visto che i suoi compagni non le avrebbero più dato fastidio, ma non mi andava di prendermi il merito.

«Tre a uno», borbottai quando due cuscini in volo presero Tamara in pieno viso.

Una luce si accese in un'altra stanza. Tamara e la sorellina passarono come un fulmine davanti alla finestra, poi non le vidi più. La loro camera piombò nell'oscurità. Qualche minuto dopo anche la luce dell'altra camera si spense. Forse i genitori le avevano obbligate a dormire. E adesso io ero obbligato a tornare a casa e a rivederla solo nei miei pensieri o sogni notturni.

CAPITOLO OTTO

Quella mattina ripensavo a due cose: al sesso fantastico e selvaggio con Kyle e, la seconda, al tatuaggio che gli avevo visto tra le scapole, con la scritta LIFE SUCKS. Mai mi ero fermata a pensare alla sua vita, a come viveva le giornate, a come si sentiva. In università lo vedevo spesso in compagnia di alcuni compagni di corso oppure preso d'assalto dalle studentesse più giovani. Sorrideva spesso alle ragazze, camminava a testa alta, aveva un atteggiamento un po' strafottente, dava l'impressione di essere molto sicuro di se stesso. Di sera si divertiva, la mattina dormiva spesso sul banco, prendeva raramente appunti, si distraeva spesso quando i prof spiegavano ma poi riusciva a ottenere risultati brillanti agli esami. Era questo quel poco che notavo o sapevo di lui. Quel poco, appunto. Alla domanda "Chi è veramente Kyle Rew?" non sapevo rispondere. Conoscevo per sentito dire la sua situazione familiare disastrosa. Il padre era scappato con una donna più giovane quando lui aveva quindici anni, la madre era morta - anche se non sapevo come. Doveva essere molto solo. Non ci avevo mai pensato abbastanza. La sua famiglia non esisteva più. Non ci avevo mai riflettuto più di qualche secondo, perché il suo modo di fare non dava l'impressione di appartenere a un ragazzo triste o solo.

Quindi, chi era Kyle Rew?

Come stava, dentro?

«Qui c'è ancora puzza di sesso». Lexie uscì dal bagno col naso tappato. «Sarà meglio aprire le finestre e sbrigarci. A quest'ora dovremmo già essere in università».

Scivolai fuori dal letto e come un automa senz'anima andai in bagno, senza chiudermi la porta alle spalle. Dallo specchio, vidi la mia amica che spalancava la finestra. L'aria fredda del mattino invase la stanza, mi pugnalò alle spalle facendomi rabbrividire.

Erano passati quattro giorni da quando io e Kyle avevamo fatto sesso, lì, sul letto che ora stavo fissando sempre dallo specchio. Dopo averlo fatto, mi ero addormentata stringendomi forte a lui e lui, stranamente, me lo aveva permesso. Il mattino seguente, il mio letto era vuoto, occupato solo dal mio corpo e dalle lenzuola tutte stropicciate e pregne del suo profumo. A lezione non si era visto, in università non si era visto, in giro neppure.

«Tamara, sei nella fase "sguardo perso nel vuoto e cuore in subbuglio"». Lexie comparve alle mie spalle. Presi lo spazzolino, ricoprii le setole con una dose abbondante di dentifricio.

«Che ti succede? Kyle Rew ti ha spezzato il cuore?»

Scossi la testa mentre la abbassavo sul lavabo.

«Lo sapevo che sarebbe andata a finire così. Ti sei innamorata».

«No», sputai la mia risposta insieme all'acqua e al dentifricio.

«Dopo la tua serata di sesso con lui, sei cambiata tantissimo».

Mi asciugai la bocca con un Kleenex che Lexie usava per soffiarsi il naso o togliere le ultime tracce di trucco. «Sono sempre Tamara». Mi voltai verso di lei.

«Sai che non è vero. Sei pensierosa, hai la testa un po' assente. A volte ti parlo e capisci in ritardo che ce l'ho con te. In questi ultimi giorni a lezione eri distratta, hai faticato a prendere gli appunti. Hai saltato l'ultima lezione di storia, stai studiando poco, sei taciturna».

«È che…»
«È che?»
Il sesso con Kyle era stato stupendo, talmente stupendo che non mi rassegnavo all'idea di averlo già perso. Ma avevo insistito molto perché fossi una tra tante, una di quelle ragazze che si porta a letto e scarica il giorno dopo. Esaminando la situazione, mi aveva già dato qualcosa di più che, forse, non aveva dato alle altre: l'incontro in auto, quello nello sgabuzzino, poi nel mio letto. Tre. Tre incontri – quattro considerando quello per strada –, e lui non faceva sesso con la stessa persona per più di tre volte consecutivamente.
«Tamara, è tardi, dobbiamo andare, ma prima voglio che tu mi dica cosa ti sta succedendo».
Espirai lentamente. «Da quella sera continuo a chiedermi se Kyle faccia sesso con le altre nello stesso modo in cui ha fatto sesso con me».
«Devo preoccuparmi?». Spalancò gli occhi.
Mi spiegai meglio. «No, è che… è stato brusco, in certi momenti, lo ammetto».
«Selvaggio, mi avevi detto».
«Ma anche molto passionale, quasi dolce. Era come se mi conoscesse da una vita. Le sue carezze sono state anche gentili. Lui tremava con tutto se stesso, mi fissava con…»
Lexie mi afferrò dalle spalle. «Non dirlo, ok? Sarebbe sbagliato anche solo immaginarlo, perciò non dirlo o finirai per convincerti di quello che stai pensando. Non è così. Kyle Rew non si innamorerà mai di te».
Volevo chiederle il perché di tanta sicurezza.
«Kyle Rew è un cattivo ragazzo sotto questo aspetto, vuoto con le ragazze, incapace di dare qualcosa oltre al suo pisello. D'accordo? Lo sai bene».
«È per questo che continuo a domandarmi se sia possibile, se il sesso con lui sia stato solo sesso».
«No, è stato qualcosa di più».
«Ma hai appena detto che…»
Lexie sospirò. «È stato qualcosa di più per te, proprio come

temevo. Ti farai del male. Lascialo perdere. Anzi, l'hai già perso a quanto pare. È tutto finito, perciò smettila di lambiccarti il cervello». Prese la spazzola dal mobile del bagno e me la passò. «Renditi presentabile e andiamo o faremo ritardo».

«Ok».

«Lo sapevo che non eri quel tipo di ragazza», borbottò tornando in stanza. «Hai insistito tanto per divertirti, però non mi sembra tu ti sia divertita così tanto, altrimenti adesso sorrideresti invece di fissare il vuoto dallo specchio ed essere confusa». Aprì e chiuse un cassetto, poi si avvicinò alla porta. «Ti aspetto giù. Non fare tardi».

Mentre mi pettinavo, ripresi a farmi le stesse domande: chi era veramente Kyle Rew? Era stato solo sesso il suo? Era già tutto finito?

Una delle cose peggiori dopo aver fatto sesso con un ragazzo è essere ignorate, proprio da quel ragazzo. Milioni di dubbi assalgono la mente, per esempio se le proprie prestazioni hanno fatto pena, se il proprio corpo non era abbastanza affascinante, se c'era qualcosa di sbagliato e profondamente disgustante, tipo l'odore della pelle, il modo di muoversi e toccare, il volume dei gemiti. Tra tanti dubbi, ero tornata a farmi un'altra domanda, la solita: cosa c'era di sbagliato in Tamara Jones?

Mentre mi avviavo verso l'aula, accompagnata da Lexie e il suo ragazzo, vidi da lontano Kyle. Strascicava i piedi, aveva le mani nelle tasche dei jeans, le spalle un po' sollevate, gli occhiali dalle lenti scure sulla testa che gli bloccavano i capelli. Salutò un ragazzo sollevando il mento, strizzò l'occhio a una ragazza, e poi lo vidi fermarsi con una, sussurrarle qualcosa all'orecchio che la fece esplodere in una risata rumorosa. Il suo modo di fare con lei era il classico *modus operandi* alla Kyle Rew, quindi niente di nuovo all'orizzonte.

Quando riprese a camminare, Lexie mi prese sottobraccio e cominciò a parlarmi. Di cosa? Mi sentivo l'ovatta nelle orecchie. L'unico senso che stava lavorando in quel momento era la vista.

Per una frazione di secondo la mia strada e quella di Kyle si incrociarono nell'affollato corridoio dell'università, dalle pareti bianche e le ampie finestre.

No, c'era un altro dei miei sensi al lavoro: l'olfatto. Pur non ritrovandomi Kyle molto vicino, sentii il suo profumo.

Strinsi i denti mentre Lexie mi stritolava il braccio e mi parlava di non so cosa.

Kyle ci superò, come se niente fosse, come se non mi avesse vista o come se non mi avesse voluto guardare. Nessun saluto o sorriso amichevole alla Tamara-dispensatrice di appunti, a quella con cui ogni tanto si fermava a parlare al Planet Coffee. Da essere considerata solo come compagna di corso, ero diventata il nulla per lui. Trasparente. Inesistente.

«...di che ti stupisci?», mi disse Lexie.

I miei sensi si riattivarono, la vista però un po' meno, nel senso che un leggero velo di lacrime la stava offuscando. Lo strappai sbattendo le palpebre, ricacciando indietro il pianto bambinesco che stavo per fare.

«Lui è fatto così, lo sanno tutti, perciò era meglio se evitavi di andarci a letto», abbassò di molto la voce per non farsi sentire da Robert.

«Mi sono perso qualcosa?», chiese lui.

«Le solite storie sull'innamorarsi della persona sbagliata», rispose.

«Non sono innamorata».

Nessuno aprì più bocca. Ci salutammo con Robert, poi io e Lexie andammo a prendere posto in aula. Mi concentrai sulla lezione, presi appunti sconclusionati, saltando interi periodi e frasi importanti. Invece di guardare la lavagna fissavo l'orologio, aspettando le undici, quando ci sarebbe stata la lezione di storia e Kyle, forse, si sarebbe seduto accanto a me.

Quando arrivò la pausa, mi precipitai ai distributori per prendermi una bottiglietta d'acqua. Mi ricordai di quando Kyle aveva infilato cinque centesimi per me, poi mi aveva portata al piano di sopra, in quello sgabuzzino, dove avevo provato l'esperienza più bella della mia vita grazie al suo bacio.

«Tamara», mi chiamò Lexie, che si era precipitata fuori dall'aula con me.

«Sto bene, davvero».

«Non stai bene per niente».

«Ti sbagli, sto alla grande».

«Ragazze, ho una novità per voi». Robert ci interruppe. Si fermò prima a baciare la mia amica, che ricambiò abbracciandolo e dicendogli che lo amava, poi si rivolse a me con un sorriso troppo cordiale. Doveva trattarsi di qualche suggerimento di Lexie, del tipo che dovevano starmi appiccicati tutti e due e sorridermi per non farmi sentire sola e tirarmi su il morale.

«Di quale novità parli? Spara, Robert, siamo curiose». La voce di Lexie era tanto falsa quanto falso era il suo entusiasmo. Chiunque avrebbe capito che stava barando. Lei sapeva già tutto.

«Stasera c'è una nuova festa della confraternita. Oscar ha insistito perché ci andassimo tutti e tre».

«È fantastico! Che ne dici, Tamara?»

«Non lo so. Non ho molta voglia di fare tardi».

«Non faremo tardi», mi rassicurò il suo ragazzo.

«Ce ne andremo quando vorrai, non berrai niente così eviterai di sbronzarti e vomitare». Lexie si avvicinò e mi parlò attaccata all'orecchio. «Svagarti un po' ti farà bene».

«Ci divertiremo». Robert ammiccò.

Pensai a Kyle. Se lo avessi visto con un'altra, come ci sarei rimasta? Sarei stata capace di accettare la cosa? Sì, dovevo riuscirci.

«Va bene, verrò con voi».

«Brava!». Lexie mi gettò le braccia al collo, poi si lagnò che per abbracciarmi gli occhiali le erano finiti sulla fronte, facendole male.

Quando ricominciarono le lezioni, ero agitata e sudata. Kyle stava raggiungendo il suo posto, quello accanto al mio. Ma non mi guardava, mai.

Si sedette lasciandosi cadere sulla sedia a peso morto.

«Ciao», mormorai, senza voltarmi.

«Ehi».

Ehi. Solo ehi, che schifo.

Kyle sistemò il quaderno e la penna sul banco, si tolse la giacca e una nuvola di profumo mi solleticò i sensi. Quando si arrotolò le maniche della maglia nera fino ai gomiti, non potei trattenermi dall'ammirare i suoi avambracci, le vene che scorrevano un po' sopraelevate sotto la pelle, poi le sue grandi mani dalle unghie tagliate in modo perfetto e arrotondate in punta. Con quelle mani mi aveva toccata; con quelle braccia mi aveva stretta a sé o sollevata da terra per posarmi sul letto o spingermi contro la parete.

Come ci riusciva a resettare tutto? Lo faceva con chiunque?

Come mai io non riuscivo a considerare la nostra notte di sesso per quello che era, cioè solo sesso? Dopo le rassicurazioni che gli avevo dato, dopo l'opera di convincimento, dopo averglielo proposto io stessa, adesso ero qui a piangermi addosso.

Per tutta la lezione, Kyle non prese un appunto. Rimase a fissare il suo quaderno aperto su due pagine bianche e immacolate, la penna bloccata tra le dita e mai usata.

Io mi impegnai con tutta me stessa per prendere i miei migliori appunti di storia, così poi da poterglieli passare. Quando uno studente interruppe il prof per fargli una domanda, mi girai a guardare il suo profilo, le onde di capelli portate dietro l'orecchio e sulle spalle.

«Siamo amici, almeno?», mi uscì dalla bocca, quasi contro la mia volontà.

Gli occhi verdi di Kyle si posarono prima sui miei, poi sulle mie labbra. Indurì lo sguardo fino a farsi comparire un solco profondo tra le sopracciglia. «No. Non lo siamo mai stati».

Un tremito mi scosse tutta. Presi un bel respiro e parlai senza ragionare troppo. «Ma io sono una persona».

Si voltò verso il professore. Non mi rispose. La nostra brevissima conversazione terminò in questo modo orrendo. Forse Kyle non mi aveva capita, forse non aveva voglia di farlo e darmi delle risposte. Forse aveva avuto ragione fin dall'inizio. Lo avevo voluto con tutta me stessa, ma io non ero come le altre e adesso... lo volevo ancora, volevo essere considerata, volevo finire di nuovo a letto con lui, sentire il suo calore invadermi fin nelle viscere, le sue mani accarezzarmi come fossi una rara opera d'arte, volevo i suoi baci che mi succhiavano vita per poi restituirmela arricchita di altra vita. E invece era finita così.

«E tu sei uno stronzo», scoppiai.

Sbronzarsi può aiutare a ridere più forte, a essere più allegri, ad abbattere i muri delle inibizioni, a non pensare, a lasciare i problemi e i dubbi fuori dalla porta, a cancellare per qualche ora l'angoscia. A me non funzionava sempre così e nello stesso modo. A volte c'erano delle conseguenze inaspettate, come quella di piangere a dirotto invece che ridere, oppure entrare in uno stato confusionale che poi mi portava a un picco di depressione acuta. Per paura che potesse capitarmi una di queste cose, quella sera decisi di bere solo cocktail analcolici, Coca-Cola e acqua. Da sbronza rischiavo di intristirmi e piangermi addosso per il comportamento di Kyle, soffrire troppo.

Tenendomi per mano, la mia amica mi spinse nella folla che si era ammassata sul retro. Cominciò a dondolare il braccio dando il via al nostro sciocco ballo.

«Tamara, pensa solo a ballare. Non rimuginare su nulla», mi gridò.

Con la mano stretta nella sua, iniziai a muovermi sui tacchi alti. Era un po' faticoso, ma essendo lucida e avendo un vestito largo da sotto potevo farcela senza correre il rischio di cadere.

«Se proprio vuoi ampliare i tuoi orizzonti di svago, ti consiglio di volgere lo sguardo alla mia sinistra».

Ovviamente sbagliai e guardai alla mia sinistra, cioè alla sua destra visto che stavamo ballando una di fronte all'altra. Vidi un ragazzo alto quasi due metri, con l'espressione poco sveglia, la pancia un po' gonfia, i pantaloni sformati.

«Ti sei sbagliata. Devi guardare alla mia sinistra!»

«Sì, lo so, stavo comunque dando un'occhiata intorno».

Come mi aveva detto Lexie, mi girai dall'altra parte. Due occhi scuri intercettarono i miei. Li riconobbi subito, così come riconobbi quel sorriso gentile, ma non sexy e per me non importante come quello di Kyle Rew. Era Victor. Stava ballando da solo, così sembrava, e mi stava fissando. No, mangiando con gli occhi.

«Pensi di voler ballare con lui?»

Tornai con lo sguardo dalla mia amica. «Non credo proprio».

«Mmm, peccato». Mi riprese la mano e si avvicinò per parlarmi vicina, visto che la musica era abbastanza assordante. «Quel ragazzo mi piace. Dà l'impressione di essere serio e cordiale, inoltre gli piaci molto, si vede».

«Gli piaccio così tanto che l'altra volta, appena sono andata in bagno, si è messo a ballare con le altre».

«Probabilmente aveva capito che non era la serata giusta con te». Qualcuno ci venne addosso e Lexie dovette lasciarmi andare la mano. «Robert, ma che cavolo ti viene in mente di fare?»

Il suo ragazzo aveva due birre con sé. «Una per me, l'altra è per una di voi due. Chi preferisce bere?»

Scossi la testa, decisa.

«La berrò io, ma non tutta. Tamara, per caso vuoi fare a metà con me?»

«No, grazie».

Quei due avvicinarono le bottiglie facendo un brindisi - forse a me, visto che sentii il nome di Tamara sulle loro labbra -, bevvero un po', poi Robert cominciò a ballare vicino, troppo vicino, a Lexie.

«Per caso sei ubriaco?», gli chiese lei strillando.

La risposta di Robert rimase un segreto tra loro due. Qualsiasi cosa le avesse detto, però, aveva convinto la mia amica a lasciarmi lì da sola.

«Tamara, torno subito. Io e Robert andiamo a fare due passi. Se tra dieci minuti non mi vedi, entra in casa e cercami. È probabile che saremo stravaccati su qualche poltrona libera».

«Ok. Non bere tutta la birra o stasera perderò la tua compagnia saggia e sobria».

«Sissignora», scherzò.

Quando se ne furono andati, mi guardai in giro spostandomi da una parte all'altra del giardino. Vidi alcune facce incontrate alla festa precedente, salutai Oscar, parlai con Wade e con quel viscido di Nathan che continuava a fissarmi la scollatura. Kyle non c'era, in apparenza. Ero certa che, se fosse arrivato, si sarebbe affacciato sul giardino dietro la casa, dove stavano ballando tutti, e io lo avrei visto.

Smisi di cercarlo, tanto non sarebbe cambiato niente se lo avessi incontrato. Le cose potevano solo peggiorare, visto che alle feste Kyle non rimaneva a lungo solo.

«Ciao Tamara, sono contento di trovarti qui».

La voce di Victor sopraggiunse alle mie spalle. «Ciao, come stai?»

«Bene. Mi fanno un po' male le orecchie, sai, per la musica alta, ma sto bene». I suoi occhi neri scesero lungo il mio abito. «L'altra sera ti ho persa di vista. Non ci siamo salutati, e mi è dispiaciuto molto. Avevo intenzione di chiederti il tuo numero di telefono».

Annuii. Non sapevo che cavolo dirgli.

«Poi ho saputo che hai vomitato due volte in giardino».

Mi coprii il viso con una mano. «Già, che figura. Avevo alzato un po' il gomito, di solito non accade. Stasera ho promesso a me stessa di non assaggiare neanche un cocktail alcolico della casa».

«Peccato, Wade è molto bravo a mescolare alcolici, spezie, frutta. Sa preparare dei cocktail niente male. Quindi non posso offrirtene uno?»

«No, meglio di no».

«Posso almeno invitarti a ballare?»

No, meglio di no, pensai. Ma alla fine ero a una festa. Se non bevevo, se non ballavo, se non mi gettavo nella mischia, se non ridevo, se me ne stavo da sola, per quale motivo allora mi trovavo lì?

I suoi occhioni si addolcirono mentre aspettava una risposta.

«Va bene, ma non ti assicuro una grande resistenza. Ho dei tacchi troppo alti, le scarpe mi fanno un po' male, sarà difficile muovermi a lungo».

«Perché non te le togli?»

«Le scarpe?»

«Starai sull'erba, che ti importa?»

Abbassai lo sguardo sui miei piedi. In fondo, non aveva poi tutti i torti. «Penso che seguirò il tuo consiglio».

Mi stavo per chinare, quando Victor si chinò al posto mio. «Ci penso io», disse.

Le sue mani aprirono il cinturino, mi sfiorarono la caviglia, mi sfilarono la scarpa dal piede, mi accarezzarono il tallone. Tamara Jones non provò nulla. Ero una persona, come avevo detto a Kyle, ma con la *persona* di nome Victor non sentivo niente.

Lui sistemò le scarpe accanto a noi, schioccò le dita dandomi il via per ballare e cominciò a muoversi seguendo la musica, io lo imitai presto, anche se non sapevo ballare bene come lui. Era divertente guardarlo mentre si agitava in perfetta sintonia col punk rock. Quando si avvicinò troppo, dovetti allontanarlo. Dopo circa dieci minuti, ci riprovò ma con un assalto da dietro. Il suo bacino si strofinò contro il mio sedere, e questo fu davvero poco divertente. Lo allontanai ancora ma Victor tornò all'attacco, sorridendo come se mi stesse facendo un favore.

«Scusami», mi disse in faccia, a pochi centimetri dalle mie labbra. Aveva un alito fortemente alcolico, che non avevo sentito prima.

«Penso sia il caso di prendermi una pausa».

Victor non mi diede il tempo di voltarmi che mi afferrò dal polso. «No, aspetta. Balliamo ancora».

«Sono sudata, voglio andare a cercare la mia amica, devo bere qualcosa».

Per quanto la sua faccia fosse diventata una maschera triste, non ero dispiaciuta per lui. Avevo ballato abbastanza, gli avevo fatto compagnia, ero stata carina a non mandarlo a quel paese. Adesso volevo riprendermi il mio spazio, la mia pausa, ma Victor non mi lasciava andare.

«Ancora qualche minuto».

«Temo tu sia ubriaco».

«Un po'».

«Ah, ecco. Senti… devo andare». Strattonai il braccio, le dita di Victor si strinsero intorno al mio polso come una manetta. Mi stavo per innervosire.

All'improvviso qualcuno gli piombò addosso, sospingendolo lontano. Vidi Victor barcollare e finire su alcuni ragazzi che stavano fumando, ma spostai immediatamente lo sguardo su quel ragazzo più alto di me, comparso dal nulla e venuto in mio soccorso. Aveva quel solco in mezzo alle sopracciglia, mentre mi fissava corrucciato.

La sua mano cinse la mia. «Andiamo».

Presi al volo le scarpe. Sudata e confusa, camminai accanto a Kyle mentre lui col braccio libero si faceva strada tra le persone. Avevo di nuovo addosso gli occhi di tutte quelle troiette bagnate, però non riuscivo a pensare a loro o ai loro sguardi.

Kyle era venuto alla festa della confraternita. Forse mi aveva cercata, di sicuro mi aveva trovata e adesso mi stava portando da qualche parte. Era a tutto questo che stavo pensando.

Uscimmo dall'abitazione. Appena Kyle mi lasciò la mano per frugare nelle tasche della sua giacca, mi infilai le scarpe, presi il cellulare dalla borsetta a tracolla e mandai un messaggio a Lexie per avvisarla che avevo lasciato la festa. Lo scrissi senza guardare il display, con l'augurio di aver azzeccato i tasti giusti e di averle scritto un messaggio comprensibile.

Riconobbi la Toyota di Kyle, quando mi fece cenno di raggiungerlo. Mi sforzai di non pensare a quello che sarebbe successo tra noi, per non restarci male nel caso non fosse successo niente.

Mi accomodai sul sedile del passeggero davanti, lui uscì dal parcheggio e si immise sulla strada. Muto e con lo sguardo incollato al parabrezza, non fiatava e procedeva lentissimo.

«Dove stiamo andando?», fu la prima cosa che gli chiesi.

«Da me», fu la prima cosa che mi disse. «Sei lucida?». Mi rivolse un'occhiata al volo.

«Al cento per cento. E tu?»

«No».

Il fatto che non fosse lucido poteva essere la ragione per cui mi aveva *rapita* dalla festa e mi stava portando a casa sua. A casa sua? Solo in quell'istante mi resi conto di quello che mi aveva detto. Respinsi tutti i voli pindarici che voleva fare la mia mente, il mio corpo, e forse anche il mio cuore.

«Poiché sei lucida, sta' attenta alla strada nel caso la mia attenzione non sia sufficiente».

«Oh, be', sì. Ok», balbettai in allarme per la sua ammissione. «Puoi fermarti dove vuoi, se preferisci. Rischi grosso se la polizia dovesse fermarti».

«Ma voglio fermarmi a casa».

«Perché?», gli domandai.

Kyle mi guardò troppo a lungo, i suoi occhi erano lucidi.

«Pensa alla strada, per favore».

Si voltò subito, e non rispose alla domanda che gli avevo fatto.

L'appartamento di Kyle si trovava al terzo piano del The Heights, vicino al canale Gun Island Chute. Quando aprì la porta e accese la luce, mi ritrovai ad ammirare una casa moderna, ben arredata, pulita ma disordinata. La divideva con due suoi amici, mi disse. Per essere un appartamento abitato da tre ragazzi di ventuno anno o giù di lì, era fin troppo perfetto.

Seguii Kyle nell'openspace che accoglieva la cucina e il soggiorno. Si tolse la giacca, aprì il frigo, prese da bere e lo richiuse. Appoggiato con la schiena all'anta, bevve direttamente dalla bottiglia scrutandomi negli occhi.

Nel seguirlo verso il divano, inciampai in una valigia aperta e saltellai per circa quattro passi prima di riprendere il controllo del mio corpo.

«È di Daniel. È appena rientrato da un viaggio». Cadde sui cuscini e sollevò i piedi sul tavolino di vetro che aveva davanti. «Vuoi qualcosa da bere?»

«No».

«Fumi?»

La sua domanda mi parve strana. «No, e tu?»

«Fumavo, dovresti saperlo».

Giusto, ma io sapevo che aveva fumato marijuana a scuola. Ignoravo invece i suoi vizi attuali.

Kyle batté la mano sul cuscino, invitandomi a sedere lì con lui. Ero rigida come non lo ero mai stata. Avevamo fatto sesso nella mia camera e mi ero sentita libera e sciolta, tutto il contrario di adesso.

«I tuoi amici sono in casa?»

«Se ci fossero, li avresti già visti o sentiti».

Mi sedetti sul divano, non troppo vicina a Kyle. Dopo qualche minuto, lui abbassò i piedi dal tavolino, lasciò la bottiglia sul tappeto e mi cinse le spalle con un braccio.

Fu un attimo. Il suo sguardo mi incantò, il suo abbraccio mi attirò a sé, le labbra imprigionarono le mie con un bacio soffice e delicato. Kyle sapeva molto di alcol. Quando spinse la lingua dentro di me, apprezzai il suo sapore di birra, tequila e chissà cos'altro. Mi piaceva. Mi piaceva da impazzire, lui, tutto.

Gli piantai le mani sul petto e lo sentii contrarsi. Poi Kyle gemette piano, facendomi sciogliere sotto i suoi baci. Infine, con una mossa inaspettata, mi prese in braccio e si tirò su.

Non protestai. Rimasi con una mano aperta sul suo petto e

chiusi gli occhi, mentre ondeggiavo tra le sue forti braccia.
Nel sentire una porta che si chiudeva dietro di noi, sollevai le palpebre. Eravamo in una camera da letto, la sua ovviamente, illuminata dai bagliori provenienti da fuori.
Il letto era matrimoniale, con un'alta testiera di velluto marrone, un copriletto verde acqua, cuscini fantasia. Notai un divano a tre posti, una piccola scrivania con una sedia reclinabile, le veneziane a una delle due finestre, poi serrai di nuovo gli occhi quando precipitai sul letto. Questa volta Kyle non mi aveva posata con delicatezza. E con quella stessa poca delicatezza, piombò su di me.
«Ti voglio», mi disse.
Due sole parole che mi fecero sbarrare gli occhi e tremare dall'eccitazione.
«Anch'io».
Sapevo cosa sarebbe accaduto, di nuovo, perciò smisi di tremare e mi godetti quell'attimo, quell'ora o quel tempo più o meno lungo che avrei trascorso con lui, facendo sesso - o l'amore, secondo quello che sentivo di provare per lui. Sesso o amore. Sesso e amore.
Le sue dita cominciarono ad accarezzarmi i capelli, come l'altra volta sparpagliarono ciocche sulle lenzuola, mentre la lingua sfiorava la mia, velocemente.
Una mano scivolò sotto la gonna e salì fino agli slip. A quel punto, Kyle si inginocchiò sul letto e me li levò in un attimo. E l'attimo dopo furono a terra.
Il mio respiro era ansante ed eccitato. Quando vidi che si toglieva la maglietta e si apriva i bottoni dei jeans, serrai le labbra per non gemere ad alta voce.
Quella sera non si spogliò del tutto. Si abbassò i jeans e i boxer, si infilò un preservativo e con le mani ferme sui miei fianchi provò a penetrarmi. Contrassi tutti i muscoli per la fretta con cui ci aveva provato.
Kyle si fermò, poi si sdraiò di schiena sul letto e mi fece mettere sopra di lui. Fare sesso in quella posizione era imbarazzante. Mi sentivo di poterlo dominare ma di non essere

all'altezza di saperlo fare.

Mi strinse forte il sedere e mi incoraggiò a spostare il bacino avanti e indietro. La sua erezione premeva tra le mie cosce, il mio sesso sfregava sul suo e sui suoi peli ed era meraviglioso. Chiusi gli occhi e mi abbassai la parte di sopra dell'abito e il reggiseno. Sentii il viso di Kyle vicino al mio. Sollevai le palpebre, i suoi occhi stavano fissando con ammirazione i miei capezzoli. Ne prese uno in bocca. La dolcezza con cui lo succhiò fu cancellata da un morso che mi fece gridare. E qualche secondo dopo, il suo pene mi penetrò.

Nella foga, lo presi dai capelli, gli spinsi il viso sui miei seni, mentre le sue mani mi tiravano su e giù, aiutando i suoi affondi a essere più intensi, forti.

La sua bocca si impadronì di nuovo della mia, le sue braccia mi cinsero da dietro e io mi ritrovai ad abbassarmi di colpo sulla sua erezione. Fu la penetrazione più eccitante della mia vita. Mi sollevai un po' e poi mi abbassai di colpo. Sentii il suo pene fremere dentro, i nostri gemiti sempre più alti, il sudore che aumentava.

«Ancora», mormorò. «Non smettere, Tamara. Fammi impazzire».

Ripresi a muovermi sopra di lui, le sue braccia che mi serravano così forte da non farmi respirare, la lingua che si agitava nella mia bocca senza darmi tregua.

Gli accarezzai la nuca, infilai le dita tra i capelli. Mi muovevo inconsapevole di quello che stavo facendo. Ero troppo presa dal momento, ubriaca di passione.

Nell'agitazione dei corpi, il suo sesso uscì dal mio corpo.

«No», borbottò senza fiato.

Abbassai lo sguardo sul suo pene. Mi sollevai sulle ginocchia, lo presi in mano dalla base e lo guidai nel punto esatto, poi mi lasciai ricadere sopra.

Allacciai le gambe dietro di lui, chiusi gli occhi e inarcai la schiena mentre le braccia di Kyle mi tenevano forte. I suoi affondi divennero sempre più veloci, sempre più profondi e rumorosi. Gridai tanto, a lungo, mentre raggiungevo l'orgasmo. Più il culmine del piacere si faceva vicino, più sembrava allontanarsi e più godevo. A un tratto Kyle mi prese dal sedere e rallentò il ritmo, penetrandomi con più dolcezza e calma. Mi fece roteare il bacino sopra il suo e vidi le stelle, toccai il cielo, mi ubriacai di passione. E venni.

Lineville, tre anni prima

Il periodo più o meno tranquillo della mia vita sembrava essere arrivato al capolinea. Mia madre aveva ripreso a bere, mia nonna aveva interrotto i rapporti per via dei problemi di mamma, mio padre era sparito del tutto. In mezzo a tutto questo c'ero io, all'ultimo anno di scuola. Il diploma era vicino, cosa che mi rendeva nervoso perché non avevo idea di cosa fare dopo. Una parte di me non voleva proseguire gli studi, un'altra non sapeva che lavoro cercare. Dopo essere riuscito a saldare le rate della Mustang – grazie anche all'assegno che mi passava papà – e aver messo dei soldi da parte, stavo anche per terminare il mio lavoro come cameriere al Burger & Chips House.

Ralph e Adrian erano le costanti della mia vita. Loro c'erano, sempre, nel bene e nel male. Insieme studiavamo, uscivamo, ci divertivamo, fumavamo, rimorchiavamo, la solita routine a tratti interessante e a tratti noiosa. Quanto a Cecilie, per fortuna mi aveva lasciato per ben tre volte, regalandomi un po' di libertà, che comunque mi prendevo di nascosto anche quando stavamo insieme. Adesso eravamo nella fase che lei era stufa di me e della mia apatia e voleva frequentare altri ragazzi, altre persone. Una sera la beccai in auto, in compagnia di una ragazza, e mi vennero dei seri dubbi che sotto sotto non fosse lesbica e che il suo fidanzamento part-time con me fosse solo una copertura. Per il resto, eravamo amici. Spesso andavo a trovarla a casa sua, dove i genitori mi accoglievano come un loro parente e mi rimpinzavano del cibo che mamma aveva smesso di prepararmi.

C'era un'altra costante nella mia vita: Tamara Jones. Lei era sempre presente, anche se mai vicina e mai parte attiva. Ce l'avevo costantemente davanti agli occhi, la vedevo ovunque, non sfuggiva mai dal mio campo visivo quando eravamo a scuola, anche se lei lo ignorava. Stava sempre con quel perdente di Charles Preston, che assurdità! Se non altro, nessuno le aveva più dato fastidio. Lei adesso si stava godendo il suo penultimo anno a scuola: voti alti, famiglia felice, un ragazzo appiccicato a lei. A me, invece, sembrava di sprofondare in una voragine sempre più grande e buia; tutto aveva ripreso ad andare male. Per difendermi dal male, ero diventato più freddo, più cinico, più apatico. Quando Cecilie mi lasciava, non perdevo tempo a rimpiazzarla con qualche amica di James, il fratello di Ralph. E andava bene così; mi tenevo impegnato in questo modo e anche in altri modi per non accorgermi di quella fottuta voragine del cazzo.

Misi da parte questi pensieri e passai in mezzo ai tavoli del Burger & Chips House con l'ultima ordinazione ricevuta. Mi fermai al numero sei, dove Ralph e Adrian aspettavano impazienti di mangiare.

«La vostra Coca e i vostri panini». Li servii in fretta.

Ralph si coprì la bocca col tovagliolo. Rideva sempre del cappellino rosso e del grembiulino bianco che dovevo indossare al lavoro. Diceva che sembravo uno sfigato. Aveva ragione.

«Perché non ci porti un po' di birra?», mi chiese Adrian a bassa voce.

«Perché non posso, lo sapete. Accontentatevi che non ho inserito nello scontrino la porzione di patatine».

Ralph sbuffò. «Ok, non fa niente, tanto stasera saremo tutti a casa mia. James e io siamo da soli. Io sono da solo, perché mio fratello forse non tornerà a dormire. Ci state?»

«Dipende da cosa faremo».

«Berremo, pisceremo nei vasi del vicino, giocheremo alla Wii, fumeremo».

«Io ci sto», disse Adrian.

«Va bene, ci sto anch'io».
«Tua madre che dice?», mi domandò Ralph. Odiavo quel tipo di domanda.
«Niente, va tutto come al solito. Sono tre giorni che non beve, ma si è ubriacata ogni sera nelle precedenti settimane. Quindi va tutto come sempre».
Adrian si prese due patatine e se le infilò in bocca. «Puoi restare con noi fino a tardi?», parlò masticando.
«Penso proprio di sì».
Sì, perché non me ne fregava un cazzo se mia madre era lucida e voleva la mia compagnia. Sì, perché anche se fosse stata ubriaca, non si sarebbe accorta della mia presenza; le ultime volte mi aveva scambiato per uno degli uomini che aveva frequentato. E terzo sì, perché preferivo sballarmi quando non scopavo, così da non pensare a quella voragine.
«Raggiungici quando stacchi, ok?»
«Ci vedremo prima al tavolo, immagino».
«Già, per la solita fetta di cheesecake», rispose Adrian.
Tornai al mio lavoro, che mi stava stretto proprio come il grembiule e il cappellino, che a fine serata mi lasciava un'antipatica linea rossastra sulla fronte. Ma mi era tornato molto utile per essere indipendente dal punto di vista economico.
Quando la porta del locale si aprì, sollevai lo sguardo dal barilotto di birra con scarso interesse. Più che altro speravo che fossero entrate poche persone e non una comitiva di ragazzi affamati e assetati. Per quella sera ero già fin troppo stanco. Prima la scuola, poi il football, poi lo studio, infine il lavoro.
Staccai immediatamente le mani dal barilotto e mi dimenticai di quello che dovevo fare, quando vidi che il nuovo cliente era Tamara. Cosa ci faceva qui, da sola?
Con le braccia strette al petto e le spalle sollevate, si precipitò al bancone. Boccheggiò qualche istante di fronte a me. Aveva gli occhi arrossati, le guance in fiamme, i capelli in disordine, il naso un po' gonfio. Aveva pianto, conclusi.

«Ciao», la salutai.
«Salve. Posso avere un bicchiere di acqua, per favore?». Tamara parve non riconoscermi, per colpa del cappellino che mi copriva la testa e di quello stupido grembiule.
«Certo. Te lo servo subito. Naturale o frizzante?»
«Gassata, grazie».
Impiegai più tempo del dovuto, perché non riuscivo a staccarle gli occhi di dosso, perché continuavo a chiedermi come mai era da sola, perché aveva pianto. Da quello che potei notare, Ralph e Adrian non si erano accorti della sua presenza, e ne fui felice. Mi avrebbero criticato nel vedermi con lei; avrebbero avuto da ridire per le mie occhiate o la mia gentilezza.
«Ecco».
Tamara non mi lasciò il tempo di posare il bicchiere sul bancone e lo prese direttamente dalla mia mano. Quel contatto tra dita mi fece sussultare.
«Quanto ti devo?»
Agitai la testa. «Niente».
«Grazie». Lo bevve tutto d'un sorso, poi lasciò il bicchiere sul bancone e se ne andò con la stessa rapidità con cui era entrata. A vederla da dietro, con quella camminata agitata, sembrava più incazzata che triste.
Stavo mettendo il bicchiere nel lavabo, per lavarlo, quando vidi la sua figura spuntare da dietro la vetrata del locale. Tamara non era da sola. Con lei c'era quell'ipocrita del suo ragazzo. Vidi chiaramente tutta la scena: lei lo allontanò con uno spintone, lui provò ad abbracciarla; lei gesticolò furiosa, lui scosse la testa con lo sguardo basso. E quando lei provò a tirargli uno schiaffo, chiesi al mio collega di pensare lui al bancone. Volevo andare a controllare di persona cosa stesse succedendo tra quei due.
Uscii dal retro per passare inosservato e non farmi notare dai miei amici. Arrivato all'entrata principale del locale, sentii le urla incazzate di Tamara.
«Come hai potuto farmi questo? Come? Io sono una perso-

na, tu cosa sei? Io sono una persona, Charles! Ma non mi hai trattato come una persona». Gli scagliò un pugno sulla spalla.

«Tamara, ti prego, calmati». La voce di Charles era tranquilla. Anche lui sembrava sereno. «Ti ho spiegato come sono andate le cose».

«Schifo, schifo, schifo!». Batté i piedi sul marciapiede. «Mi fai schifo, quello che hai fatto mi fa schifo! E adesso vattene».

Io ero lì, vicino a un palo. Vedevo e sentivo tutto. Volevo intervenire ma non mi pareva il caso, e poi in quali vesti? Non ero nessuno per lei.

«Ti chiamo stasera, d'accordo? Parleremo quando ti sarai calmata e chiariremo tutto».

«No!»

«Sì, Tamara. Per favore, fa' come ti dico. Lascia il cellulare acceso. È importante».

«Sai cos'è importante? Sai cos'è importante?», strillò. La vidi prendere qualcosa dalla tasca. «Questo è importante: che tu e io non parleremo mai più, neppure al telefono».

Proprio mentre passava un autobus, lanciò il suo cellulare per strada. Le ruote del grosso mezzo ci passarono sopra, il leggero scricchiolio che si sentì fu il chiaro segnale che quel telefono era ormai distrutto.

«Sei fuori di te. Spero ti calmerai».

«Io spero di non rivederti mai più!», gridò forte.

Charles salì sulla sua auto e se ne andò, con calma, lentamente, come se tra loro non fosse successo niente.

Da dietro, vidi le spalle di Tamara sussultare. La sentii tirare su col naso. Stava di sicuro piangendo. Mi feci avanti per provare a darle il mio aiuto.

«Ehi».

Lei si girò di scatto. «Sì?»

Mi tolsi il cappellino, mentre Tamara si asciugava gli occhi.

«Ah, eri tu lì dentro. Lavori qui».

«Già».

«Non ti avevo riconosciuto. Tu sei quello dell'ultimo anno».

Ero *quello dell'ultimo anno*, perfetto! «Ti ho sentita gridare. Hai bisogno di qualcosa?»

Il suo mento cominciò a tremolare. «Sì! Ho bisogno del mio ragazzo, ecco di cosa ho bisogno. Di lui!»

Mi rimisi il cappello in testa, annientato da quella risposta.

«Per favore, posso usare un telefono? Devo chiamare mia madre. Ho bisogno che mi venga a prendere».

«D'accordo». Mi ero voltato verso la porta per rientrare e farle usare il telefono del locale, ma poi ci ripensai. «Puoi usare il mio cellulare».

«Ok».

Lo tirai fuori dalla tasca dei jeans e glielo passai. Le mani di Tamara tremavano, tanto era agitata. Compose un numero, dall'altra parte qualcuno rispose e lei si allontanò per parlare. Riuscii a sentire qualche parola: «Non dirlo a papà... puoi venire a prendermi... meglio un taxi?».

Quando ebbe finito, tornò da me e mi restituì il cellulare. «Grazie».

«Hai trovato un passaggio per casa?»

Annuì. Morivo dalla voglia di chiederle cosa fosse successo con quell'idiota.

«Puoi aspettare dentro, se vuoi».

«No. Andrò in libreria, ce n'è una all'angolo della strada che rimane aperta fino a tardi». Mi fece un cenno con la mano, che assomigliava vagamente a un saluto, si girò e si incamminò.

«Ehi», mormorai, ma lei non mi sentì. «Ehi, mi ha fatto piacere vederti e aiutarti prestandoti il mio cellulare», cominciai a parlare da solo, mentre la sua figura si allontanava. «Io... io non ti farei mai piangere come quell'idiota. Non ti tradirei come ha fatto e come l'ho visto fare con i miei occhi, ma sai... io sono solo *quello dell'ultimo anno*».

Quando Tamara svoltò l'angolo, entrai nel locale e ricominciai a lavorare. Tra un'ordinazione e l'altra, bevvi più di una birra all'insaputa del proprietario e infischiandomene della legge.

Ero a casa di Ralph da oltre due ore. Doveva essere mezzanotte o l'una, lo ignoravo. Avevo continuato a bere, avevo fumato due spinelli con Adrian e come da tradizione avevamo urinato nei vasi di fiori del vicino. A dispetto di quello che mi aveva detto il mio amico, c'erano molte persone, la sala era piena di ragazzi e ragazze. Ralph aveva organizzato una festa, spacciandomela per serata a tre. Mi andava bene lo stesso, anche se quella sera sopportavo poco la musica troppo alta.

Colto dalla stanchezza e da svariati capogiri, salii al piano di sopra senza dire niente a nessuno. Aprii la porta della camera di Ralph, una delle poche libere, e mi buttai sul suo letto.

Chiusi gli occhi e l'immagine di Tamara mi riempì la mente, contro la mia volontà. Avevo fatto già abbastanza per lei, non potevo fare altro. Be', no, forse una cosa potevo ancora farla: prendere in disparte Charles Preston e cantargliene quattro, visto il suo tradimento di un anno prima. Oppure era meglio che mi facessi i cazzi miei e lasciassi le cose com'erano.

La porta si aprì e si richiuse. Pensai che qualcuno stesse cercando una camera libera e che, vedendo che quella di Ralph era occupata, se ne fosse andato. Invece un peso piombò sul letto, accanto a me.

«Ciao, eccoti qui. Ti ho cercato ovunque».

«Cecilie», dissi riaprendo gli occhi.

«Che ci fai qui?»

«Ho bevuto troppo, avevo bisogno di stendermi. Quando sei arrivata a casa di Ralph?»

«Quindici minuti fa, più o meno». Piegò il capo dalla mia parte. Aveva le palpebre coperte da un trucco nero, così le labbra. Il piercing argentato risaltava molto. «Stai molto male?»

«Non troppo. Hai bevuto anche tu». Il suo alito sapeva di birra.

«Abbastanza». Incrociò le mani sulla pancia. «Devo dirti una cosa».

«Cosa?»
«Aspetto un bambino».
Mi tirai su a sedere con uno scatto così veloce che mi girò con violenza la testa. «Come hai detto?»
Il suo sorrisino era fuori luogo. «Sono incinta». Si sedette pure lei.
«Di quante settimane?»
Ci pensò. «Cinque».
«Io dovrei essere il padre».
«Sei pallido, Kyle. Ti senti male, ora che sai che sto per diventare madre?»
«Ora che sto per diventare padre. È mio?»
Mi fissò a lungo, in silenzio, con gli occhi stretti, la fronte contratta.
«È mio?». Al pensiero che potesse essere così, mi stava venendo una crisi di panico.
Cecilie sbuffò e si buttò sul letto. «Se fosse il bambino tuo e di quella sfigata della mia classe, adesso staresti saltando dalla gioia».
«Che cosa stai dicendo? È mio o no?»
Sbuffò di nuovo. «No, e non sono incinta, tranquillo. Ho avuto il ciclo la settimana scorsa, mi è finito da poco».
Mi passai le mani sulla faccia, che nel frattempo si era inumidita per la sudorazione improvvisa. «Sei pazza, lo sai, vero? Sei davvero pazza».
«Il pazzo sei tu, che vai ancora dietro a quella ragazza della mia classe».
«Perché spari certe cazzate gratuite?»
Tornai a stendermi, anche se non avevo voglia di dividere il letto con lei. «Perché lo so».
«Da quando non stiamo più insieme, mi sono divertito parecchio».
«So anche questo e non sono gelosa, ma anche se cambi spesso ragazza so per certo che pensi a quella sfigata o bambina viziata, non saprei come definirla. Ti ho beccato più di una volta a osservarla di nascosto. Che cosa ha di così at-

traente? Lo sai che abita in una casa da persone benestanti, che indossa spesso abiti di marca, che frigna per un nonnulla?»

«Cecilie, smettila, non sono in vena di parlare. Sono venuto qui per stare da solo e riprendermi dalla sbronza».

La sua mano strisciò sul mio petto. Si fece strada sotto la maglietta e iniziò ad accarezzarmi gli addominali. «Potrei fare qualcosa per farti stare meglio, tirarti un po' su il morale o qualcos'altro», scherzò. Mi baciò sulla guancia, poi si sollevò su un gomito e prese a mordicchiarmi le labbra. Quando si lanciò in un vero bacio, mi sforzai di rilassarmi, provare qualcosa e lasciarmi andare con lei. Sapevo che se l'avessi respinta, Cecilie avrebbe rotto le scatole fino all'esasperazione per restare lì con me; era più semplice accettare le sue avances e fare sesso con lei. Ma non stavo provando niente.

A un tratto, Cecilie mi diede due pizzichi sul fianco.

«Ahi!»

Saltò giù dal letto. «Volevo capire se eri vivo o morto. Sei vivo, ma morto con me». Mi guardò arrabbiata. «Me ne vado di sotto, a divertirmi». Raggiunse la porta e, prima di uscire, mi disse: «Ti do un consiglio. Toglitela dalla testa. È solo una bambina viziata e insignificante, una sfigata. Non ti prenderà mai sul serio».

Rimasto da solo, mi sedetti sul bordo del letto e mi presi la testa tra le mani. Mi scoppiava. Pensai a Tamara in lacrime per colpa del suo ragazzo, al cellulare che aveva gettato sotto il bus in corsa, alla telefonata che aveva fatto a sua madre.

Presi il telefono e diedi un'occhiata al numero che aveva composto. Era di un fisso, quindi di casa sua. Non so che stupida idea mi passò per la mente in quel momento, ma chiamai proprio quel numero, nonostante l'ora tarda, nonostante non avessi alcuna speranza che potesse rispondermi lei.

«Pronto». E invece la voce nasale apparteneva proprio alla Jones. «Pronto?»

Rimasi in silenzio.

«Sei tu?»
Un clic si intromise nella nostra telefonata.
«Mamma, chiudi, è per me. È Charles. È tutto ok».
Di nuovo quel clic.
Quindi Tamara pensava fossi il suo ragazzo, e chi se no?
«Charles, lo so che sei tu».
Respirai rumorosamente nel telefono.
«Mi… mi dispiace», continuò. «Ho esagerato. Ho avuto una reazione da pazza. È che ti amo e il pensiero che tu abbia baciato un'altra mi fa impazzire. Però ti perdono, sul serio. Ho capito le tue motivazioni, e poi è solo un bacio. Mi servirà un po' di tempo per superare questo colpo, ma ci riuscirò. Perché io ti amo. Sì, ti amo, Charles, e voglio stare con te».
Mi tappai la bocca con una mano.
«Ti prego, dimmi qualcosa. Dimmi che mi ami anche tu».
Spinsi forte la mano contro le mie labbra, per non parlare, per non vomitarle addosso tutto quello che pensavo.
«Mi ami, vero?»
Interruppi di colpo la telefonata. Cecilie aveva ragione. Dovevo togliermi dalla testa quella ragazzina. Non mi avrebbe mai preso sul serio, non mi avrebbe mai considerato. Io per lei non ero neppure Kyle Rew. Ero semplicemente uno tra tanti o *quello dell'ultimo anno* della Lineville High School.

CAPITOLO NOVE

Stesa sul letto, con le gambe incrociate, muovevo un piede seguendo la musica che usciva dagli auricolari dell'iPod. Ero in uno stato di trance o qualcosa di molto simile.

Cos'era successo? Ah, sì. Un Kyle un po' alticcio mi aveva trascinata via dalla festa della confraternita per portarmi nel suo appartamento, nella sua stanza, dove avevamo fatto sesso. Era stato piuttosto irruente, e io non ero stata da meno; verso la fine invece si era dimostrato più dolce.

Pur avendo ottenuto ciò che volevo, desideravo ritrovarmi ancora con lui, per esplorare meglio il suo corpo e farmi esplorare. Volevo altra intimità, ma anche parlare, conoscerlo, spingermi oltre il semplice rapporto di due persone che fanno sesso.

Dopo averlo fatto, lui si era addormentato, io avevo usato il bagno della casa per una doccia, ero tornata in camera, mi ero stesa accanto a lui, dove ero rimasta per un'ora o forse più. Infine avevo lasciato il The Heights ed ero tornata al dormitorio con un taxi.

Il giorno seguente Kyle era stato sfuggente, come sempre. In compenso mi aveva salutato tutte le volte che ci eravamo incontrati in università. Nel weekend le nostre strade non si incontravano mai e adesso era un lunedì nuvoloso, umido, grigio.

Nonostante la musica nelle orecchie, sentivo ancora i suoi gemiti e i suoi versi mentre veniva stando sotto di me. Nonostante gli occhi spalancati sul soffitto, vedevo la sua immagine, il suo corpo irrigidirsi, poi sussultare e precipitare sul letto tremante.

Abbassai di colpo le palpebre quando alla vista del soffitto si sostituì quella del viso pallido di Lexie.

«Posso sapere cosa ci fai ancora a letto?», alzò la voce.

Mi tolsi gli auricolari. «Tentavo di rilassarmi prima dei corsi». Un cellulare squillò. Era il mio. Abbassai una mano sul pavimento per recuperarlo.

«Chi è?». Lexie si sedette accanto a me.

«Quella stronza di Emily, mia sorella». Lessi in fretta il messaggio. Le risposi con una faccina arrabbiata.

«Cosa ti ha scritto?»

«Che sta per andare a scuola, è felice per via di Trevor, il suo fidanzato iscritto al secondo anno, e che i nostri genitori la viziano tutto il tempo, visto che io sono qui».

«Cerca di farti ingelosire».

Il nuovo messaggio di Emily conteneva una foto che ritraeva lei, mamma e papà sorridenti e sotto la scritta "Ci manchi".

«No, cerca di suscitarmi un po' di nostalgia. Penso che tornerò a casa prima delle vacanze estive».

«Come sono i tuoi genitori?»

«Amorevoli, comprensivi, affiatati, buoni ma anche molti esigenti quando si tratta di risultati scolastici e… di fidanzati».

«Ahi, ahi». Lexie si portò gli occhiali sulla punta del naso, ricordandomi una nostra prof dell'università. «Cosa racconterai ai tuoi a proposito di Kyle?»

«Niente. Loro continuano a sperare che torni con Charles. Lo vedono come il ragazzo da sposare, il marito perfetto e premuroso. Kyle sarebbe per loro un brutto colpo».

«Posso immaginarlo. I genitori vogliono sempre il meglio per i propri figli».

«Ma loro non sanno che Charles mi ha tradito diverse volte quando eravamo al liceo».

«E sapranno da te che si è presentato qui a Montgomery per riprovarci?»

«Non ci penso proprio. Mi terrò questa storia per me o non faranno altro che parlarmi di lui, di quanto stavamo bene insieme, del fatto che a vent'anni dovrei già pensare a fidanzarmi seriamente».

Poiché Lexie aveva un po' la mentalità all'antica, non batté ciglio nel sentire quest'ultima affermazione.

«Ok, sarà meglio prepararmi. Voglio scroccare il passaggio di Robert, se non ti dispiace».

«Sei sempre la benvenuta, ma pensavo che sarebbe passato a prenderti Kyle Rew».

«Come ti salta in mente?»

«Ti ha dato un passaggio dalla festa della confraternita al suo appartamento».

«Era per un motivo diverso che farmi una gentilezza».

«Già, la gentilezza l'ha fatta a se stesso».

A Lexie avevo raccontato tutto, sorvolando sui dettagli piccanti come quando Kyle mi aveva mordicchiato il capezzolo o mi aveva implorato di non fermarmi. E lei non mi era parsa molto curiosa di scoprire i particolari della nottata passata con lui.

Quando mi alzai dal letto, mi tirò dalla manica del pigiama facendomi sedere di nuovo.

«Che c'è?»

«Te lo dirò in un altro modo e per l'ultima volta. Non mi piace come cambia il tuo umore. Il tuo stato d'animo è troppo influenzato da quello che fa Kyle o dalla sua presenza. Per il tuo bene, se vuoi qualcosa di più da lui, devi mettere le cose in chiaro e dirglielo».

«Ma lui...»

«Sì, lui non è il ragazzo da "qualcosa di più"». Fece il segno delle virgolette con le dita. «Tu, però, ti stai illudendo che sia così».

«Non è vero».

«Ormai ti conosco, è come dico io. Siete stati insieme qualche volta e ci stai cascando. Forse si trova meglio a fare sesso con te che con le altre, non so, ma questo non è un motivo sufficiente per innamorarsi di lui».

«Non mi sono innamorata».

Lexie si tolse gli occhiali, incrociò gli occhi e fece la linguaccia.

«Stupida», borbottai.

«Devi parlargli apertamente, così lui ti dirà le cose come stanno e tu potrai metterci una pietra sopra».

«Perché dovrei parlargli di qualcosa che so già?»

«Perché anche se sai che Kyle non è il tipo da innamorarsi e instaurare una relazione seria, tu speri il contrario. Sentirtelo dire direttamente dalla sua bocca servirà a distruggere tutte le tue speranze».

«Sei troppo saggia, riflessiva, quasi noiosa». Mi alzai dal letto e lei mi diede una pacca sul sedere. «Sai che ti dico? Che continuerò a divertirmi con lui».

«Non sei una troia».

«Mi sto solo divertendo, infatti».

«Menti. Ti diverti quando lui c'è, ti cerca, si fa vivo. Sei triste e assente quando succede il contrario».

«Sei molesta con le tue prediche».

Lexie si diede due pizzichi alle labbra. «Da questo momento in poi non ti darò più consigli su Kyle Rew. Rovinati con le tue stesse mani». Poi scosse la testa e ruotò gli occhi. «Dài, sbrigati, prima che riprenda con i miei discorsi molesti, noiosi e troppo saggi per te».

Ci scambiammo un sorriso, poi io mi chiusi in bagno e lei lasciò la camera per raggiungere Robert che, conoscendo la sua mania di arrivare in anticipo, era già giù.

Quando entrai in doccia, mi guardai nel piccolo specchio rettangolare che Lexie aveva incollato alle mattonelle e che puntualmente si ricopriva di vapore. Sebbene l'immagine riflessa appartenesse sempre a me stessa, apparivo diversa.

Ero più carina, più radiosa, più sorridente, un sorriso sottopelle che forse non tutti potevano cogliere. Sembravo una ragazza innamorata.

Grazie all'anticipo di oltre mezz'ora sulla prima lezione della giornata, potei fermarmi al Planet Coffee per ordinare un caffè doppio. Come facevo spesso la mattina, mi sedetti a un tavolo vuoto, versai lo zucchero nel bicchiere e, dopo averlo fatto sciogliere a colpi di bacchetta di plastica, bevvi qualche sorso. Era il secondo caffè che prendevo quella mattina e ancora non ero del tutto sveglia.

Il mio cellulare suonò di nuovo. Per tutto il tragitto in auto, Emily aveva continuato a mandarmi messaggi. Di sicuro mi aveva scritto di risponderle, perché nell'auto di Robert non lo avevo fatto. Immersi la testa nello zaino per cercarlo. Quando la sollevai, incontrai due occhi verdi e fissi su di me.

Kyle si era seduto al mio tavolo e non lo avevo neppure sentito.

Gli sorrisi, felice di rivederlo. «Ciao».

Lui si passò una mano sulla testa, abbassò lo sguardo, poi si alzò di colpo e se ne andò.

Rimasi lì come una stupida, a fissare la sua falcata veloce che lo allontanava da me. Mi voltai verso le vetrate, lo seguii con gli occhi per capire dove stesse andando. Kyle si fermò dove era parcheggiata la sua auto, salì a bordo e prese la strada opposta a quella che lo avrebbe portato a lezione.

Presi il caffè, lo zaino e lasciai la caffetteria. Raggiunsi Lexie e Robert in università. Avevo bisogno di sentire le loro voci, di stare in compagnia, per non fasciarmi la testa pensando allo strano comportamento di Kyle, all'immagine di me stessa che avevo visto nello specchio della doccia, agli avvertimenti della mia amica.

Le lezioni passarono lentamente. Tutta la confusione che avevo in testa si trasformò in noia, rendendo insopportabile anche la lezione di storia, che amavo più delle altre. A peggiorare le cose c'era l'assenza di Kyle, ma forse si era seduto agli ultimi banchi e io non avevo fatto in tempo a vederlo.

Nel pomeriggio, mi lasciai convincere da Lexie e Robert ad andare a vedere una partita di football. Per ingannare il tempo, mi presi una porzione di popcorn al burro e una Coca. Considerate le calorie che stavo per ingerire e visto che avevo saltato il mio appuntamento al parco, l'indomani mattina avrei dovuto correre il doppio del solito.

Mi sedetti sugli spalti con loro, scivolai col fondoschiena così da mettermi più comoda e cominciai a sgranocchiare popcorn.

«Di che cosa si tratta precisamente?», chiesi a Robert.

Lui mi guardò contrariato. «Di un incontro di football».

Lexie se la rise.

«Questo lo so, ovvio, ma non seguo lo sport, quindi ignoro che squadre si affronteranno sul campo».

Robert si sporse oltre Lexie per parlarmi. «Si tratta di un incontro tra gli Orange e il Gruell Football Club. Nella seconda squadra che ti ho nominato giocano due miei amici, per questo ci tenevo a vedere la partita».

«A me il football annoia da morire», disse Lexie, «ma se non altro posso rifarmi gli occhi ammirando i fisici atletici dei giocatori».

«Simpatica», ironizzò Robert.

Quando le squadre entrarono in campo, tutti e tre ci ammutolimmo e guardammo i giocatori prendere posizione.

«Tamara, quel ragazzo con la maglietta arancione e i capelli neri...», si bloccò.

«Ben cinque ragazzi su undici della squadra hanno i capelli neri e tutti hanno la maglia arancione».

Lei me lo indicò. «Parlavo di quello, il più alto».

Mi tolsi gli occhiali da sole per vedere meglio. Quando *lo* riconobbi, il cuore emise uno strano rumore nel petto.

«Non è Kyle?»

«Sì». Era proprio lui, con i capelli legati in una coda cortissima, una fascia stretta sulla testa.

«Quindi gioca a football?»

«Al liceo era molto bravo, qui a Montgomery ha continuato ad allenarsi ma non sapevo che fosse entrato a far parte della squadra degli Orange».

Robert si schiarì la voce. «Vi prego, ditemi che ora non parlerete per tutta la partita di quel tipo che frequenta le feste della confraternita».

«Non succederà, stai tranquillo. Se dovesse scapparci qualche commento, parleremo a bassa voce e tu non ci sentirai». Lexie sbuffò girata dalla mia parte, senza farsi vedere dal ragazzo. «Penso che ora questa partita sarà molto più interessante per te».

«Silenzio», borbottò il suo ragazzo.

Lexie e io ci guardammo e sbuffammo insieme, poi focalizzammo l'attenzione sul campo quando sentimmo un fischio.

La partita stava per cominciare, e io già sapevo che non avrei staccato gli occhi da Kyle, per alcuna ragione. Lo avrei riconosciuto comunque, anche se adesso indossava il casco. Come al liceo, vestiva i panni del fullback.

Le due squadre avversarie si affrontarono. I giocatori del Gruell Football Club ebbero la meglio e riuscirono ad avvicinarsi alla porta. Un ragazzo degli Orange si impossessò della palla e la passò a Kyle. A quel punto, mi lasciai coinvolgere dalla partita. Ero emozionata, battevo le mani facendo il tifo per lui. Con grande velocità, Kyle si portò al centro, bloccò un avversario e passò la palla a un compagno ma sbagliò traiettoria. Dietro di me si levarono dei cori di vittoria.

Lexie diede un'occhiata alle sue spalle. «Robert, scommetto che siamo seduti tra i tifosi del Gruell Football Club».

«Esatto, la squadra più forte, quella per cui tifo anch'io».

Urla di incitamento mi spaccarono i timpani quando il capitano della squadra avversaria degli Orange sferrò il suo potente lancio. Per fortuna non andò a segno e la situazione rimase invariata.

I minuti scorrevano veloci, mentre i giocatori lottavano per il possesso del pallone. Il mio campo visivo si era ovviamente ristretto sulla figura di Kyle, ma più lo guardavo più mi rendevo conto che c'era qualcosa in lui che non andava. Stava sbagliando parecchi passaggi. Dopo aver bloccato il primo avversario, non era stato in grado di fare altrettanto con gli altri. Avrebbe dovuto portare la palla al centro del campo, invece a malapena riusciva a raggiungere la zona.

«Pensavo che Kyle Rew fosse un giocatore provetto».

«Lo era, infatti. Lo è. Non so cosa gli stia succedendo oggi».

«Penso che l'allenatore lo richiamerà in panchina».

In quel momento il pubblico della nostra ala si alzò dagli spalti ed esultò vittorioso. Il Gruell Football Club aveva appena messo a segno un lancio vincente.

«Sì, sì, sì! Siamo i più forti», gridò Robert.

La partita riprese. I miei occhi si spostavano seguendo i movimenti di Kyle. Anche nella corsa sembrava lento, come affaticato. Distratto, perché quando l'amico gli passò la palla lui neppure se ne accorse.

All'inizio del terzo tempo, Kyle si accasciò a terra. A quella vista, mi si gelò il sangue nelle vene. D'istinto presi la mano di Lexie e la strinsi forte.

«Forse non si sente bene», mormorò.

I compagni di squadra lo avevano accerchiato, e io non riuscivo più a vederlo.

«Tamara, non ti agitare».

Stavo tremando. Era difficile non agitarmi.

«Kyle è un ragazzo giovane e forte, in salute. Sarà solo stanchezza».

Quando si alzò, partì un applauso in campo. Gli amici gli fecero spazio e lui si allontanò verso la panchina zoppicando.

«Visto? Avrà avuto un banale crampo. Si riprenderà. Non è niente».

Annuii, ma dentro di me ero quasi certa che la verità fosse un'altra. Per tutto il resto della partita, tenni stretta la mano di Lexie. Mi aiutava a sentirmi più tranquilla.

Il terzo e quarto tempo furono eterni per me. La partita fu vinta dai giocatori del Gruell Football Club, che avevano lasciato gli Orange a zero.

«Devo passare a salutare i miei amici», ci disse Robert. «Ci vorranno solo cinque minuti. Volete venire con me?»

«Va bene», rispose Lexie, che mi teneva la mano.

Lasciammo gli spalti seguendo la lenta fiumana di persone. Arrivati agli spogliatoi, pensai di aspettare Kyle. Mentre Robert parlava là fuori con i suoi amici e ci presentava un po' di ragazzi, io mi voltavo a guardare ogni giocatore degli Orange, in attesa di incontrarlo.

Quando gli spogliatoi si furono svuotati, presi Lexie in disparte. «Io aspetto qui, voi andate pure».

«Come? E perché?»

«Voglio parlare con Kyle, voglio sapere se va tutto bene».

Le sopracciglia della mia amica si tesero ben oltre il bordo degli occhiali. «Tamara, forse non è una buona idea. Non hai la confidenza necessaria per scavare nel suo stato d'animo», si guardò intorno e aggiunse, «anche se sei stata a letto con lui. Potrebbe risponderti in modo poco educato, non dirti nulla, farti rimanere male».

«Sarò preparata».

«Mmm, non lo so. E come farai a tornare al dormitorio?»

«Con un taxi».

Lexie ci pensò qualche momento. Quando vide che Robert era in avvicinamento, si affrettò a darmi una risposta. «Va bene, però... ecco, lo sai. Ti ho già detto tutto, ma... Guarda». Sollevò la mano sinistra, quella che le avevo stretto da quando avevo visto Kyle piombare a terra. Era arrossata, molto.

«Mi dispiace».

«Non mi hai fatto niente. Il modo in cui me la stringevi, però, è un chiaro segnale di quanto tu sia coinvolta».

Non mi parve il caso di ribattere.

«Fa' attenzione, ok? A te stessa ovviamente». Mi diede un bacio. «Al tuo cuore».

Le sorrisi, senza dirle nulla.

Prima che Robert potesse aprire bocca e chiedere cosa stesse succedendo, Lexie lo prese da un braccio e lo trascinò via, poi si voltò dalla mia parte e mi fece l'occhiolino.

Finalmente ero da sola e potevo affrontare Kyle. Aspettai qualche altro minuto, per essere certa che negli spogliatoi non ci fosse più nessuno, quindi aprii la porta ed entrai. Superata la prima stanza con gli armadietti e le panche, mi affacciai in quelli che dovevano essere i bagni. Dal corridoio sentii una doccia in funzione, una sola. Non era il massimo sorprendere qualcuno mentre si lavava, ma in fondo Kyle lo avevo visto nudo e di certo non si sarebbe imbarazzato a farsi vedere lì da me. Il pensiero di trovarlo avvolto dal vapore, umido e nudo, mi fece diventare bollente. Poi ripensai al suo strano comportamento al Planet Coffee, alla partita, e gli ormoni si spensero all'istante.

Seguii il rumore dell'acqua e mi affacciai nell'ultima stanza, un bagno più grande degli altri, con un'anticamera dotata di un ampio lavandino, una porta in fondo dove probabilmente si trovava il water. Piegai il viso e vidi la doccia, l'anta aperta, il vapore che fuoriusciva, il soffione che piangeva fili di acqua.

«Kyle», mormorai. Ripresi fiato e lo richiamai. «Kyle!»

Era seduto sul piatto di ceramica, completamente vestito, le ginocchia contro il petto e si teneva la testa tra le mani.

Tremante, mi avvicinai a lui e mi piegai, poggiando le ginocchia sul bordo di ceramica.

«Kyle, guardami! Che cosa hai?»

Lui sollevò la testa, e mi sentii disarmata e senza forze. Aveva il viso arrossato, gli occhi gonfi, sembrava avesse pianto, ma era impossibile trovare le tracce di lacrime con tutta quell'acqua.

«Dimmi qualcosa».

Lui scosse la testa rispondendomi con un no. Qualsiasi cosa gli fosse successa, sembrava grave. Lo presi dalle mani, mi sollevai e provai a farlo alzare. Era pesantissimo, visto che non collaborava. Alla fine, si mise in piedi da solo, restando sotto il getto dell'acqua calda. Poi mi prese dal gomito, mi attirò a sé e mi infilò una mano tra i capelli. Avevo un piede dentro la doccia e non mi importava di bagnarmi.

Kyle chinò la testa, socchiuse gli occhi e appoggiò le labbra sulle mie. All'inizio non mi baciò. La sua bocca calda e bagnata rimase incollata alla mia per diversi secondi, immobile e silenziosa. Dopo un respiro profondo, cominciò a baciarmi seriamente, con la lingua, mentre tutte e due le mani scorrevano tra i miei capelli.

Per l'emozione e il vapore caldo, mi sentivo di svenire. Misi anche l'altro piede dentro per avere un appoggio migliore e non rischiare di cadere. Quando il mio petto premette contro il suo, Kyle mi abbracciò, poi smise di baciarmi e nascose la testa sulla mia spalla. Restammo in quella posizione per non so quanto tempo. E mi veniva da sorridere e da piangere, da liberarmi dal suo abbraccio per baciarlo e restare lì stretta a lui, gridare per la felicità e chiudermi nel silenzio per riflettere su quello che stava succedendo. Perché non stavo capendo nulla, a parte che ero coinvolta da Kyle Rew. Mi piaceva sul serio, ci tenevo a lui, il sesso era stupendo ma volevo dell'altro, come *quell'altro* che mi stava offrendo in questo momento.

«Scusami», disse a un tratto. Smise di abbracciarmi e mi guardò tutta. Solo allora mi accorsi di essere molto bagnata.

«No. Non fa niente».

«C'è un asciugacapelli nell'altro bagno, puoi usarlo».

Mi voltai, un po' imbarazzata, e guardai Kyle dallo specchio. «Ok, lo userò». Mi girai verso di lui, in attesa che mi dicesse qualcosa di più di un semplice consiglio.

«Va bene se ci vediamo stasera?», mi propose.

Non aspettavo altro. «Sì, per me va bene».

«Passo sul tardi dal dormitorio, intorno alle undici».

«Mi farò trovare giù».

«Perfetto».

Volevo un altro bacio, un saluto affettuoso, una carezza; volevo entrare di nuovo in doccia, farmi abbracciare, stare con lui. Ma Kyle mi diede le spalle e regolò il getto del soffione, che poi tentò di bloccare un po' più in alto sull'asta che lo reggeva.

Nonostante fossi bagnata e gli avessi risposto che avrei usato l'asciugacapelli, lasciai di corsa gli spogliatoi e feci un po' di strada a piedi. Le persone ogni tanto mi lanciavano qualche occhiata stupita, ma tirai dritto lo stesso, camminai fino a sentirmi stanca, confusa, triste per come avevo trovato Kyle ma anche felice perché mi aveva dato un appuntamento.

Kyle conosceva il dormitorio meglio di me. E a differenza mia, poi, se ne fregava delle regole e dei divieti, che infrangeva con leggerezza. Be', lui non rischiava il posto letto, io sì, tuttavia mi lasciai guidare dalla sua sicurezza.

Dopo aver lasciato l'ultima rampa di scale dell'edificio, Kyle forzò una porta di metallo arancione, mezza arrugginita. In meno di due minuti, la aprì e mi fece strada sul terrazzo del dormitorio.

La vista da lì era meravigliosa, si ammirava la città di notte tutta illuminata. Peccato che non fossimo poi così in alto, visto che la costruzione aveva solo tre piani.

«È la prima volta che sali quassù?»

«Sì». Mi allontanai dal parapetto per avvicinarmi a lui. «A essere sincera, non immaginavo che un giorno avrei violato il regolamento del dormitorio per mettere piede su questo terrazzo».

Kyle si sedette a terra e posò lo zaino accanto a sé. «Lo spettacolo da qui non è male».

«No, affatto». Stetti un po' in piedi, a guardarmi intorno. «Tu sei già stato qui?»

«Un paio di volte, mi pare».

Con un paio di ragazze, pensai. Preferii non approfondire l'argomento. Quando mi accomodai accanto a lui, Kyle prese dallo zaino due bottiglie di birra. Le aprì con un cavatappi e me ne passò una senza chiedermi se intendessi bere.

«A cosa dovremmo brindare?»

«Per ora, a niente». Mi parlò abbastanza vicino, avvertii che aveva bevuto qualcos'altro prima.

«Sei… ubriaco?»
«Ti sembro sbronzo?»
«No, ma sei strano, e poi siamo qui e stiamo per berci una Corona, ma non c'è nulla a cui brindare, quindi non ci sono motivi per bere seduti sul terrazzo di un dormitorio studentesco, infrangendo una delle sue regole».
Kyle mi sorrise per un po', poi si passò la mano sugli occhi e io non potei più ammirare la bellezza delle sue iridi verdi, che di notte sembravano quasi nere. «Ho bevuto per distendere un po' i nervi».
«Lo hai fatto di nuovo».
«Cosa?»
«Bere e metterti alla guida. Bere e stare con me».
Si passò un pollice sul labbro inferiore, gesto che trovai irresistibilmente sexy. Mi sarei tesa volentieri verso di lui per baciarlo. La situazione, però, non mi sembrava ideale per scambiarsi un gesto appassionato.
«Ho bevuto ma non sono sbronzo. Ero nelle condizioni di guidare. Sono nelle condizioni di parlarti».
Parlarmi. Quindi eravamo sul terrazzo del dormitorio per parlare.
«Sai, c'è un brindisi che possiamo fare». Sollevò la bottiglia. «Alla quinta volta che metto piede su un tetto o su un terrazzo dopo ben tre anni».
La sua affermazione mi lasciò perplessa, perlopiù la trovai incomprensibile. Avvicinai la bottiglia per brindare, poi seguii lo sguardo di Kyle che si spostava sul panorama di fronte.
«Quando sei in alto, su un tetto o su un terrazzo, la voragine che può inghiottirti sembra distante, ma più profonda, più buia, più cattiva», cominciò.
Staccai le labbra dalla bottiglia e fissai la sua mascella contratta.
«La puoi sfidare, la puoi evitare, sei sopra e non dentro, quindi sei vivo. Poi, però, basta sporgersi un po' per capire che la voragine è sempre lì, sotto di te, che non aspetta altro

che tu ci cada dentro. E quando sei stanco di lottare o capisci che non esistono speranze di salvezza, metti volutamente un piede in fallo e precipiti».

Mi abbracciai perché sentivo freddo. Le parole di Kyle erano gelide, mi facevano paura. «Quello che dici è molto complicato da seguire».

«Certo, lo so. Tra qualche minuto sarà tutto più chiaro».

I minuti passarono nel silenzio. Kyle aveva sempre la mascella contratta, continuava a bere, a fissare le luci di una Montgomery notturna. Quando ebbe finito la birra, lasciò rotolare a terra la bottiglia e ne prese un'altra dallo zaino. Volevo fermarlo. Eravamo insieme e, a quanto mi aveva fatto capire, voleva parlarmi, perciò non c'era bisogno di aggiungere altro alcol a quello che aveva già ingurgitato. Non gli dissi niente solo perché aveva bisogno di rilassare i nervi.

«Tre anni fa mia madre è morta».

Mi strinsi le ginocchia al petto.

«Si è gettata dal tetto di casa».

Gli posai una mano sulla spalla. «Oh, Kyle, è terribile. Mi dispiace molto».

«È passato del tempo da allora». Gli occhi non si spostavano di un millimetro dalla prospettiva che stava guardando.

«Tre anni non sono tanti e il tempo non sempre guarisce tutte le ferite, come molti invece ripetono. Te lo sto dicendo perché non hai bisogno di fare il duro con me. Puoi aprirti, piangere, vomitarmi addosso tutto il tuo dolore».

Finalmente mi degnò di uno sguardo. Per fortuna stava sorridendo. «Ti sembra che voglia fare il duro con te?»

«Non lo so».

«No, altrimenti questo pomeriggio non mi avresti trovato in doccia e non mi sarei mostrato per come stavo».

Aveva ragione, ma quella risposta – *è passato del tempo da allora* – sembrava voler minimizzare la sua perdita.

«Quindi, tua madre si è suicidata». Per delicatezza, non gli raccontai le versioni che circolavano sulla sua morte.

«Si è gettata dal tetto dopo aver bevuto per non so quante

ore. Era ubriaca quando ha deciso di mettere fine a tutto, lo era quasi sempre».

«Devi aver sofferto molto».

Kyle non mi rispose. «Forse quella sera avrei potuto evitare la sua morte».

Decisi di non fargli domande e di aspettare che parlasse di sua volontà.

«Se fossi stato lì con lei, non le avrei permesso di salire sul tetto. Se fossi arrivato a casa qualche minuto prima, forse avrei avuto più tempo per convincerla a non buttarsi giù». Bevve dalla bottiglia facendo rumore. «Al di là di questo, non ho mai avuto sensi di colpa. Sono stato profondamente dispiaciuto di non essere arrivato a casa prima che salisse su quel maledetto tetto, ma non sono annegato nella colpa. Sai perché?». Si interruppe di nuovo per bere. «Perché sarebbe successo comunque, un altro giorno, un altro mese, l'anno dopo. Sarebbe successo. Era alcolizzata e depressa».

Era una storia triste, più triste di quelle che avevo appreso dagli altri. Adesso che conoscevo com'era morta sua madre, mi sentivo vicinissima a Kyle, mi sembrava di conoscerlo sul serio, pur non sapendo come aveva vissuto senza di lei, come si era sentito nel profondo del cuore.

Mentre si scolava la seconda Corona, ripensai a ciò che aveva detto, alla frase "Se fossi arrivato a casa qualche minuto prima, forse avrei avuto più tempo per convincerla a non buttarsi giù" e mi vennero i brividi.

«Eri sul tetto con lei quando è successo?»

Kyle posò la bottiglia per terra e la allontanò con una manata. Era già vuota. Rotolò finendo vicina alla prima, che fu spinta più lontano. «Sì, ero con lei. Quando ho parcheggiato l'auto nel viale di casa, ho sollevato lo sguardo e l'ho vista in bilico sul timpano spiovente. Sono entrato in casa e sono salito subito in mansarda. Quando sono uscito sul tetto, ho provato a fermarla ma non me ne ha dato il tempo».

«Se fossi arrivato dopo, non avresti nemmeno avuto la possibilità di provarci».

«Ma se fossi arrivato prima, forse sarei stato in grado di afferrarla per un braccio». Quando aprì di nuovo lo zaino, sperai che non prendesse un'altra birra. Io ero ancora alla prima, non avevo bevuto nemmeno metà bottiglia. La confessione di Kyle mi aveva tolto la voglia di bere. Purtroppo, ciò che tirò fuori fu proprio un'altra Corona. E riprese a bere. Dopo un tempo che mi parve eccessivo, si schiarì la gola per riprendere a parlare. «Quella sera ho fatto più tardi del previsto». Curvò un angolo della bocca e mi fissò. «Quella sera ero... ero da te».

Sentii il vetro scivolarmi tra le mani. Riuscii a stringere la bottiglia dal collo prima che cadesse a terra. «Eri da me? Nel senso che eri a casa mia? Impossibile. Se così fosse, me lo ricorderei. Noi non siamo mai stati insieme».

Kyle si grattò la testa e serrò la mascella, poi distolse lo sguardo per fissare la città. «Erano le undici, stavo tornando a casa, e tu eri seduta sui gradini di una casa abbandonata di Lineville».

«Grigia, infissi marrone, orrenda da fuori».

«Sì».

«Mere House. L'avevo soprannominata così. Ci andavo quando volevo stare da sola, quando litigavo col mio ragazzo, quando qualcuno mi prendeva in giro e io...», non continuai perché quella era la serata delle confessioni di Kyle. «Era il mio rifugio, ma non mi ricordo di te». Lo vidi storcere la bocca. «Dovrei?»

«Una volta, sì, sono stato lì con te. Eri ubriaca, sei persino svenuta. Eri al primo anno di liceo».

«Dici sul serio?»

Kyle mi fissò intensamente. Non c'era bisogno di sentire la sua risposta.

«Non ricordo niente».

«Niente di niente?»

Spremetti le meningi e ricordai la mia prima sbronza, da sola, seduta sul portico di Mere House. «Un pomeriggio mi sono ubriacata, con la birra e la vodka. Era la prima volta che bevevo. Due ragazzi del liceo mi avevano presa di mira, proprio come alle elementari, e mi sentivo di sprofondare». In una voragine profonda, buia e cattiva, per usare le parole di Kyle. «Quando mi sono svegliata a casa, ricordavo solo il sapore della birra che sentivo ancora sul palato, una voce maschile che mi parlava sul portico, un ragazzo che mi aveva chiamato un taxi e pensai a qualcuno che abitava vicino a Mere House e mi aveva trovata. Eri tu?»

«Ero io».

Sentii lo stomaco attorcigliarsi.

«Passavo di lì per caso e avevo notato che c'era qualcosa di strano in te. Al liceo eri la classica brava ragazza, studiosa, casa e scuola. Era bizzarro vederti bere stravaccata su delle assi rotte, in mezzo alla polvere e all'abbandono. Perciò, sono venuto a dare un'occhiata e poi ho chiamato un taxi per farti portare a casa». Si interruppe di colpo.

Riportai il discorso su quella terribile sera della sua vita. «Quando trovasti tua madre sul tetto, prima avevi trovato me a Mere House? Ma non ricordo di essermi mai ubriacata di nuovo al punto da non ricordare nulla e perdere i sensi. Non mi ricordo di te».

«Ero in auto, avevo parcheggiato lì vicino e ti osservavo per assicurarmi che andasse tutto bene. Eri da sola, c'era buio, era tardi».

In quel momento, misi da parte la birra e riflettei sul racconto di Kyle. Ora mi era tutto chiaro. Quasi tutto. «Quella sera vennero a recuperarmi i miei. Papà mi disse che un mio compagno di scuola aveva chiamato a casa per avvisare i miei genitori che ero a Mere House, da sola. Ero quasi certa che fosse stato Charles, anche se lui ha sempre ammesso il contrario e non era a conoscenza di quel mio posto segreto, fino al giorno dopo. Quindi hai chiamato tu i miei genitori». Ero intontita e scossa da quella rivelazione. Kyle Rew si era preoccupato per me tre anni prima, al liceo, quando ero fidanzata con Charles. Kyle Rew era tornato tardi a casa a causa mia.

«Li ho chiamati e ho aspettato che venissero a prenderti, poi sono tornato da mia madre». Ma troppo tardi, il tempo di gridarle di non uccidersi e poi vederla spiccare il volo verso quella voragine profonda, buia e cattiva.

Gli cercai la mano e, con le dita che tremavano, gliela strinsi forte. «Kyle, perché l'hai fatto?»

I suoi grandi occhi verdi erano lucidi e tristi. «Perché ho sempre tenuto a te. Mi sono sempre interessato a te, per quanto ho potuto».

Sbattevo gli occhi, incredula per quello che avevo sentito e anche perché ero controvento, l'aria mi solleticava le ciglia.

Kyle Rew aveva sempre tenuto a me?

«C… cosa?». Dovevo essere certa di quello che avevo sentito.

«Tamara, ti voglio da sempre».

Fu un mix di cose, suppongo, a farmi perdere l'equilibrio: la birra a quell'ora, la storia del suicidio della madre di Kyle, le emozioni provate con lui nello spogliatoio, la sua confessione. Scivolai di schiena a terra e dovetti chiudere gli occhi. Mi sentivo un peso addosso che mi schiacciava, mi veniva da vomitare, mi girava la testa. Non era una crisi di panico. Era una crisi da incredulità – è possibile?

«Potresti ripetermelo, per favore?»

Kyle si piegò su di me, tenendosi sospeso su un gomito. «Ti voglio da sempre. È la verità».

«Com'è possibile? Cioè, com'è successo? Non hai mai… non capisco».

Con l'indice mi sfiorò lo zigomo, la guancia, poi il contorno delle labbra. Io gli avevo chiesto esplicitamente una notte di sesso, mentre lui mi voleva da sempre. In che senso mi voleva da sempre?

La sua mano mi accarezzò la cicatrice che avevo sulla fronte. «Non lo so com'è successo. È successo e basta ed è stato tutto piuttosto silenzioso. Tu avevi occhi solo per Charles Preston. Sei stata con lui per tutto il liceo, non eri avvicinabile e non consideravi altri ragazzi all'infuori di lui».

«Nessun ragazzo mi ha mai considerata al liceo, in quel senso».

«Forse non te ne sei mai accorta perché non ci facevi seriamente caso. Quando si è così invischiati in una storia, il resto non conta».

Oppure, il resto non esisteva perché Charles mi aveva fatto vivere una relazione distante da tutto e tutti, mi aveva fatto terra bruciata intorno e io gli avevo permesso di trattarmi così, perché il suo modo di fare mi dava sicurezza.

«Ma tu stavi con quella pazza della mia classe e con le altre».

Mi sfiorò di nuovo la cicatrice. «Mi divertivo, passavo il tempo». Si rabbuiò.

«Cosa c'è?». Sentivo che non mi stava dicendo tutto.

«Il passato è passato, penso che non abbia una grande importanza su questo specifico presente. Posso aver fatto grandi cose a tua insaputa o nessuna, posso essermi divertito con un mondo di ragazze per tutti e quattro gli anni del liceo e durante l'università, ma questo non cambia ciò che ho detto e quello che conta. Ti voglio da sempre».

Non riuscivo a sollevarmi e neppure a smettere di pensare agli anni del liceo, alle volte in cui lo avevo visto a scuola, a quelle in cui ci eravamo parlati, le mattinate in università a seguire i corsi in comune, le brevi chiacchierate al Planet Coffee.

Ora capivo una cosa: la sua presenza costante nella mia vita. Ora capivo perché lui c'era sempre stato. Non era una mia impressione, una fantasia, un desiderio. Era la verità. Lui c'era sempre stato.

«Ma il tuo sguardo è così triste, dispiaciuto, sofferente».

I suoi polpastrelli insistevano a sfiorarmi la cicatrice. «Ho sbagliato tutto con te. Ho sbagliato ad accettare di fare del sesso. Volevo che il nostro primo bacio fosse magico, se mai ce ne fosse stato uno. Invece un bel giorno tu mi hai raggelato con la tua assurda richiesta».

Mi vergognavo di me stessa, di quello che avevo fatto.

«Non potevo immaginarlo», mormorai.
«Alla fine ho ceduto. Sei ciò che volevo. Non sono riuscito a trattenermi».
E ora capivo la passione che aveva messo in ogni sua carezza, l'intensità dei suoi baci, l'acceso tremore del suo corpo durante gli orgasmi con me.
«Ma mai avrei voluto trattarti come le altre. Mai mi sarei immaginato di rovinare tutto in questo modo. Sono incazzato con me stesso per questo, molto incazzato. Mi odio. Più ho tentato di allontanarti, più il desiderio di averti è aumentato e non sono riuscito a contenerlo».
Stavo tremando, colpita dalle sue parole. Adesso potevo rispondere meglio alla domanda "Chi è davvero Kyle Rew?".
«Non lo sapevo, non sono stata capace di immaginare tutto questo. Ti ho stuzzicato e ho minato i tuoi sforzi di starmi lontano. Non è colpa tua. E non hai rovinato niente. Mi hai dato ciò che volevo».
«Ti ho trattato alla stregua di tutte le altre».
«A volte sì, ma in intimità mai, credo. Sei sempre stato dolce nel profondo, caldo, attento, passionale, anche quando eri irruente».
«No».
«Sì, invece», ribattei. Ma i suoi occhi erano ancora tristi, rivestiti da un velo umido.
«Non posso più continuare in questo modo, non ce la faccio, è per questo che te ne sto parlando. Perché volevo che sapessi come stanno le cose, perché non volevo sparire facendoti credere di averti scaricato di punto in bianco, come faccio di solito».
«Non c'è bisogno di continuare in questo modo o di sparire».
«In che senso?»
Io lo volevo, mi piaceva, adesso ero confusa ma sentivo di appartenergli o comunque volevo appartenergli. Volevo innamorarmi di lui, essere libera di rischiare di amarlo perché lui mi voleva sul serio; perché non dovevo avere paura e mai

più nessuno avrebbe potuto dirmi che il mio cuore correva il rischio di essere spezzato.

«Possiamo ricominciare tutto dal principio, mettere da parte questa parentesi, frequentarci. Provarci. Stare insieme e vedere come va, scoprire cosa provo per te, cosa proviamo davvero l'uno per l'altra. Faremo le cose al contrario rispetto a mezzo mondo: prima sesso, poi una seria frequentazione. Che ne dici?»

Mi sorrise mentre scrutava quella piccola cicatrice sulla fronte. «Dico che non cancellerà quello che ho fatto, che non cambierà le cose».

«Ti sbagli, le porterà su un altro livello, un livello più alto. Un livello superiore. Sarà il nostro nuovo inizio».

Kyle mi accarezzò la guancia, poi la tenne nel suo palmo. Chiusi gli occhi per un bel po'. Mi sentivo meglio ma frastornata. Dovevo mettere insieme i pezzi e capirci qualcosa di più. Ma ciò che contava lo sapevo: lui mi voleva, da sempre, e io volevo stare con lui.

«Meglio alzarci», disse poi.

Quando riaprii gli occhi, lui era già in piedi che si stava chiudendo la giacca di pelle. Mi tese la mano e mi aiutò ad alzarmi. I capogiri erano passati, le gambe erano stanche, la testa mi scoppiava un po'. Mi sentivo febbricitante, sudata ma infreddolita, una sensazione stranissima.

Prima di andarcene, Kyle recuperò le bottiglie da terra, anche la mia che finì con tre sorsi. Le buttò direttamente nello zaino, che poi si mise su una spalla.

Ci guardammo, mentre il vento sferzava i nostri visi e ci scompigliava i capelli. Mi avvicinai e gli posai le mani sul petto. Volevo dargli un bacio, un vero bacio da *nuovo inizio*. Lui la pensò diversamente. Mi sfiorò la fronte con le labbra e mi lasciò un bacio sulla cicatrice. Fu un gesto affettuoso, e forse era giusto che la serata si concludesse così. Posai la testa sul suo petto, mi misi ad ascoltare il battito del suo cuore, lento, pacato. Gli baciai la giacca di pelle in un punto più consumato degli altri; diedi un secondo bacio in prossimità della chiusura lampo e un terzo. La sensazione che provai mi riportò indietro nel tempo, a quel pomeriggio a Mere House in cui, a quattordici anni, avevo bevuto tanto, troppo; a quella presenza appannata di fronte ai miei occhi che mi aveva detto qualcosa, mi aveva toccata, forse, e ai miei baci a non so che, chi. Alla sua giacca, a lui. Mi accontentai di avere un ricordo del presente abbracciando forte Kyle e inspirando tutto il suo profumo.

Lineville, tre anni prima

«Pare tu sia stato anche con Lisa Pepper, la sorella più grande di una mia compagna di classe».

Guardai Cecilie di traverso quando dovetti fermarmi a uno Stop. «E allora?»

«Una settimana fa ti ho visto mentre sbaciucchiavi in auto Jessica Fin, del secondo anno». Con la lingua si accarezzava di continuo il piercing sul labbro inferiore. «Il weekend prima, se non sbaglio, dal finestrino della tua Mustang ho intravisto una chioma rossa e selvaggia che si muoveva a un ritmo un po' strano. Eravate nel parcheggio della scuola, di sera».

Svoltai l'angolo e imboccai la strada che portava dritto alla casa dei Cook. «Con questo? Dove vuoi arrivare? Mi pare che ci siamo lasciati. Sto per finire l'anno, al novanta per cento lascerò Lineville, al cento per cento continuerò a vedermi con le ragazze e a divertirmi con Ralph e Adrian».

«Ralph e Adrian, sempre loro. Sarebbe il caso che tu cambiassi un po' amicizie maschili. Insieme voi tre passate il tempo solo a mirare alle ragazze più carine della scuola».

«Mi pare normale alla nostra età». Parcheggiai sul ciglio della strada, accanto alla casa dei Cook. Una tenda si scostò, la figura del padre di Cecilie fece capolino attraverso la finestra. Una volta appurato che la macchina parcheggiata era la mia, richiuse la tenda. Quella famiglia si fidava di me, e ancora faticavo a capire il motivo. «Se non sbaglio, è la quarta volta che decidi di prenderti una pausa e vedere altri ragazzi. Perché io non dovrei fare lo stesso?»

«Perché, a quanto pare, tu ti sei passato buona parte delle studentesse della Lineville High. Quelle che non ti piacevano le hai lasciate a Ralph Baron e Adrian Perez».

«Non è andata proprio così».

«Quello che sia. È esagerato, hai battuto tutti i record».

Me la risi. «Sei gelosa, dopotutto».

«No! Forse sarei un po' gelosa se tu ti innamorassi di qualcuna. Quella ragazzina insignificante della mia classe non ti interessa più, vero?»

Ecco che riprendeva quell'argomento. Ci provava spesso, anche se nell'ultimo periodo un po' meno. Quando ero con lei, facevo in modo di non girarmi se Tamara mi passava vicino, non guardarla, non posare la mia attenzione su di lei. Cecilie, però, si ricordava sempre che stavo o ero stato con lei per via del nostro patto, quindi era abbastanza normale che mi facesse quella domanda.

«Non ho mai detto che mi interessa o mi interessava».

Lei sbuffò alla mia solita risposta e aprì la portiera. «Sei uno stronzo, un bugiardo e un puttaniere. E non capisco come mai la mia famiglia straveda per te!»

«È un mistero anche per me», scherzai ammettendo la verità.

«Che ne dici di pizza, patatine e birra domani sera qui da me? Mamma ha voglia della tua compagnia a cena, le mie sorelline non fanno che chiedere di te. Hanno solo sei e otto anni e sono già innamorate perse. Tu però non dire a nessuno che ti ho lasciato».

Mi veniva da ridere. Cecilie parlava come se lei fosse davvero nelle condizioni di lasciarmi o decidere quando tornare insieme. Cioè, era nelle condizioni per via del patto, ma fosse stato per me non ci sarebbe stata neppure una relazione.

«Va bene, cercherò di ricordarmelo».

«Devi ricordartelo». Si passò l'unghia del pollice sul collo,

minacciandomi.
«Quando dopo il diploma lascerò la città, cosa dirai ai tuoi?»
«Che il rapporto a distanza non fa per noi. Capiranno».
Rimisi in moto. «Ci vediamo domani a scuola».
«A domani».
Aspettai che Cecilie entrasse in casa, per non deludere le aspettative di sua madre e suo padre sulla mia premura verso la figlia.
Erano le undici di sera e, come spesso accadeva, non avevo voglia di tornare a casa. Feci dei giri a vuoto per la città e passai dalla casa abbandonata. Ogni tanto mi capitava di fermarmi lì, ma mai avrei immaginato di trovare Tamara a quell'ora, seduta sui gradini del portico, la testa abbandonata contro la ringhiera.
Abbassai il finestrino, aguzzai la vista per accertarmi che stesse bene o che non si stesse ubriacando. Non c'erano lattine di birra vicino a lei. Se ne stava semplicemente lì, a fissare quello che un tempo era stato un vialetto e che ora era un sentiero di erbaccia.
Stavo per aprire la portiera quando pensai che, se lo avessi fatto e fossi andato da lei, avrei commesso il mio errore più grande. Un grandissimo errore, perché avrei tentato di baciarla, abbracciarla, ci avrei provato. La tentazione avrebbe avuto la meglio sulla ragione. Poi mi sarei preso uno schiaffo da lei, uno spintone, una parolaccia e non avrei potuto fare niente per portarla via da lì, al sicuro.
Rimasi fermo per un po' a guardarla, a rendermi conto se per caso quel coglione di Charles Preston non fosse lì con lei, magari sul retro a pisciare o a fare una telefonata. Dopo venti minuti abbondanti, ebbi la certezza che Tamara era da sola e che non stava bene d'umore. Come la prima volta che l'avevo trovata lì, due anni prima, forse voleva nascondersi dal mondo.
Non mi rimase che fare l'unica scelta saggia che mi venne in mente: chiamare i suoi genitori. Dopo averle prestato il mio

cellulare fuori dal Burger & Chips House, avevo memorizzato in rubrica il numero di casa Jones.

Una voce assonnata e maschile mi rispose dall'altro capo del telefono. Doveva essere il padre. Mi schiarii la voce e senza presentarmi dissi che ero un compagno di scuola di sua figlia e che ero preoccupato per lei perché l'avevo avvistata in una casa abbandonata, da sola, in stato confusionale. Diedi l'indirizzo preciso, poi riattaccai.

Parcheggiai la Mustang un po' più distante, per non essere visto. Dallo specchietto retrovisore riuscivo a vedere perfettamente la strada, un pezzo di casa e mezza figura di Tamara. Forse mi avrebbe ucciso se avesse saputo quello che avevo fatto. Forse avrebbe avuto una bella punizione dai suoi genitori e avrebbe dovuto spiegare il motivo per cui si trovava seduta su quel portico, da sola, a quell'ora. Ma sentivo di aver fatto la cosa giusta per la sua sicurezza.

Dopo diversi minuti, una station wagon si fermò dinanzi alla casa. La portiera dal lato del passeggero davanti si aprì, una figura femminile uscì correndo e si precipitò da Tamara. Era la madre, pensai. C'era anche la sorellina, che uscì poco dopo.

Tamara fu infilata a forza nell'auto. Quando tutti furono dentro, la station wagon fece inversione e partì a razzo.

Missione compiuta. Sarebbe stato più gratificante sedermi sugli scalini con Tamara, costringerla a darmi le mani o baciarla, ma poi me ne sarei pentito e una sua reazione incazzata mi avrebbe spezzato il cuore, anche se un cuore non ero sicuro di averlo.

Era tardi quando tornai a casa. Le luci in casa erano accese ma sapevo che mamma si era addormentata da un pezzo, davanti alla televisione, perciò entrai nel vialetto con la Mustang facendo meno rumore possibile.

Un paio di gocce di acqua si schiantarono sul parabrezza. Subito dopo, ne arrivò una terza e poi una quarta. Aveva cominciato a piovere, e anche forte. Mi allungai sul volante e sollevai lo sguardo al cielo. La vista di un fantasma sul tetto mi fece accapponare la pelle. Strizzai gli occhi e fissai quella figura in vestaglia bianca, che se ne stava in piedi sul timpano spiovente: mia madre.

Uscii di corsa dall'auto. «Mamma!»

Lei abbassò lo sguardo e mi sorrise.

«Cosa ci fai lì? Scendi subito! Rientra in casa».

«No, tesoro. Spostati, è meglio. Anzi, va' dentro, non voglio che tu assista a questo spettacolo».

Spettacolo? Mia madre si stava per buttare dal tetto?

La conoscevo bene, purtroppo, ed era impossibile farla ragionare quando non era in sé – anche quando era in sé, veramente. Mi fiondai in casa, salii le scale come un fulmine e misi i piedi sul tetto passando dalla finestra della mansarda. Le tegole erano bagnate, quindi scivolose. Muoversi là sopra era un'assurdità, il pericolo di cadere era altissimo. Non capivo neppure come mamma avesse fatto a raggiungere il timpano spiovente.

«Mamma», urlai. «Ti prego, non fare cazzate. Hai bevuto, non sei in te».

«Sono lucida». Mi parlava dandomi le spalle. Andava bene così. Se si fosse voltata, sarebbe caduta.

«Ho bevuto ma poco, sono lucida. So quello che sto per fare».

«No!»

«Kyle, voglio farla finita una volta per tutte. In questi anni ho sottoposto il mio corpo a un lento suicidio, senza portarlo a termine. Stasera ho preso la mia decisione. Non continuerò a bere per ammalarmi di cirrosi epatica e poi finire in ospedale. Non voglio soffrire per morire. Voglio solo… andarmene».

Ero piegato sulle ginocchia, con una mano mi reggevo all'intelaiatura della finestra. «Pensa a me. Io sono ancora qui, non ti ho lasciato. Non puoi andartene in questo modo orribile». Presi il cellulare lentamente. Dovevo chiamare il 911 ma non dovevo farmi sentire da mamma.

«Posso solo rimandare questo momento a quando tu andrai

all'università e non sarai qui. Cambierà poco. Prima o poi lo farò».

«Stai delirando. Scendi da lì, per favore. Torna dentro, non fare cazzate. La vita è una cosa importante! Non puoi scherzare su queste cose! Non fare la bambina! Torna dentro!»

«Kyle, vedi, il punto è che io non sto scherzando. Io sono già morta, il mio cuore è stato distrutto».

«Papà è uno stronzo, ma non puoi morire per colpa sua. Sono passati anni da allora. La vita va avanti. La vita non è solo papà! Io non conto nulla?»

Non rispose. Sapevo di non contare molto per lei, altrimenti non sarebbe diventata un'alcolizzata, avrebbe continuato a badare a me, il suo cuore avrebbe continuato ad amare e vivere, non avrebbe desiderato la morte.

«Mi dispiace, non volevo che assistessi a tutto questo. La nonna penserà a te, me lo ha promesso».

La chiamata al 911 era partita. Mi portai il telefono all'orecchio. Proprio in quel momento, mamma fece un passo avanti, si sbilanciò e dondolò.

«Mamma!»

Balzai in piedi, persi il cellulare di mano. Lo vidi rimbalzare sulle tegole e dopo tre salti cadere a terra. La batteria si staccò e volò lontano.

«Cazzo, no», bestemmiai.

Quando sollevai lo sguardo, mamma si era voltata dalla mia parte. Aveva le braccia spalancate e un sorriso sereno sul viso. «Addio, Kyle».

Fu un secondo così rapido e terribile che non ebbi modo di aprire la bocca e urlare. Mi sporsi in avanti quando lei saltò all'indietro, nel vuoto. Il suo corpo precipitò velocissimo, pesante, triste.

Il tonfo che si sentì quando toccò terra, il *crack* del suo cranio e il verso che uscì dalla sua bocca mi ruppero il cuore. Con gli occhi inondati dalle lacrime, vidi una chiazza rossa che si allargava sul viale, sotto la sua testa.

«Mamma…». La vita faceva schifo.

CAPITOLO DIECI

Troppo elettrizzata per dormire e disorientata, avevo svegliato Lexie dopo le due del mattino. Dopo essersi preparata un caffè solubile e aver preso una confezione di cupcake al cioccolato dalla sua scorta segreta, era venuta ad accoccolarsi nel letto accanto a me. Con un riassunto molto striminzito, le avevo spiegato le vere intenzioni di Kyle Rew. Le avevo detto che lui mi aveva notata da molto tempo prima, che preferiva instaurare con me un rapporto basato più sui sentimenti che sul sesso. Non era esattamente ciò che mi aveva raccontato lui, ma certi dettagli della sua confessione, certi scambi di sguardi tra noi o carezze, certi momenti vissuti sul terrazzo del dormitorio erano troppo intimi e speciali per condividerli persino con la mia migliore amica.

«Quindi Kyle Rew è un ragazzo romantico».

«No, non direi».

«Io dico che è innamorato di te, chissà da quanto tempo, e nessuno se n'è mai accorto. Devo dire che ha avuto uno strano comportamento per dimostrare i suoi sentimenti».

«Perché ha cercato di reprimerli e non mostrarli. Pensava che io non avessi alcun interesse nei suoi confronti, eccetto una forte attrazione sessuale che gli ho spiattellato in faccia quella mattina di qualche settimana fa».

«Ma tu hai una cotta per lui».

«No».
Lexie mi diede una gomitata stanca. «Su, Tamara, non fare la timida con me. Ti ho messo in guardia da quel ragazzo per tutto questo tempo, perché ero sempre più convinta che ti stessi innamorando di lui. Non negarlo. Ora non hai motivo per farlo».
Giocavo ad attorcigliare gli alluci. «Mi piace, questo non lo nego. Dopo il nostro incontro sul terrazzo, comincio a conoscerlo meglio, a scoprire davvero chi è. Non sono sicura che sia un ragazzo romantico ma, dietro la facciata di ragazzo dalla pessima reputazione, che fumava erba nei bagni del liceo e cambiava - cambia - ragazza troppo spesso, si nasconde una persona che non si è mai allontanata da me. Capisci quello che voglio dire?»
«Mmm, certo». Addentò un cupcake. Vidi tante briciole caderle sul petto e sul mio letto.
«Ma come fai a mangiare da stesa? Non rischi che il cibo ti vada di traverso?»
«Mmm, no, sono abituata».
La vista del cupcake non mi stimolò l'appetito, sebbene quella sera non avessi mangiato molto. Le parole di Kyle mi avevano tolto la fame, e pure la calma. «Comunque non credo tu abbia realmente capito quello che ti ho detto».
«Illuminami».
«Quando ero a Lineville, Kyle non mi è mai stato vicino, fisicamente intendo».
«Col cuore sì».
Be', forse era un'affermazione forte. «Ma non è mai stato troppo lontano da me».
Lexie si tirò su per bere un sorso di caffè. «Dio, Tamara, sono le due e mezzo e tu mi parli di sottigliezze troppo difficili da cogliere».
«Sono sottigliezze importanti».
«Parliamo di cose pratiche. Cosa farai adesso?»
Sospirai. «Non lo so».
«Come non lo sai? Pensavo volessi frequentarlo. Non gli hai

detto di portare la vostra relazione su un livello più alto?»
«Già».
«Non farmi scoppiare il cervello».
La guardai sorridendo. Senza occhiali, Lexie aveva gli occhi più grandi e luminosi. Con un bel paio di lenti a contatto sarebbe stata molto più carina. Quegli occhiali le rimpicciolivano troppo lo sguardo, ma a lei andava bene così. Si piaceva per quella che era, amava Robert e lui amava lei, con o senza occhiali.
«Ho paura, credo. Paura che le cose possano andare male, che lui abbia idealizzato Tamara Jones, che dopo la fine della relazione con Charles io non sia più in grado di innamorarmi».
«Nah, non credo proprio. Rilassati e vivi la tua storia con Kyle, senza fasciarti la testa. Sai una cosa, però? Dovrai guardarti sempre le spalle dalle altre ragazze. Quando si verrà a sapere che Kyle Rew si è fidanzato seriamente con una ragazza, cioè con te, attirerai tantissima invidia».
«E potrei tornare vittima di...»
Lexie mi tamburellò la tempia con le nocche. «Non pensarci nemmeno! Kyle saprà difenderti». Sbadigliò due volte di seguito. «Adesso posso tornare a dormire? Dopo questa lunga chiacchierata e il mio snack, mi si stanno chiudendo gli occhi».
«Sì, certo. Grazie del sostegno».
«Siamo amiche, non devi ringraziarmi».
Quando Lexie scivolò nel suo letto, io spensi la luce e provai a chiudere gli occhi. Fu inutile. Restavano spalancati contro la mia volontà, e li sentivo terribilmente secchi da tanto li tenevo aperti. Allora cominciai a immaginare come sarebbe stata la mia vita con Kyle, vivere un nuovo amore, frequentare seriamente un ragazzo che era l'esatto opposto di Charles.
Una scoperta, pensai.
Il sesso con Kyle sarebbe stato amore. La sua presenza costante sarebbe diventata una spalla amica e leale, la mia difesa dagli stronzi e dalle stronze. La vita all'università sarebbe stata più rosea e divertente.

Sei in punto del mattino. Stavo già correndo sulla strada che mi avrebbe portato al parco. Ero sveglia e ancora agitata, nonostante non avessi dormito più di due ore. Mi sentivo piena di energie, in forma. L'unico neo era lo stomaco: avevo come un buco lì dentro, che andava riempito al più presto. Mi succedeva quando dormivo poco, nel senso che avevo sempre fame, dovevo mangiare in continuazione per avere la parvenza che quel buco si chiudesse.

Quando entrai nel parco, fui felice di notare che non ero la sola a correre, nonostante l'ora. Superai la fontana dove Kyle e io avevamo parlato la prima e unica volta che ci eravamo incontrati lì. La guardavo sempre. Le mattine che correvo, rallentavo il passo e la fissavo, ricordandomi dell'audace Tamara che gli aveva ricordato la sua richiesta di fare sesso con lei, di essere trattata come le altre.

«Buongiorno», mi salutò una voce calda, maschile.

Mi voltai di scatto. La figura di Kyle nella sua tuta grigio scuro fu una meravigliosa visione.

«Ehi, ciao. Come mai sei qui?». Saltellai sul posto. «Stasera hai degli impegni e hai dovuto anticipare la corsa?»

Il sorriso che mi rivolse era del tutto nuovo per me, un mix tra quello obliquo e sensuale che rivolgeva alle ragazze da portare a letto e quello dolce e innamorato.

«Proprio così. Stasera sono impegnato». Mi prese sottobraccio, e io arrossii. «Con te».

«Ah». Mi andò di traverso la saliva e cominciai a tossire. Kyle mi lasciò andare il braccio per darmi delle pacche sulla schiena.

«Va tutto bene?»

Mi strofinai gli occhi arrossati per i vigorosi colpi di tosse. «Ora va molto meglio, grazie». Mi persi per qualche secondo nei suoi occhi verdi, così chiari e sinceri alla luce di primo mattino.

«Pensavo che stasera potresti venire a casa mia».

Capriole del cuore. «Saremo da soli o ci saranno anche i tuoi amici?»

«Non sono proprio amici ma coinquilini. Comunque no, mancheranno da casa per un po' di giorni. Che ne dici di portare la tua roba e stare da me?»

Detto così, alle sei e qualche minuto del mattino, con una nottata passata sveglia a pensare a lui, a rimettere insieme i pezzi del puzzle, non trovavo una risposta da dargli. Era tutto sorprendentemente strano, meravigliosamente vero.

«Puoi darmi una risposta oggi a lezione, se preferisci».

Strizzai gli occhi e mi morsi la lingua, dandomi della stupida. Lui era Kyle e mi voleva da sempre. Dovevo ricordarmelo. Perché però non mi baciava? Mi aveva salutato con un buongiorno senza bacio.

«Ci sto, va bene. Passerò dal dormitorio dopo le lezioni e preparerò le cose da portare a casa tua».

Kyle si chinò. Pregustai quel momento, a occhi chiusi, immaginando le sue labbra sulle mie ma dolci, buone, innamorate. Invece mi diede un bacio sulla fronte.

«Sono contento che tu abbia accettato. Passerò a prenderti per le otto di sera, ma ne possiamo parlare con calma durante la pausa tra le lezioni».

«Alle otto andrà benissimo».

Pensai alle tante cose da fare prima di preparare il bagaglio: lavarmi; lavarmi i capelli e spruzzarci sopra lo spray profumato alle more che mi aveva regalato Lexie; depilarmi; scegliere un completo sexy; portarmi qualche vestito carino. Poi, nella mente, cancellai questa stupida lista, anche se senza dubbio l'avrei rispettata. Lui mi voleva da sempre, con o senza profumo sui capelli. Voleva me, Tamara Jones, quella che ero stata al liceo, quella che ora ero all'università. Dovevo solo essere me stessa.

«Perché non riprendiamo a correre?»

«Oh, vuoi correre con me?»

«Perché no?». Mi sorrise. Sembrava un Kyle così diverso che dovevo abituarmi a questa nuova versione di se stesso.

«Perché le tue gambe sono molto più lunghe delle mie, perché sei capace di correre e parlare contemporaneamente, perché le miglia che percorro io in un'ora tu le bruci in mezz'ora al mas-

simo».
«Non ti preoccupare». Il suo sorriso divertito fu spazzato via da uno sguardo serio, intenso, profondo. Kyle fece un passo avanti e mi accarezzò la guancia. «Ti aspetterò, Tamara. Rispetterò i tuoi tempi».
Capii che quello che aveva detto si riferiva tanto alla corsa quanto a noi.
E io correrò con te, pensai, *da adesso all'infinito.*

Se c'è una cosa che le migliori amiche sanno fare è metterti addosso ansia quando hai bisogno di calma, rivolgerti domande e instillare paure quando l'unica cosa che desideri è spegnere il cervello e tenere a bada l'emozione.
Quel pomeriggio Lexie non faceva altro che girarmi intorno, chiedermi cosa mi aspettassi dai giorni che avrei passato a casa di Kyle, criticare i miei vestiti, sceglierne degli altri per me, poi cambiare di nuovo idea e darmi suggerimenti sul comportamento migliore da adottare. Avevo i nervi a fior di pelle e lei non la smetteva di stuzzicarmeli. Ma mi voleva bene. Era felice e agitata, incredula quanto me che Kyle Rew fosse innamorato di Tamara Jones. Poiché per due anni mi aveva vista sola e disinteressata al novantanove per cento dell'universo maschile, ora Lexie gioiva al pensiero che potessi amare un ragazzo proprio come lei amava Robert.
Quando uscì dalla stanza per vedersi con lui, dopo avermi fatto promettere e ripromettere che l'avrei chiamata al cellulare al più presto, mi sedetti sul letto e tirai un sospiro di sollievo. Feci dei respiri profondi, poi mi infilai in doccia e rimasi così a lungo sotto il getto dell'acqua che la pelle delle mani e dei piedi appariva raggrinzita.
Alle sette e mezzo ero già giù, seduta sulla scalinata del dormitorio, abbracciata allo zaino che avevo riempito con qualche ricambio. Per i libri e gli appunti, invece, avevo lasciato tutto in camera, in un altro zaino su cui avevo incollato un post-it per avvisare Lexie di portarmelo a lezione. Non ero certa, però, che la mattina seguente sarei davvero andata a lezione.

Kyle arrivò puntuale. Si fermò poco distante dall'edificio, abbassò il finestrino e si sporse col gomito e il viso. Gli feci un cenno con la testa, misi lo zaino in spalla e raggiunsi l'auto.

Quando aprii la portiera, fui assalita da una ventata di profumo. Il suo. Buono, intenso, sensuale come lui.

«Ciao», mi salutò.

«Ciao. Tutto bene?», chiesi con imbarazzo. All'improvviso non sapevo cosa dire.

«Sì, tutto ok. Tu come stai?»

Avevo infinite risposte per quella domanda, ma gli rifilai la più semplice. «Bene».

«Hai fame?», mi domandò lasciandoci il dormitorio dietro di noi.

«Sì, abbastanza. Ho anche una sete pazzesca. Di acqua», precisai. «Lexie ha sempre freddo. Ha preso una stufa elettrica per riscaldare la camera e mi è parso che una parte di me sia evaporata in queste ore, grazie a lei».

Kyle se la rise. «Una stufa, in questa stagione?»

«Già, da non crederci».

«Possiamo ordinare una pizza e delle patatine, che ne dici?»

«Perfetto». Quando gli risposi, mi resi conto che in verità lo stomaco era chiuso, sigillato, che probabilmente non sarei stata in grado di riempirlo con niente, nonostante quel famoso buco. Ed era tutta colpa dell'agitazione di essere con Kyle. Adesso lo vedevo sotto un'altra luce - la sua vera luce - e non sapevo proprio cosa aspettarmi.

Arrivati al The Heights, salimmo le scale, lui col mio zaino in spalla perché così aveva voluto. L'appartamento era molto più in ordine dell'altra sera. Kyle doveva aver messo tutto a posto per me.

Quando mi voltai verso di lui, lo trovai con la schiena appoggiata al frigorifero, le braccia incrociate, gli occhi che mi fissavano. «Ti va una birra?»

«Sì, grazie».

Staccò un post-it dalla porta grigio metallico del frigo. Sopra c'era scritto un numero di telefono. «Chiamo il locale e ordino la cena. Hai qualche preferenza?»

L'idea di bere un paio di sorsi di birra mi allettava, mangiare proprio no. «Che ne dici di posticipare la cena?»

Kyle parve sorpreso. «Non hai fame?»

«Non proprio».

«Ok, non c'è problema».

Mentre mi dava le spalle, mi morsi le labbra innervosita dalla mia incapacità di comunicare con lui. Ero troppo in imbarazzo, dovevo lasciarmi andare un po' di più, sentirmi a mio agio.

«Questa è per te».

«Grazie». Presi la mia Bud e la avvicinai alla sua per il brindisi. Nessuno dei due disse qualcosa, ma io pensai "A noi".

Poche sorsate e la bottiglia di Kyle era già mezza vuota. La lasciò sulla penisola, incrociò di nuovo le braccia e con un sorriso irriverente mi guardò dalla testa ai piedi.

«Forse è il caso che tu ti tolga la giacca».

Si avvicinò e mi aprì la chiusura lampo. Mi si bloccò il respiro. Poi Kyle mi sfilò la manica sinistra, io mi passai la bottiglia nell'altra mano e lui passò a sfilarmi la giacca anche dall'altro braccio.

Ci guardammo e ci scambiammo un sorriso.

«Aspettami qui, mettiti comoda sul divano. Devo fare una cosa. Ci metterò un po', quindi tu... aspettami, ok?»

«Certo». Mi morsi di nuovo la lingua per la scarsa propensione alla conversazione che mi aveva investito quella sera.

Kyle sparì nella sua stanza. Si chiuse la porta dietro di sé e non lo vidi e non lo sentii per un bel po'.

Mi accomodai sul divano e rimasi nella stessa posizione, muovendo solo la testa o gli occhi, sempre per colpa dell'imbarazzo crescente. Nonostante la gola chiusa, finii la birra che, se non altro, mi aveva dissetato. Ero lucidissima, non mi girava nemmeno un po' la testa, ma forse dovevo aspettare che facesse effetto.

Finalmente la porta della camera in fondo al corridoio si aprì e Kyle tornò da me. Si passò le mani sui jeans, sorridendomi, poi mi fece segno di alzarmi.

Lasciai la bottiglia sul tavolino e mi tirai su.
«Spostiamoci in camera mia». Mi tese la mano.
Quando la presi, le dita di Kyle mi diedero una calda e rassicurante stretta, che bastò a farmi sentire un po' più tranquilla. Ero con lui, mi fidavo di lui. Mi aveva confessato cose che non avrei mai immaginato, ora si trattava di scoprire come sarebbe stato il nostro rapporto portato a quello che avevo definito *livello superiore*. Era proprio questo che mi faceva stare in ansia.
Kyle aprì la porta e a me parve di entrare in un rifugio surreale, caldo e accogliente come la sua stretta di qualche secondo prima. C'erano candele disseminate ovunque e di tutte le grandezze: sulla scrivania, sulle mensole, sul comodino, su un mobiletto, sulla cassettiera. Ovunque. Era la cosa più romantica che un ragazzo avesse fatto per me.
Guardai il letto e mi accorsi che la trapunta era bianca e non celeste come l'altra volta. Anche le lenzuola che si intravedevano erano bianche, non azzurre. Erano pulite. E nella camera si respirava un buon profumo.
Kyle mi prese dalle spalle e mi fece voltare. «Ricordi quando ti ho parlato delle mie regole sul sesso con le ragazze? Sono vere, ma valgono per le altre e non volevo che valessero anche per te. Quando te le ho dette, ho sperato dentro di me che tu scappassi, che avessi paura di uno come me, che capissi che da Kyle Rew non dovevi prendere il peggio che poteva offrirti». Cominciò ad aprirmi la camicetta, e io iniziai a tremare sotto le sue mani sicure. «Ho sempre pensato che, se fosse successo qualcosa tra noi, sarebbe dovuto accadere in questo modo». Ruotò gli occhi. «In un modo meraviglioso».
«In un modo romantico».
«Sì, perché tu non sei come le altre e mai lo sarai. Per me».
Via la camicetta, che scivolò a terra.
Kyle fece un passo indietro notando che stavo tremando. «Se c'è uno qui che deve avere paura, quello sono io. Dopo quello che ti ho detto e questa serata, tu potrai anche scoprire di volere da me esattamente quello che mi hai chiesto: solo sesso. A te non cambierebbe niente, a me sì».

«Non è proprio così». Mi coprii il viso con le mani.
«E com'è allora?»
«Ho paura di… non so quello che proverò».
«E non è quello che ho appena detto?»
«No!», esclamai allontanando le mani dal viso. «Ho avuto solo Charles Preston come ragazzo e ho conosciuto l'amore, credo. Poi ho avuto due flirt con due ragazzi in università, ma niente di serio, niente di cui valga la pena parlare. Adesso sento che potrei provare l'infinito».
«È quello che sento io».
«Ho paura che l'infinito possa travolgermi, annullarmi».
Kyle scosse la testa. Era così serio, così affascinante con le ombre dorate sul viso, così attento a me e alle mie parole. «A me l'infinito può solo regalare una vita migliore, stupenda, meno schifosa di questa. Intensa. Cercata. Voluta».
Parlava di me, immagino.
Alle sue parole, mi ricordai del tatuaggio che aveva tra le scapole. Mi avvicinai, gli presi la maglietta dall'orlo e lo aiutai a togliersela. Poi gli passai una mano dietro, risalii lungo la schiena e gli sfiorai il punto più o meno preciso in cui aveva quella scritta: LIFE SUCKS.
«La vita non fa schifo», gli sussurrai.
Kyle chinò il capo, le onde scure di capelli gli scivolarono sulle guance. «Dimostramelo», mi supplicò fissandomi le labbra.
Mi tesi verso di lui, gli posai le mani sul petto e le labbra sulle sue. Cominciai a baciarlo e a mordicchiarlo e a provare qualcosa nel cuore e in mezzo alle gambe. Kyle ricambiò i baci. Schiocchi di labbra risuonarono per la camera e gemiti. Baci e gemiti.
Dopo lunghissimi minuti a stropicciarci le labbra, Kyle spinse la lingua nella mia bocca e allora l'atmosfera si fece più bollente. Mi strinse dai fianchi con un tocco sensuale e dolce.
«Ti voglio», ansimai.
«Da sempre», disse lui. «Da sempre. Ti voglio da sempre».
Scese con i baci, la lingua scivolò tra i seni, sulla pancia, mentre Kyle si inginocchiava. Il suo viso e la sua bocca si fermaro-

no sulle mie parti basse. Dopo aver aperto il bottone e la chiusura lampo dei jeans, mi abbassò i pantaloni fino alle caviglie. Le sue braccia mi cinsero dalle cosce, il suo viso premette sugli slip.

«Kyle». Chiusi gli occhi e reclinai la testa.

Disseminò numerosi baci lungo l'elastico, in corrispondenza del clitoride, un po' più sotto e un po' più sopra, mentre la sua stretta sulle gambe diventava feroce.

«Kyle», lo chiamai con voce disperata, perché avevo paura di non riuscire a restare lì in piedi.

Lui si tirò su senza smettere di baciarmi. Mi abbassò il reggiseno, che poi mi tolse e fece cadere a terra, io invece mi levai scarpe e jeans e armeggiai con i suoi pantaloni per farglieli togliere.

Nudi, l'uno di fronte all'altra, con indosso solo gli slip e i boxer, ci guardammo per qualche secondo. Kyle mi invitò a dargli la mano e se la posò prima sul petto, dimostrandomi quanto accelerati fossero i suoi battiti, poi la fece scivolare sull'addome. Si abbassò i boxer con l'altra mano e mi fece posare il palmo sulla sua erezione.

Un desiderio irrefrenabile mi spinse a stringerlo tra le dita, a muovere la mano su e giù. Kyle strizzò gli occhi e gemette. Mi chinai, lo baciai, lo presi in bocca e succhiai, solo una volta.

Lui mi accarezzò i capelli e mi attirò a sé. Ci baciammo come se senza quei baci non potessimo vivere, come se fosse l'ultima cosa che ci restava e a cui dovevamo aggrapparci per continuare a esistere.

Kyle mi prese in braccio e mi posò sul letto. Mi abbassò gli slip, facendoli scivolare con estrema lentezza sulla pelle, cosa che mi mandò in estasi. Poi sentii la sua bocca sulla caviglia sinistra e dopo sulla destra e gli slip che andavano via. Me li aveva tolti prendendoli con i denti.

Mi tirai sui gomiti e vidi che lui era nudo, con la sua erezione che aspettava di farsi strada nel mio corpo. Si mise in ginocchio sul letto e strisciò verso di me.

«Mettimi il preservativo», mi sussurrò all'orecchio.

Annuii, imbarazzata, ma in quel momento non c'era nessuna inibizione a fermarmi. Ero troppo coinvolta da quel ragazzo che non mi aveva mai fissata come fissava le altre, che aveva evitato di fare sesso con me perché non mi considerava come le altre, che mi aveva sempre voluto come non aveva mai voluto nessun'altra.

Le sue mani mi guidarono sul suo pene, aiutandomi a srotolare il profilattico e a infilarglielo correttamente. Dopo un bel respiro profondo e un'occhiata piena di passione, intrecciò le dita alle mie e mi spinse di schiena sul letto. Si stese sopra di me, con le ginocchia mi fece aprire le gambe e provò a penetrarmi. Non trovò subito la strada o forse lo fece apposta così che i nostri corpi si strofinassero con fervore e assaporassero la lunga e impaziente attesa di fare l'amore.

A un certo punto, senza più fiato, gli stritolati i fianchi con le cosce. Kyle mi lasciò la mano e si scostò un po' per toccarmi con le dita proprio lì.

«Tamara, sei così umida, calda, bella, meravigliosa». Il suo dito mi accarezzò tra le pieghe umide poi scivolò dentro, giusto un po', mentre il pollice giocava a stuzzicarmi il clitoride.

«Kyle, sei così ingiusto in questo momento». Mi dimenai sotto il suo tocco esperto e delicato.

«Mi piace guardarti mentre godi. Sei stupenda e così terribilmente reale».

Il suo dito aumentò il ritmo, lo sfregamento sul clitoride divenne più intenso.

«Potrei svenire, per te… Kyle. Kyle!». Mi agitai.

Tornò a stendersi su di me, a intrecciare le dita alle mie. Mi fissò per un lungo momento, poi si fece strada con la sua erezione dentro di me. Quando lo sentii nel mio corpo, il cuore perse dei battiti. E quando iniziò a muoversi a un ritmo dolce, gentile, romantico, non potei fare a meno di abbandonarmi a forti grida di piacere.

Stavo per venire. Mi sentivo così scossa ed eccitata da non avere le energie per aggrapparmi a lui, stringermi con più decisione.

Come se lo avesse capito, Kyle mi passò le braccia dietro la schiena, mi strinse a sé quasi facendomi male e diede inizio a una serie di affondi sempre più decisi, vigorosi, profondi.

Ansimavamo insieme, gridavamo, ci chiamavamo per nome. Lo sentii irrigidirsi e tremare proprio mentre profondi sussulti mi stavano scuotendo tutta.

Nella mia vita, era la prima volta che sentivo certe emozioni così intense. Era la prima volta che mi sentivo tanto bagnata. Era la prima volta che mi sentivo di appartenere a qualcuno e che qualcuno apparteneva così tanto a me.

«Tamara».

«Kyle».

«Tamara, io...»

Affondai la testa nella sua spalla e strillai quando i suoi ultimi affondi mi portarono all'orgasmo.

Due anni e mezzo – un anno prima

Dopo la morte di mia madre, attraversai un periodo più buio e angosciante di quelli affrontati in passato. Nonna si trasferì di nuovo a casa, finì però che fui io a dovermi prendere cura di lei, a badare di nuovo a tutto, a scappare di notte per prendermi un po' di libertà, godermi un po' del mio tempo.

Vivere in quella casa diventava sempre più faticoso. Quando uscivo o rientravo, tagliavo per il giardino pur di non passare sul vialetto dove il corpo di mamma si era schiantato, morendo. Riuscivo ancora a vedere una chiazza più scura sulla pietra chiara.

Due mesi e mezzo dopo, compii diciotto anni, mia nonna se ne tornò in Wisconsin mentendo sull'aggravamento delle sue condizioni fisiche, la mia media crollò in modo repentino e il signor Clark mi diede un ultimo avvertimento.

«Kyle, capisco quello che stai attraversando. Ti siamo tutti vicini, sempre. Puoi contare su di noi per qualsiasi cosa e chiedere il supporto dello psicologo, tuttavia non possiamo chiudere gli occhi sui tuoi voti. Assolutamente», mi aveva detto il supervisore qualche tempo dopo. «Devi rimetterti in pari se non vuoi perdere l'anno. Sei sveglio e intelligente, sei molto bravo a football come fullback, sai impegnarti quando vuoi, perciò da' il meglio di te stesso e finisci quest'ultimo anno di scuola. Lì fuori c'è il tuo futuro che ti aspetta».

Ci provai. Ripresi in mano la situazione, mi buttai a capofitto nello studio per lasciarmi alle spalle anche la Lineville High School. Grazie ai miei sforzi e all'impegno riuscii a diplomarmi. Partecipai anche alla festa di diploma senza provare le emozioni che provavano gli altri, senza sorridere, senza farmi immortalare in fotografie indimenticabili, senza festeggiare. Senza avere le idee chiare sul futuro. Avevo fatto domanda in alcune università, avevo anche superato i test di ammissione, ma non mi andava di proseguire gli studi. Non mi andava di fare niente.

«Congratulazioni, Kyle», aveva detto Cecilie alla festa. «Ce l'hai fatta, non avevo dubbi. Credo in te, sei bravo e forte. Andrai lontano».

A quella stessa festa, bevvi come una spugna, mi ubriacai, fumai con Ralph e Adrian e poi persi il conto del tempo, dei giorni vuoti, delle settimane passate a fissare il soffitto o ad ammirare le stelle.

Tamara? In quel periodo mi era difficile anche *vedere* lei.

Poi, un giorno, ricevetti la telefonata di quello stronzo di mio padre. Mi invitava a trasferirmi da lui, dalla sua nuova famiglia – che nel frattempo era aumentata con la nascita di un altro figlio e l'acquisto di due giovani Labrador.

Avevo bisogno di staccare la spina da Lineville, dagli ultimi anni passati con mamma, dalla sua morte, da quel ricordo terribile che rivedevo davanti agli occhi tutti i giorni, tutte le sere. Alla fine, dopo qualche giorno a pensarci, accettai di fare le valigie e partire.

Era mattina, c'era un bel sole caldo che splendeva su Lineville, le case sembravano luminose, i prati di un verde brillante, le persone felici. Io mi sentivo un po' meglio. L'idea di cambiare vita aveva migliorato il mio umore.

Prima di partire, avevo preso appuntamento con Adrian e Ralph per vedermi a casa di quest'ultimo e salutarci. Il nostro rapporto si era un po' incrinato dopo la morte di mamma, nel senso che loro erano rimasti gli stessi, io no, per questo mi ero allontanato. Le nostre uscite insieme si erano ridotte drasticamente, e quando loro si divertivano io mi annoiavo. Presto iniziai a capire che per loro ero diventato una palla al piede. Senza di me stavano meglio e rimorchiavano di più; con me, invece, le serate prendevano una piega decisamente più infelice.

Prima di arrivare a casa di Ralph, mi fermai in un posto per comprarmi un pacchetto di sigarette, il mio ultimo pacchetto. Papà era stato chiaro su alcune regole della casa: era vietato fumare in casa e fuori, perché questo avrebbe implicato portarsi dietro l'odore del tabacco; il mercoledì sera si cenava tutti insieme con la pizza; la domenica bisognava partecipare a un brunch con i parenti della sua nuova moglie, e sottrarsi a questo obbligo era vietato.

Ero appena tornato in auto, quando il mio sguardo catturò un'immagine simile a un'altra che avevo già visto. Charles Preston in compagnia di una ragazza bionda, ma più alta di lui. Le stava accarezzando la guancia con una rosa, mentre l'altra mano scivolava sul fianco.

Ruotai la chiave nel blocco di accensione, fingendo di non aver visto niente. Lui e Tamara stavano ancora insieme. Ricordavo chiaramente quella sera fuori dal Burger & Chips House quando Tamara aveva spintonato in lacrime Charles, aveva gettato il cellulare sotto il bus per non essere ricontattata da lui. Ricordavo anche quello che disse al telefono, pensando che dall'altra parte ci fosse lui e non me. Lo aveva perdonato. Quindi perché dovevo fare qualcosa, se lei era la prima ad accettare di stare con un viscido come Charles Preston e di perdonarlo?

Misi in moto. Spensi di nuovo il motore.

Stavo per lasciare la città. Potevo fare ciò che sentivo essere il meglio per Tamara Jones. Lei aveva bisogno di quel ragazzo

perché così credeva e così avevo pensato persino io, ma la verità è che lui era solo un idiota, un bugiardo, uno stronzo.
Scesi dalla Mustang e mi avvicinai alla coppietta in calore proprio mentre Charles aveva posato le sue sporche labbra su quelle di lei. Lo presi da una spalla e con uno strattone li separai.
La ragazza balzò all'indietro, spaventata. Lui si girò di scatto dalla mia parte.
«Chi cavolo credi di…». Si aggiustò gli occhiali sul naso. «Kyle Rew? Che cosa vuoi da me?»
Caricai un sinistro e colpii, piano, perché sapevo che le ossa di quel cretino erano sottili e fragili – ma sarebbe stato bello fratturargliene qualcuna.
Charles indietreggiò stordito. Strizzava gli occhi e spalancava e richiudeva la bocca. Sembrava essere piombato in uno stato di shock acuto. Si capiva chiaramente che non aveva mai ricevuto un pugno.
«Sei impazzito?», strillò la ragazza.
La fissai con sguardo torvo. «Lasciaci soli. Io e il tuo amichetto dobbiamo fare quattro chiacchiere».
«Charles», piagnucolò.
Lui tornò in sé. «Vai pure».
Lei raccolse la rosa da terra, che era caduta dalla mano di Charles, e se ne andò correndo.
«Potevi rompermi il naso o un dente o la mascella!». Si tastava metà faccia. Stava tremando e la cosa mi divertiva.
«Sì, potevo farlo e non l'ho fatto perché voglio darti un'altra chance».
«Non sapevo che Tracy fosse la tua ragazza, non me l'ha detto. Se lo avessi saputo, mi sarei tenuto lontano da lei».
«Tracy?». Mi voltai e capii che si stava riferendo alla biondina in fuga.
«Comunque non è successo niente, te lo giuro. Stavamo solo parlando».
«E il bacio?»
«Si è trattato di un bacio amichevole, affettuoso, un ringra-

ziamento per le due belle ore trascorse insieme. Non ho mire su di lei. È tua, tutta tua». Sollevò le mani, come se volesse mostrarmi la sua resa codarda.

«Stai sbagliando tutto, non stai capendo niente e stai facendo un gran casino ferendo il cuore della tua ragazza».

«Come?»

«Tamara Jones ti dice qualcosa?»

Mi fissò di traverso. «Cosa c'entra... Tamara?», abbassò la voce quasi si vergognasse a nominarla.

«Sei o no il suo ragazzo?»

Arretrò e non rispose.

«Sei o no il suo ragazzo?», alzai la voce. Qualche passante si girò dalla nostra parte.

«Sì».

«Ma la stavi tradendo. L'hai già tradita due volte, per quello che ne so io».

«Come fai a sapere i fatti miei? Sei uno stalker di Charles Preston o di Tamara o che cosa?»

Mi ero spazientito. Lo presi dal colletto perfettamente stirato della sua camicia e lo sollevai da terra. Charles pesava poco e niente. Cecilie, che era spesso a dieta, pesava più di lui.

«Ascoltami bene. Il pugno che ti ho dato è stato un piccolissimo avvertimento, un modo per farti capire che stavi sbagliando a intrattenerti con quella biondina, Tracy, tradendo la tua vera ragazza, Tamara».

Charles strinse le mani sopra i miei pugni. «Va bene, concetto chiaro. Lasciami andare».

«Fallo di nuovo, bacia altre ragazze, fa' il cretino con loro mentre sei fidanzato con Tamara, e ti giuro che il pugno che ti ho appena dato ti sembrerà una carezza rispetto agli altri che riceverai sempre dalle mie mani». Lo posai a terra e staccai le mani dalla sua camicia. Ossa fragili, corpo leggero, cuore vigliacco e cervello liquido: ecco l'idea che avevo di Charles Preston.

«Va bene, va bene». Quel codardo continuava ad arretrare.

«Ma dovrai dirglielo».

«Cosa? Che mi hai preso a pugni? Sì, glielo dirò, certo. Ti farò passare per eroe, sei contento? Ma con che scusa?»

Stavo di nuovo per avventarmi su di lui, ma mi fermai in tempo. Charles si chinò sulle ginocchia e si riparò la testa con le braccia.

«Ho detto che lo farò».

«No, non hai capito. Non devi dire a Tamara di me, di noi. Devi riferirle che l'hai tradita, di nuovo».

«Ascolta, se mi hai preso a pugni…»

«Era un pugno solo e per di più leggero», precisai.

«Sì, certo, giusto. Comunque, se adesso siamo qui è perché tieni a lei, a Tamara intendo. Quindi, se tieni a lei, non vorrai certo che io le spezzi il cuore e le faccia perdere la poca fiducia che ha in sé».

«Sei un bastardo», commentai tra i denti, rabbioso.

Lui agitò le mani. «Dico solo che la mia ammissione di colpa la ferirà. È passato poco tempo da… sì, insomma, da quando io e lei abbiamo litigato perché avevo messo gli occhi addosso a un'altra ragazza. È complicato, non lo faccio con cattiveria, davvero. Tamara era depressa in quel periodo, per colpa mia, e piangeva spesso, faticava a concentrarsi sui libri. Adesso per lei inizierà l'ultimo anno di scuola, cercherà di diplomarsi col massimo dei voti. Non voglio essere la causa della sua deriva. Le voglio troppo bene per farle questo».

«Dovevi pensarci prima».

«Ho sbagliato, lo so. Non si ripeterà più».

«Certo, altrimenti le mie mani diventeranno molto più pesanti e cattive». Ripensai a quello che mi aveva detto. Non dovevo farmi intimorire dalle sue paturnie sulla fragilità di Tamara, ma dovevo anche pensare a lei. «Glielo dirai dopo il diploma, ma dovrai dirglielo».

Annuì.

«Sta' attento, verrò a sapere se hai fatto ciò che ti ho detto o no».

«Certo, certo», parlava tenendo lo sguardo chino sui suoi piedi.

«Considerando i discorsi che hai appena fatto, mi aspetto che tratterai Tamara col massimo del rispetto».

«Sempre», mormorò.

Cosa ci aveva trovato Tamara in quello smidollato, che non sapeva manco proteggerla da se stesso?

Prima di andarmene, capii che Charles stava per chiedermi qualcosa, probabilmente perché fossi tanto interessato a lei, al suo tradimento, a tutto. Ma non mi fece domande. Appena mi voltai per tornare alla mia Mustang, se la svignò di corsa.

L'anno passato da mio padre trascorse lentamente e nel peggiore dei modi, tra litigi, un senso di insofferenza generale dei vari componenti della famiglia, regole da rispettare che puntualmente infrangevo, e la dura battaglia contro mio padre per non fargli vendere la casa di Lineville.

La mia presenza lì era malvoluta. Papà mi aveva invitato a trasferirmi da loro solo per un vago senso di dovere nei miei confronti e non perché mi volesse sul serio. La sua compagna era algida, sofisticata, presuntuosa. La odiavo. E i suoi figli, per quanto piccoli, avevano preso da lei. Si salvavano solo i due cani, il posto, la bella casa. Punto. Anche mio padre non era diverso dallo stronzo che pensavo sempre che fosse.

«Perché non ti trasferisci a Montgomery? Ti trovi un lavoro, vieni a stare da noi, ti iscrivi alla Auburn University. In casa abbiamo un posto letto libero. Che ne dici?», mi aveva proposto Ralph durante una delle nostre conversazioni.

«Non lo so, potrebbe essere un'idea».

«Un'idea? Sarebbe fantastico! Anche mio fratello James è qui. Usciremmo insieme, parteciperemmo alle feste della confraternita, saremmo di nuovo noi, Kyle. Noi tre, come a scuola».

Ma io mi ero allontanato tanto da Ralph e Adrian e il tempo trascorso da mio padre aveva accentuato questa distanza.

Quando qualche settimana dopo mi sentii per e-mail con Cecilie, tra i suoi resoconti dettagliati quanto inutili sulla vita di Lineville mi scrisse anche che *quella sfigata* della sua compagna di classe si era iscritta alla Alabama University, perché è lì che aveva studiato tutta la sua famiglia; che quella rivelazione aveva deluso tutto il corpo docente, convinto che *quella sfigata* – definizione che usava spesso – avrebbe fatto domanda in qualche college prestigioso del Paese; che la sua storia con Charles Preston continuava a gonfie vele, nonostante i maligni li vedessero sempre litigare di nascosto.

La rivelazione di Cecilie mi fece prendere in fretta una decisione: tornare in Alabama. Iscrivermi all'università. Ritrovare Tamara.

Mi trasferii a Montgomery due settimane prima dell'inizio dei corsi. La vita lì era completamente diversa rispetto alla tranquilla cittadina di Lineville. Ralph e Adrian vivevano in un piccolo ma costoso appartamento in centro. La mia stanza era un microscopico buco ricavato in uno sgabuzzino e, per quanto sapessi adattarmi, stare lì dentro mi creava problemi di claustrofobia.

Poiché i miei amici erano in città già da un anno, furono la mia guida turistica per strade, locali e caffetterie; mi introdussero alle feste di svariate confraternite, mi fecero conoscere parecchie ragazze e dopo sei giorni ero tornato a fare sesso come ai vecchi tempi, cioè di frequente. Ma poi successe qualcosa di imprevisto. Ralph mi trovò a letto con quella che scoprii in seguito essere la sua nuova ragazza. La colpa non fu mia, che ero ubriaco marcio, ma di lei che, consapevole di tutto, mi aveva trascinato nella casa del suo ragazzo e aveva fatto sesso con me.

Litigammo, dalle parole passammo alle mani, Adrian si mise in mezzo per dividerci ma non riuscì a fermare il mio gancio con cui stesi a terra Ralph.

Il giorno dopo, al ritorno da un giro per la città, le mie valigie erano fuori dalla porta, la serratura dell'appartamento era stata cambiata.

Tutto da capo. Mi trovai una nuova sistemazione con due ragazzi che frequentavano la Auburn University, provai a riappacificarmi con Ralph ma sia lui sia Adrian non volevano più saperne di me. Dissero che era per il mio bene, perché se mi avessero rivisto sarebbe finita di nuovo a cazzotti.

Avevo perso un po' di tutto: mamma, papà, la nonna, i miei amici. Persino Cecilie aveva smesso di scrivermi. Si era trovata un lavoro come barista, un ragazzo a cui piaceva correre in moto e sembrava mi avesse dimenticato del tutto.

Era il primo giorno di università. Indossavo una maglietta nera ed elasticizzata che tirava sulle spalle e mi ricordava del vecchio tatuaggio che mi ero fatto fare. *Life sucks*: era un concetto, una frase, una verità ricorrente.

Le ragazze mi guardavano tutte, mi spogliavano con gli occhi. Ero una novità, probabilmente, non camminavo a braccetto con nessuna, sorridevo con malizia a molte di loro - alle più carine. Ne individuai un paio con cui mi avrebbe fatto piacere trascorrere qualche ora insieme.

Poi *la* vidi. Andava di corsa, con due grossi libri incastrati tra il braccio e le costole, l'affanno visibile dal suo modo di boccheggiare. Con lei c'era una ragazza poco più alta, con lunghi capelli scuri e occhiali dalle lenti spesse. Insieme sembravano le classiche studentesse modello dell'High School, in difficoltà nell'intricato mondo universitario e in ansia per la nuova vita che le attendeva. Ovviamente, non si accorse della mia presenza. Il mio sorriso non fu registrato dai suoi occhi e neppure da quelli della sua compagna. Andava bene così. E poi Charles Preston non era con lei, quindi andava più che bene. Chissà se l'aveva scaricata, se le aveva detto la verità sull'ultimo tradimento di cui ero a conoscenza o se stavano ancora insieme. Era probabile che non le avesse detto niente del nostro incontro, delle minacce, del mio pugno o Tamara in persona sarebbe venuta da me per chiedermi spiegazioni.

«Ciao, scusa, sai per caso dov'è l'aula di psicologia? Sono al primo anno e questo è il mio primo giorno qui».

Chi mi aveva parlato era una ragazza dai capelli così rossi da sembrare finti e due occhi azzurri, grandi e profondi, il naso all'insù, le labbra gonfie. Una bellezza mozzafiato. Guardai in fondo al corridoio, ma Tamara era evaporata.

«Possiamo cercarla insieme. Sono anch'io al primo anno e seguo lo stesso corso».

Il sorriso della ragazza si fece più ampio. «Perfetto! Cerchiamola insieme. A proposito, mi chiamo Penelope Turner».

«Io Kyle. Kyle Rew».

Il primo giorno di lezioni non era iniziato poi così male, pensai.

Adesso che non avevo più una madre a cui badare, una nonna da seguire, un padre con cui litigare, le regole della sua stramba famiglia da seguire, degli amici con cui uscire la sera, una Cecilie con cui dovevo stare per via di un patto, potevo divertirmi a trecentosessanta gradi. Il mio chiodo fisso rimaneva Tamara Jones, ma promisi a me stesso che mi sarei impegnato per cogliere più occasioni possibili con le altre persone e svagarmi.

CAPITOLO UNDICI

Durante la mia prima sera nell'appartamento di Kyle avevo visto le scintille, i fuochi d'artificio, le stelle cadenti. Il merito era stato del sesso - con sentimento e coinvolgimento. Il livello superiore era stato già raggiunto a letto ed era qualcosa di assolutamente fantastico, che non avevo mai provato prima, che non pensavo potesse esistere, che non ero in grado di descrivere ma che presto avrei riprovato, molto volentieri.

La cena? Saltata.

La colazione? Saltata anche questa, per sbaciucchiarci e riempirci di carezze.

Quella mattina saltammo le lezioni all'università, perché l'atletico Kyle Rew ebbe un'idea grandiosa per lui e terribile secondo la mia opinione: un giro in canoa lungo l'Alabama River. Esattamente come per la corsa, lui era in grado di remare, guardarmi e parlare senza mostrarsi affaticato. Io, invece, per quanto abituata a correre quattro volte a settimana, ero già stanca dopo le prime remate e il giubbotto salvagente mi impediva di muovermi con agilità. Ma eravamo praticamente soli, con l'acqua che scorreva placida sotto di noi, il sole un po' velato che splendeva in cielo.

Dopo che un treno ci ebbe superato sulla destra, passando sui binari nascosti alla vista dalla vegetazione lungo la sponda, decisi di prendere tutto il fiato che avevo e parlare.

«Sai, stavo pensando che la mia vita è stata piuttosto tranquilla».

«Tranquilla?». Parve agitarsi.

Diedi una bella remata per stare al suo ritmo. «Alle elementari sono stata presa di mira da parecchi bambini, anche durante il primo anno di liceo e in parte durante il secondo anno. Diciamo che alle elementari i loro dispetti mi hanno lasciato qualcosa sulla pelle, in tutti i sensi». Indicai la cicatrice sulla fronte. «Molte cose di quel periodo le ho rimosse, ma le sensazioni no. Alla High School è stato diverso. Ero più che altro terrorizzata che l'incubo vissuto anni prima potesse ripresentarsi e farmi male, rendermi insicura e più vulnerabile».

Kyle guardava davanti a sé. Aveva mollato i remi, lasciando che la canoa progredisse sull'acqua per i fatti suoi.

«Ma paragonata alla tua vita, la mia è stata tranquilla», continuai. «Quando sul terrazzo mi hai raccontato di come è morta tua madre, ho pensato a quanto io sia fortunata». Lo guardai. Sembrava teso. «Io, per esempio, non mi sarei mai fatta tatuare quella scritta sul corpo, tu sì. Alcuni giorni ho pensato anch'io che la vita facesse schifo, volevo nascondermi dal mondo, andarmene da qualche altra parte ma sono stati periodi, momenti».

«Be', è stato così anche per me». Strinse l'impugnatura di un remo con molta forza e con entrambe le mani.

«Per te è stato un lungo periodo».

«Ho ripreso la mia vita in mano, è ciò che conta». Continuava a non guardarmi.

«Hai chiuso tutti i conti col passato?»

Abbassò lo sguardo, poi lo rivolse a me. «Che intendi dire con chiudere i conti?»

«Se hai fatto pace con ciò che è successo nella tua vita o conservi del rancore per qualcosa, qualcuno o semplicemente per la sorte che ti è toccata. Se ti senti libero, insomma».

«I ricordi restano, anche certe sensazioni. Lo hai detto tu stessa».

«A me si tratta di sensazioni o ricordi legati ai soprusi che ho sopportato a scuola e al pessimo comportamento di Charles Preston, mentre per te si tratta di qualcosa di più grave e opprimente». La mia ultima intenzione era costringerlo a parlare, però sentivo il bisogno di scavare un po' dentro il cuore di Kyle, per conoscerlo meglio e sapere cosa lo turbava, cosa non aveva superato, in cosa potevo essergli utile standogli vicino.

«Tamara, da quando ho messo piede in questa città e ho ripreso gli studi, vado solo avanti e non mi guardo indietro, più o meno. Non mi piango addosso, non l'ho mai fatto. Sono stato incazzato con la vita e le persone, è vero, ma ora sono più sereno. Mi sono anche divertito molto qui, tra feste della confraternita, ritrovi e locali».

«E ragazze».

«Già, molte ragazze».

Provai una leggera morsa allo stomaco: gelosia.

«Non so quale sarà il mio futuro, non mi pongo ancora certi problemi anche se dovrei. Non ho idea se resterò qui a Montgomery, se tornerò nella mia vecchia casa a Lineville o se cambierò completamente aria». I suoi occhi si erano intristiti.

«Non hai più legami».

«Praticamente nessuno».

Pensai alla mia famiglia che mi voleva un mondo di bene, anche se viziava molto di più Emily. Pensai anche a lei, che spesso mi tempestava di messaggi, fotografie e video della sua vita tranquilla a Lineville, con i nostri genitori, il suo ragazzo, i compagni di scuola, le sue amiche del cuore. «Deve essere strano non avere legami».

«Ci sono anche i lati positivi».

«Per esempio?»

«Si è liberi di essere e fare qualsiasi cosa, di andare lontano e non tornare mai più. Non c'è pericolo di far soffrire qualcuno né di soffrire».

Su quest'ultimo punto ero poco d'accordo. Il fatto stesso di non avere legami, persone del cuore intorno a sé, implicava sofferenza.

«È per questo che non ti sei mai legato a nessuna ragazza, qui all'università, e con loro ti sei solo divertito?»

Sollevò le spalle. «Mi andava bene così, non ero intenzionato a dare nulla di me stesso al di là del corpo e di una botta».

Storsi la bocca.

«Un po' di sano divertimento senza farmi coinvolgere, senza rogne da gestire o vincoli affettivi di cui mi sono liberato».

Stavo per chiedergli come considerasse il rapporto con Tamara Jones secondo questa sua filosofia di vita.

«Non pensarci neanche», borbottò fissandomi negli occhi. Le nostre canoe erano vicine e scivolavano lentamente sul pelo dell'acqua.

«Che cosa?»

«Ti ho già detto che non sei come le altre per me, non ti ho mai considerato come loro. Questo significa che il discorso appena fatto non si applica a te. Tu sei il mio legame, Tamara».

Detta così, sembrava una cosa meravigliosa e seria, come "Ti voglio da sempre".

«E hai paura? Nel senso che, dopo tutto quello che hai perso, non hai paura del nostro legame?»

«Certo, ma preferisco tenermi stretto questo legame e avere paura, piuttosto che vederlo andare via come tutti gli altri senza averlo vissuto».

C'era qualcosa che mi sfuggiva e, per quanto Kyle si stesse sforzando di aprirsi con me, dovevo scavare ancora un altro po' nel suo animo. «Negli ultimi mesi, ci siamo incontrati per caso in qualche locale ma tu mi hai sempre snobbata. Ho provato anche a fare la stupida con te, ma tu niente».

Le sue labbra si piegarono in un sorriso triste. «Avevi bevuto, Tamara, era chiaro. In passato mi hai dimostrato che da ubriaca sei poco vera».

«O forse sono più vera che mai, perché mi lascio andare senza imbarazzo».

«Avrei fatto le cose con te solo nelle giuste condizioni, solo se fossero state grandi cose. Lo sai, non volevo rovinare tutto, ma poi è successo».

Mi allungai verso di lui per toccargli la mano. Mi sbilanciai troppo, la canoa ondeggiò un po' e strillai per la paura di finire in acqua. Kyle fu pronto nell'afferrarla da un lato con le mani, bloccandola.

«Oh, grazie. Non mi piacerebbe farmi il bagno tutta vestita. E poi l'acqua è troppo fredda». Gli sfiorai il dorso della mano e mi ricordai di quello che stavo per dirgli. «Non hai rovinato un bel niente, è stato tutto perfetto così. Anche quando hai creduto di trattarmi come le altre, non è andata proprio in questo modo».

Si rabbuiò. La pensava diversamente.

«E poi te lo avevo chiesto io di considerarmi una ragazza da una notte e via. Quello che è successo ieri cambia comunque tutto».

Non ne sembrava molto convinto.

«Tuttavia, una sera che ho provato ad attirare la tua attenzione, non ero brilla. Avevo bevuto un po' ma ero lucida, eppure tu non mi hai considerata. Come mai?»

Tornò a stringere il remo. «Pensavo stessi solo giocando insieme alla tua amica, Lexie. Non credevo che potessi nutrire interesse verso un ragazzo come me, che non gode di un'ottima fama. Non pensavo ti potessi interessare. Non sono mai stato un tuo interesse».

Non sapeva quanto si sbagliasse, quanto avessi desiderato di essere usata da lui. Ma non sapeva neppure quanto adesso fossi felice perché, oltre a essere "usata", sarei stata anche amata da Kyle Rew in persona.

Mi sporsi dalla canoa per baciarlo. Kyle si allungò verso di me, il suo sorriso e il suo sguardo intenso illuminarono di gioia la mia giornata. Non appena le nostre labbra si sfiorarono, la canoa ondeggiò e io mi staccai di colpo, spaventata, facendola così ondeggiare ancora di più.

«Kyleee», gridai.

Lui allungò le braccia per prendere me o la canoa e in un battito di ciglia ci ritrovammo tutti e due in acqua.

«Mio Dio, è gelida!»

Kyle cominciò a ridere, di gusto, con gli occhi semichiusi. Rideva di me, di noi due in acqua, della situazione. La sua risata fu contagiosa. Dopo qualche secondo risi pure io, ma poi cominciai a dimenarmi in acqua per non affondare.

«Mi fanno male i muscoli del viso e sto tremando dal freddo», gli dissi.

«Siamo fortunati, la corrente non è forte. Nuota fino a riva, alle canoe ci penso io».

Poiché eravamo a quattro, massimo cinque bracciate da riva, feci come mi aveva detto. Una volta sull'erba, mi voltai e trovai Kyle già molto vicino, che tirava dietro di sé le due canoe.

Quando si fu arrampicato sulla sponda ed ebbe sistemato le canoe, venne a stendersi accanto a me. Ci guardammo, ci prendemmo per mano e rimanemmo così a lungo.

Kyle mi strofinava energicamente le braccia, per tenermi al caldo. Eravamo seduti sul divano del suo appartamento e, nonostante la doccia bollente che avevo fatto, il caffè caldo che stavo bevendo e le sue mani che cercavano di scaldarmi, sentivo freddo. Il bagno nel fiume non era stato proprio un toccasana.

Dopo essere rientrati dalla gita in canoa, avevo mandato tre messaggi a Lexie per avvisarla che stavo bene, che con Kyle era tutto perfetto, che ci saremmo riviste presto. Ma lei non aveva preso bene le mie brevi comunicazioni in forma scritta e mi aveva chiamata quattro volte. Io non le avevo risposto. Non potevo farle un resoconto dettagliato della serata di ieri e della giornata di oggi. Avrei dovuto parlare a monosillabi e versi, sarebbe stato irritante per entrambe e maleducato nei confronti di Kyle.

«Ti senti meglio?»

«Un po', sì. Quell'acqua ghiacciata mi è entrata nelle ossa. Le sento infreddolite e doloranti».

«Non era poi così fredda».

«Per me sì, lo era». Mi misi una mano davanti alla bocca per coprire uno starnuto.

«Non ti starai ammalando?», lo chiese con preoccupazione.

«Spero di no, ma nel caso non sarà poi così male restare nel tuo letto ed essere accudita da te per lunghi giorni».

Sul momento mi sorrise, poi si fece serio. «Be', dimentichi che divido la casa con altri due ragazzi».

«Già, non ci stavo pensando».

«Questo non significa che non puoi trasferirti qui o dormire da me tutte le volte che vorrai». Mi baciò sulla fronte, con tenerezza. Quando si staccò, era ancora troppo serio per i miei gusti.

«Penso che tornerò al dormitorio ma verrò qui spesso». Gli baciai il mento, lui di nuovo la fronte. «Continui a baciarmi la cicatrice».

«Sul serio?»

«Non fingere di non essertene accorto».

Kyle mi accarezzò la coscia, di lato, proprio dove avevo l'altra cicatrice. Poi mi prese la tazza e la posò sul tavolino di vetro. «Ascolta, Tamara, c'è una cosa che vorrei dirti».

Dal tono di voce grave con cui aveva esordito, pensai si trattasse di qualcosa di brutto. Mi rannicchiai con la schiena contro il bracciolo, le braccia strette intorno alle gambe.

«Ti ascolto».

«Sono stato un grande amico di Ralph Baron e Adrian Perez».

«Sì, lo so, e mi stupisce non vederti più con loro».

Lui annuì, poi scosse la testa. «Quel giorno, alle elementari, quando loro ti fecero quel buco sulla fronte, c'ero anch'io».

Mi raddrizzai. «Loro?»

«Sì».

«Baron e Perez? Sono stati loro?»

«Con delle fionde, sì, e con loro c'ero anch'io. A quel tempo mi faceva piacere far parte di un gruppo, mi sentivo più forte e sicuro a stare con loro. Ralph era il nostro capo e ci diceva cosa fare, chi importunare, chi colpire. Quella mattina capitò a te. Tu diventasti la sua vittima».

«Oh, be', io... ero convinta che fosse stato Cole Garyson, un vero teppista con problemi di ogni sorta, insieme a due suoi amici».

«No, sono stati loro. Cioè, siamo stati noi».

«Voi». Mi fece male ingoiare.

«Te l'ho detto. C'ero anch'io con quei due. Ho caricato la fionda proprio come loro e ho colpito alla tua testa bionda, con dispiacere, lo giuro». Teneva lo sguardo basso mentre mi parlava. «Non volevo essere cacciato dal gruppo, perciò scagliai ben tre sassi contro di te. Quando ti voltasti, be'... quella fu la prima volta che mi accorsi di te. Cominciammo a correre per non essere scoperti e non farci riconoscere da nessuno».

«Avevate i visi coperti».

«Portavamo il cappuccio della felpa calato sulla fronte. Nella corsa, Ralph e Adrian si fermarono, caricarono di nuovo le fionde e uno di loro ti fece quel bel segno che ti ritrovi vicino all'attaccatura dei capelli».

«Non pensavo fossero stati loro. Insomma, non li avevo visti, ero quasi sicura che fosse stato quel Garyson. Baron mi dava fastidio alle elementari, mi ha reso la vita impossibile come hanno fatto altri bambini, ma tu...»

«Io no».

«Eri con lui quando mi sporcò il vestito con i cioccolatini. Litigammo anche, me la presi con te», ricordai.

«Sì, ma quel giorno non feci niente contro di te e non feci niente per fermare Ralph».

«Già». Cominciai a passarmi le mani tra i capelli, nervosa.

«Quando poi vidi quel buco sanguinante sulla tua fronte, quando in seguito ho visto la tua cicatrice, quando ho scoperto che i tuoi genitori ti avevano fatto proseguire gli studi a casa, mi sono sentito male. Una merda». Lo lasciai parlare. «Mi sento ancora una merda. Cioè, ero uno stupido come Ralph e Adrian. Più di una volta hanno dato fastidio a parecchi bambini e ragazzini delle medie, pensando che se lo meritassero».

«Nessuno merita di essere preso di mira da un gruppo di bambini irrispettosi e crudeli».

Kyle si passava le mani sui jeans e scuoteva la testa. «Allora non la pensavo proprio così e non ho mai fatto niente per fermarli. Chissà, forse la vita mi ha punito per questo e mi ha fatto passare le pene dell'inferno. Forse mi meritavo di vedere mia madre morire sotto i miei occhi, di essere lasciato da mio padre, da nonna, di litigare con i miei amici».

Mi dispiaceva sentirlo parlare in quel modo. Non sapevo cosa dirgli, non ero certa di dovergli tirare su il morale. Poi pensai a quelle pietre contro di me, alla cicatrice, a tutto quello che avevo passato. Kyle era stato amico di persone stupide ma non era come loro. Lui non mi aveva fatto niente, più o meno. Non mi andava di metterlo alla gogna per avermi tirato tre sassolini in testa; non volevo allontanarmi da lui per un episodio così lontano nel tempo.

«Non sei più amico di Baron e Perez?», gli chiesi.

«No, per volontà loro, ma è meglio così. Dopo la morte di mia madre sono cambiato molto, con quei due non mi trovavo più granché bene. La prima settimana qui a Montgomery, mi sono fatto una ragazza nella stanza dell'appartamento di Ralph. Era la sua fidanzata, ma io non lo sapevo».

«Oh», riuscii solo a esclamare.

«Facemmo a pugni, poi mi buttarono fuori di casa».

«Tu però non lo sapevi».

«Comunque me la sono fatta. Avrei reagito anch'io così, forse peggio». Kyle strisciò verso di me, mi fissò con i suoi grandi occhi verdi che comunicavano tanta tristezza. «Tamara... dal giorno in cui Ralph ti lasciò quel buco sulla fronte, ho provato a proteggerti».

«Proteggermi?»

«Non ti dirò come, non ti dirò cosa ho fatto. Non mi va. Le cose peggiori di me le conosci quasi tutte, quelle migliori voglio che appartengano solo al presente. Kyle Rew è qui di fronte a te, quello passato non conta».

Gli accarezzai i capelli. Ero ancora tutta rannicchiata, quasi in una posizione di difesa nei suoi confronti. Kyle mi baciò di nuovo la cicatrice, poi la punta del naso. Non sapevo bene cosa pensare, però lo volevo. Mi piaceva e lo volevo, e non me ne importava nulla del passato. Sì, ecco, questo lo sapevo.

Gli passai una mano dietro la schiena, gli accarezzai il tatuaggio da sopra la maglietta. «Alcuni ricordi e le sensazioni restano, ma tu sei andato avanti senza voltarti e io ho superato il mio passato», cominciai. «Perciò, è inutile tirare fuori vecchi pensieri o emozioni lontane nel tempo, adesso che stiamo insieme e stiamo bene. Non serve. Non mi interessa se alle elementari eri amico di Baron e Perez e ti sei comportato da stronzo come loro. Poi sei cambiato. Fumavi erba e forse hai fatto uso di altre sostanze e sei cambiato ancora, ti sei lasciato alle spalle anche questo. Anche questo?», chiesi conferma.

«Sì».

«A me interessa come sei con me. E poi sono convinta che con gli altri non sei così malvagio come vuoi far credere».

«Be', ho fatto e faccio anch'io i miei grossi errori».

«Chi non li fa?». Gli accarezzai una guancia. «Non pensare che la vita sia stata ingiusta con te perché te lo meritassi. Non è un ragionamento corretto».

«Non lo so», disse poco sicuro di sé.

«Allora cerca di meritarti la tua nuova vita, un presente più roseo».

Kyle mi mise le sue grandi mani sopra le ginocchia, allungò il collo e mi baciò. Avevo quasi dimenticato quanto fossero caldi, buoni, dolci e sensuali i suoi baci. «Va bene se inizio così? Ti pare un buon modo di fare per conquistarmi un futuro migliore?»

«Si può fare di meglio, puoi fare di più», mormorai scherzando.

Le sue mani spinsero verso l'esterno, facendomi aprire le gambe. Kyle si fece strada verso di me, mi passò un braccio dietro la vita e mi tirò giù. Scivolai sotto di lui, mi misi stesa e lui si posò sopra il mio corpo.

«Mmm, ecco, questo è un ottimo modo per iniziare un presente più roseo e migliore», commentai divertita ed eccitata.

Kyle mi tirò su la maglietta e sparse tanti piccoli baci sulla mia pelle nuda. Continuando a tenermi le gambe aperte, scivolò più giù e mi baciò sopra i jeans. Fu capace di aprire il bottone con i denti, poi abbassò la chiusura lampo con una mano e mi calò i jeans sulle cosce. Giocò a passarmi un pollice appena sotto l'elastico degli slip, da un fianco all'altro.

Il mio respiro era già accelerato. Se mi fermavo a pensare con quante ragazze avesse fatto cose del genere, mi veniva voglia di rivestirmi e serrare le gambe. Se però esaminavo tutto quello che era successo e che mi aveva confidato, Kyle non aveva mai tenuto a nessuna ragazza, probabilmente neppure alla mia compagna di classe, Cecilie Cook, con cui lo avevo visto spesso a scuola e che lui non aveva neppure nominato. Perciò, chiusi gli occhi e abbassai qualsiasi difesa, lasciandogli la libertà di fare tutto quello che desiderava.

Pensato questo, Kyle mi abbassò gli slip, la sua lingua guizzò sul clitoride e, nonostante gli occhi chiusi, vidi tante stelle luccicare. Con la mano destra strinsi forte un cuscino e piegai l'altro braccio per aggrapparmi al bracciolo del divano. Quando la sua lingua mi leccò con movimenti rotatori, sbarrai gli occhi e avvicinai le cosce bloccandogli il viso. Lui parve gradire quella stretta perché gemette.

«Kyle, se continui così rischio di venire in pochi secondi».

Aprii le gambe e lui sollevò il viso per guardarmi negli occhi. «È quello che voglio».

La sua lingua riprese ad assaggiarmi, muovendosi lentamente, tracciando parole o disegni sconosciuti ma allo stesso tempo meravigliosi, che mi scatenavano tante pulsazioni tra le cosce. Kyle spinse le mani sui miei seni, me li sfiorò da sopra il reggiseno con movimenti circolari, poi però si fece prendere dalla foga e cominciò a toccarli con palpate energiche. Era tutto sorprendentemente piacevole. Eppure, non mi bastava. La sua lingua sul mio sesso e le sue dita che ora giocavano con i capezzoli mi stavano facendo impazzire. Io volevo esplodere per tutte le emozioni che stavo provando e non prolungare quella dolce tortura.

«Kyle, ti prego, fallo».

«Cosa?». Riprese a leccarmi senza aspettare una risposta.

«Fallo, penetrami».

Ma Kyle proseguì col suo gioco, continuò a torturarmi con la lingua e con le mani.

«Ti prego», lo supplicai.

Dopo qualche secondo, Kyle mi diede un piccolo morso su un labbro, facendomi sussultare. Ci provò anche dall'altra parte. Mi lamentai per il dolore, anche se tutto sommato fu gradevole. Infine sfregò il viso sul clitoride e allora lo presi dai capelli e lo attirai a me.

«Adesso», gli ordinai.

Lui mi sorrise, vittorioso di vedermi frastornata e implorante. Scivolò giù dal divano, si levò i jeans e i boxer. La vista della sua nudità e della sua erezione intensificarono il bisogno di averlo dentro di me. Mi prese i jeans e me li sfilò completamente, poi passò ad abbassarmi gli slip e mentre me li toglieva mi accarezzò le gambe.

Chiusi gli occhi, cercai di tenere a bada gli istinti e il respiro. Quando li riaprii, Kyle era di fronte a me, con quel sorrisino di prima e il preservativo addosso.

Si venne a sistemare sul divano, posò i gomiti accanto al mio viso, infine scivolò tra le cosce. Mi penetrò piano, sentii la sua punta che spingeva con gentilezza e poi entrava in profondità. Il primo affondo fu dolce, il secondo più deciso. Mi aggrappai alle sue spalle, gli cercai la bocca per baciarlo.

Il terzo affondo fu vigoroso, quelli successivi veloci, decisi, profondi, continui. Mi mancava il respiro e la concentrazione per baciarlo. Scivolai con la testa sul cuscino, presi aria mentre il corpo sudato di Kyle premeva sul mio, i suoi movimenti dentro di me mi portavano all'estasi.

Quando piegai le gambe e mi tirai un po' su facendo leva sui talloni, il suo pene mi penetrò a fondo come non lo avevo mai sentito prima. E mi tolse l'ossigeno e la capacità di vedere cosa ci fosse al di là di noi due avvinghiati l'uno all'altra. I suoi affondi, lo sfregamento dei corpi, i baci sul collo mi portarono a cavalcare l'onda di quell'immenso piacere. E poi ad annegare nella passione.

Montgomery, un anno prima

Grazie ai soldi di papà e a quelli che nonna mi aveva voluto dare a tutti i costi, potevo vivere in modo dignitoso. Non ero felice di usarli, era come se tutti e due me li avessero dati per sentirsi a posto con la coscienza, visto che si erano disinteressati a me. Tuttavia ne avevo bisogno anche per le spese universitarie. Al più presto avrei cercato un nuovo lavoro e restituito tutti i dollari che mi avevano allungato, dal primo all'ultimo.

Quella mattina uscii dall'appartamento al The Heights con Daniel e Gerard. Ci salutammo battendo i pugni, poi loro due si avviarono verso la Auburn University, io verso l'Alabama University. Mi trovavo abbastanza bene con loro. Erano spesso via, tornavano dalle loro famiglie ogni due o tre settimane, erano tranquilli - fin troppo - e pensavano solo a studiare. A parte qualche pizza e birra a casa, non avevamo fatto quasi nulla insieme. Per questi motivi, ero più amico di alcuni compagni di corso che dei miei due coinquilini.

Essere all'università mi piaceva, sul serio. Trovavo i corsi interessanti e andavo bene agli esami, anche se a lezione mi addormentavo spesso sui libri e le parole dei prof restavano dei concetti astratti che non appuntavo da nessuna parte. Per fortuna ci pensavano le ragazze più diligenti a passarmi gli appunti, quando glieli chiedevo. Erano sempre tutte molto carine e attratte da me. Quelle che incontravo per caso anche nei locali potevo dire ormai di conoscerle bene, molto bene. Ero stato con molte di loro, avevo fatto sesso, le avevo scaricate e poi… amici come prima. Rispetto alla vita trascorsa a Lineville, pure il sesso andava molto meglio, nel senso che io ero più maturo ed esperto e le ragazze alle feste della confraternita si sbizzarrivano come matte.

E poi c'era un altro motivo per cui mi piaceva andare a lezione: Tamara Jones. Spesso la osservavo di nascosto dalle file più in fondo dell'aula. Prendeva appunti come se la sua mano fosse una veloce e precisa macchina da scrivere. Era incredibile quanto fosse attenta ad appuntare qualsiasi cosa dicessero i docenti. Ma era anche molto carina, ancora più carina che a scuola. Sembrava più serena e pure più sola. Il suo periodo buio era passato, nessuno all'università si permetteva di prenderla in giro per qualcosa. Chissà se le mancava quel bastardo di Charles Preston o se era innamorata di qualcuno.

Una mano scivolò sulla mia coscia. «Ieri non ti ho visto», parlò la ragazza accanto a me. Aveva lunghi boccoli dorati.

«Ah, davvero? Credo di non averti visto neanch'io».

«Sai, ero al pub, quello in fondo alla strada».

«L'Horns Pub?»

«Esatto. Lo chiamo "Pub" perché trovo il nome orrendo».

«Hai ragione».

«Kimberly», si presentò.

Durante il mio primo anno all'università, avevo conosciuto almeno cinque ragazze con quel nome. «Kyle».

«Kimberly e Kyle. Suona piuttosto bene».

Non commentai la sua uscita sui nostri nomi.

«Stasera sei al Pub?», mi domandò.

«Credo proprio di sì».

Mi sorrise. Aveva dei bei denti e delle belle labbra. «Ci vediamo».

«Magari sì», interruppi la conversazione e me ne tornai a dormire. Tra un sonnellino e l'altro, captai qualche concetto importante, che poi avrei ritrovato sui testi e sugli appunti di qualcuno.

Quando mancavano una decina di minuti alla fine della lezione, spinsi lo sguardo verso la quarta fila, dove sedeva Tamara. Portava i capelli sciolti e lisci che ricadevano sulla schiena, un maglioncino nero che metteva in risalto i riflessi più chiari. Accanto a lei c'era un ragazzo alto e largo dalla folta capigliatura riccia e poi una certa Lexie Iverson, la sua amica, quella con cui la vedevo spesso. Veramente la vedevo spesso anche in compagnia di uno studente più grande, ma avevo già appurato che si trattava del ragazzo di Lexie.

In quel momento, mi distrassi nel vedere la mia vicina che si aggiustava la scollatura. Mi guardò di nuovo e sorrise. Forse non portava il reggiseno perché si vedevano i capezzoli attraverso la maglia e sembravano anche molto pronunciati. A furia di fissarglieli, rischiavo di farmelo diventare duro, ma poi tornai a guardare Tamara e i miei sporchi ormoni si acquietarono. Eppure lei mi piaceva. Era da quel giorno sul portico della casa abbandonata che avevo voglia di baciarla, era da non so più quanto tempo che la desideravo, ma non solo col cazzo. Era qualcosa di completamente diverso. Non potevo dire di amarla o di avere una cotta pazzesca per lei o... be', evitavo di analizzare la situazione, non ce n'era bisogno, o avrei sprecato il mio tempo e avrei mandato in panne il cervello. Tamara Jones a stento mi considerava, mi guardava. Ci salutavamo di sfuggita nei corridoi, e la sua amica mi fissava con un sopracciglio sollevato, forse a chiedersi come facesse Tamara a conoscere un tipo come me. Ogni tanto la incontravo alla caffetteria vicina all'università; una volta le avevo anche chiesto gli appunti di storia, che lei mi aveva prestato come se stesse dando a un nemico la cosa più cara al mondo. Se soltanto avesse saputo da quanto tempo il suo "nemico" di nome Kyle Rew la desiderava...

Quella stessa sera incontrai Kimberly all'Horns Pub. All'inizio finsi di non vederla. Ero in compagnia di alcuni amici, volevo bere qualcosa in santa pace e parlare di cose da maschi. Al sesso o a qualsiasi altra cosa da fare con quella ragazza ci avrei pensato dopo.

Ordinai birra per tutti. Ormai i camerieri ci conoscevano e pensavano che avessimo ventuno anni e mezzo, grazie ai documenti falsi che usavamo. Non eravamo né i primi né gli ultimi che facevano una cosa del genere. Rispetto ad altri ragazzi, sembravamo più grandi della nostra età, quindi davamo meno nell'occhio.

Mi sedetti sullo sgabello di fronte al bancone, il mio amico Brian iniziò a parlarmi dell'ultima gara di moto a cui aveva partecipato e di come si fosse fatto soffiare il primo posto - e una bella vincita in termini di soldi - per colpa di un errore in pista - cioè in strada.

La birra finì troppo presto. Avevo più sete che fame, così saltai l'appuntamento col consueto doppio cheeseburger e ordinai una seconda birra, che mi fu offerta da Scott, un altro mio amico. Lui tolse la parola a Brian per parlarmi della ragazza che stava frequentando e di quanto lei fosse stronza. Gli diedi un paio di consigli, tra cui essere più stronzo di lei o ignorarla, quando fui attirato da due teste sedute a un tavolo, una mora e l'altra bionda. La prima sedeva di lato, la seconda mi dava le spalle. Mi sembrava di conoscerle. Non riuscivo a vedere il viso della moretta perché se ne stava tutta piegata sul tavolo e i ricci le ricadevano davanti formando una tenda di capelli. La testa bionda, invece, annuiva di continuo.

Quando la brunetta tirò su la testa, il mio campo visivo fu riempito dal sorriso di Kimberly.

«Ehi, speravo proprio di incontrarti. Ciao, Kyle».

Scott tossicchiò e si girò dall'altra parte, Brian ci lanciò un'occhiata, poi riprese a chiacchierare col barista.

«Ciao. Come mai speravi di rivedermi?»

Lei si attorcigliò un boccolo dorato intorno all'indice. «Sai, la serata è molto noiosa. Tutti i ragazzi che ho incontrato mi hanno solo parlato di corsi, lezioni, studio, esami. Sai, la solita noia».

Anche lei era noiosa, più che altro perché iniziava un discorso sempre con "sai". La presi da un fianco e lei ridacchiò. «Conosco molti modi per rallegrare la tua serata noiosa».

«Mi piacerebbe scoprirli». Mi guardò le labbra.

Non avevo molta intenzione di baciarla, anche se era carina, mi desiderava e voleva cambiare il corso della serata facendo sesso con me. Tra l'altro mi piaceva scegliere chi portarmi a letto, e non il contrario. Probabilmente avrei combinato qualcosa con lei un'altra sera.

«Mi farebbe piacere mostrarteli tutti».

«Bene». Ammiccò.

«Ma non adesso. Stasera no».

«Scusa, che hai detto?»

La presi anche dall'altro fianco e la feci voltare, così da avere il suo fondoschiena davanti a me. Scott ridacchiò. «Ho detto che stasera non sarò io a risollevare le sorti della tua serata».

«Perché no?», gracchiò acida, piegando il viso di lato per cercare di guardarmi, mentre io continuavo a immobilizzarla dai fianchi.

«Perché così ho deciso. Ciao, Kimberly». La spinsi avanti, ma lei si girò e mi guardò furiosa.

«Sai, non sono una di quelle che aspettano in eterno».

Feci spallucce.

«Potrei non esserci la prossima volta».

«Non sono io quello che sta vivendo una serata noiosa e vorrebbe che fosse più divertente. Il problema è tutto tuo».

Le guance di Kimberly divennero bordò. Girò sui tacchi e andò via senza salutarmi.

«Sei stato un po' crudele con quella ragazza», commentò Scott. «In fondo è carina, non avevi nulla da perdere».

Diedi una pacca sulla spalla del mio amico. «È tutta tua, se vuoi. Non sono geloso».

Lui sollevò la bottiglia di birra e se la rise. «Ok, bene, grazie. Ci farò un pensierino, anche se preferisco le brune».

A quella dichiarazione, tornai a guardare in direzione del tavolo dove sedevano la moretta e la biondina. Studiando meglio la situazione, mi accorsi che avevano scolato due bottiglie di Bud a testa e sul tavolo c'erano due drink. Oltre il muro di ricci neri, la ragazza succhiava il cocktail dalla cannuccia. Dovevano essere ubriache. Ora si spiegavano i loro movimenti scoordinati e un po' troppo esagitati.

Brian riprese a parlarmi di moto, motori, gare e avversari più forti di lui che voleva battere a tutti i costi. Per qualche ragione, la mia vista si era incollata a quel tavolo, a quelle due teste così diverse tra loro eppure familiari.

Trascorsi circa un'ora a parlare con alcuni compagni di corso e amici, a bere, a rifiutare le sigarette – non fumavo più da quando avevo abitato con mio padre – e a tenermi lontano da stupide scommesse.

Mi girai verso il tavolo proprio quando quelle due ragazze si stavano alzando dalle sedie. E stranamente la vidi. Era proprio lei, Tamara Jones, che aveva pettinato i capelli in modo diverso. Ce li aveva mossi e un po' arricciati alle punte, e l'amica ricci e non lisci.

Tamara piegò il capo, mi guardò e scoppiò a ridere. Vidi l'amica prenderle la mano e coprirsi la bocca. Che diavolo significava? Stavano ridendo di me?

Le seguii con lo sguardo mentre andavano al bagno. Brian continuava a parlarmi, quella sera era maledettamente logorroico. Scott, invece, mi allungò una Corona. Bevvi con gli occhi incollati alla porta del bagno. Quelle due ci rimasero dentro per troppo tempo. Non mi accorsi di loro quando uscirono, perché Igor, un ragazzo che avevo conosciuto in un altro locale, mi chiamò al suo tavolo. Parlammo per circa dieci minuti della festa della confraternita che ci sarebbe stata il weekend dopo. Ci salutammo battendo i pugni e feci per tornarmene al bancone, ma incrociai due occhi scuri, truccati e luminosi che mi avevano guardato di striscio. Con una rapida occhiata feci la radiografia a quella ragazza: la carnagione olivastra la rendeva molto affascinante, per non parlare poi delle labbra ricoperte da un rossetto rosso fuoco e delle lunghe cosce che spuntavano da sotto la minigonna. Sarebbe stata mia, subito.

Mi diressi verso di lei, quando due ragazze mi tagliarono la strada. Tamara Jones e la sua amica. Stavano ancora ridendo e si tenevano per mano. Il loro modo di camminare era pietoso, visto che barcollavano.

Tamara smise di ridere e mi fissò dritto negli occhi. Non riuscii a capire se mi aveva riconosciuto o no. Mi stava fissando in modo strano.

«Ciao», mi disse per prima. La sua amica rise forte e Tamara le diede una gomitata.

«Ehi, ciao», la salutai.

Lexie sgusciò via, lasciandoci soli. Il viso di Tamara era sudato, il trucco agli occhi era un po' cancellato e questo le dava un aspetto trascurato.

Prese un bel respiro gonfiando il petto e mi sorrise. Che significava? La odiavo quando beveva. Per fortuna l'avevo vista in quello stato solo due volte: alla casa abbandonata di Lineville e ora.

Spinsi lo sguardo oltre la sua figura e vidi la morettina che accavallava le gambe. Fu una vista molto provocante.

«Ok, devo andare», mormorai a me stesso, ma Tamara mi sentì. Mi appoggiò una mano sul petto e aprì la bocca per parlare. La richiuse non dicendo niente, poi la aprì di nuovo.

«Dove?»

«Cosa?»

«Dove devi andare?»

Tamara ubriaca non era Tamara; era un'altra persona, senza coscienza, memoria e cuore, che in quel momento mi stava scambiando per qualcun altro. Non si era mai interessata a me, non era possibile che all'improvviso le piacessi.

Scoppiai a ridere, per via dei ragionamenti che stavo facendo. Lei si incupì e fece un passo indietro.

«Dalla mia nuova conquista», risposi.

«Come, scusa?»

«Lascia perdere». Agitai una mano. Era inutile parlarle in quelle condizioni. Mi sarei assicurato che qualcuno sobrio desse a lei e all'amica un passaggio per il ritorno, per il resto avrei trascorso la mia serata come meglio credevo.

La superai, intristito al pensiero che quella stessa serata sarebbe stata migliore con lei, se soltanto però non avesse bevuto; se mi avesse toccato da sobria.

In meno di mezz'ora e dopo due drink, riuscii a rimorchiare quella moretta di nome Felicia. Era iscritta all'ultimo anno di college, le piaceva divertirsi e farsi mantenere da un padre pieno di soldi. Tutto qui. Tutto qui, pensai quando la presi per mano e mi avviai verso l'uscita del pub. Tamara e Lexie erano in compagnia del ragazzo di quest'ultima, che sembrava si stesse prendendo cura di loro due. Non mi dovevo neppure preoccupare di trovarle un passaggio sicuro per il ritorno. Tuttavia, ero un po' preoccupato di non riuscire a scopare con Felicia senza pensare a lei, a Tamara.

CAPITOLO DODICI

«Stronza», si lamentò Lexie. «Non sei una vera amica. Avresti dovuto richiamarmi e raccontarmi tutto. Hai fatto persino un giro in canoa, e cosa mi scrivi? Niente».

«Sai che non è vero. Ti ho mandato un sacco di messaggi, ma non potevo farti il resoconto scritto delle nostre giornate».

«Appunto. Dovevi chiamarmi».

«Con Kyle vicino non sarebbe stato possibile parlare di noi due. Sarebbe stato inutile, una telefonata muta».

Lexie si girò per cercare Robert. Dopo che lui aveva posteggiato l'auto nel parcheggio dell'università, noi due avevamo aperto le portiere ed eravamo uscite per avviarci a lezione. «Perché il mio ragazzo deve essere sempre così lento?»

«Non è lento, è solo maniaco dell'ordine e della pulizia, visto che prima di uscire dall'auto passa lo spolverino sul cruscotto».

«È un vizio che non sono riuscita a fargli dimenticare. Ma sai che ti dico? Meglio così. Preferisco le macchine pulite e profumate a quelle luride. E poi è lento ma puntuale».

Ripensai all'auto di Kyle: non era né pulita né lurida, e non aveva un diffusore di profumo appeso allo specchietto retrovisore, però era perfetta così, proprio come lui.

«Tornando a noi», mi prese sottobraccio, «il tuo silenzio stampa mi ha fatto un po' preoccupare. Anzi, eravamo preoccupati».

«Chi?»
«Io e Robert».
«Ero con Kyle, non da sola in mezzo a una strada».
Lexie si grattò la punta del naso e con un colpetto di nocche spinse gli occhiali un po' più su. «Kyle non è il ragazzo più gentile e serio tra le nostre conoscenze».
«Ma non è neppure un serial killer o un maniaco o un mostro». Tolsi il braccio dalla sua stretta. «Sul serio eri in pensiero per me?»
«Sì, sul serio, lo eravamo tutti e due, come ti ho appena detto».
Mi fermai a poca distanza dall'entrata dell'università. «Kyle Rew è migliore di come si mostra o del ragazzo che vuole far credere di essere. Ha commesso i suoi errori in passato, ha sbagliato strada qualche volta, ma lui… adesso è migliore di quello che era. È serio, bravo, gentile con me».
«Non è proprio quello che mi hai detto qualche settimana fa».
Divenni seria, il mio tono di voce si fece scontroso. «Qualche settimana fa non mi aveva confessato i suoi sentimenti. Kyle mi vuole e tiene a me. Chiunque, se lo avesse visto con me in questi giorni, penserebbe le stesse cose che ti sto dicendo. Di lui mi posso fidare più di qualsiasi altro ragazzo».
Lexie provò a prendermi di nuovo sottobraccio. «E torniamo a prima: sei una stronza».
«Perché?»
«Perché se mi avessi chiamata in questi giorni e mi avessi raccontato tutto, avrei avuto il tempo di metabolizzare i tuoi resoconti amorosi su voi due. Il tuo silenzio, invece, ha solo ingigantito le mie paure, che poi ho trasmesso a Robert».
Mi calmai presto, perché anche Lexie era la migliore persona che potessi avere al mio fianco, l'amica di cui mi potevo fidare. «Come ti ho già detto, non è stato possibile».
«Ah, lascia perdere». Si girò di nuovo per controllare se Robert fosse in avvicinamento. «Hai vissuto il tuo momento con lui, è giusto così. Al posto tuo, anch'io non avrei avuto la testa per pensare alla mia migliore amica, così presa da un bel ra-

gazzo come lui».
«Sai che non è questo il punto».
All'entrata dell'edificio, ci voltammo insieme. Robert si era fermato a parlare con un ragazzo, così ci incamminammo nel corridoio senza di lui.
«Come siete rimasti? Cioè, da adesso in poi vi frequenterete come due innamorati?»
«Non lo so, non ne abbiamo parlato». Ma avevamo parlato di un livello superiore della nostra frequentazione.
«Andrai a stare da lui?»
«Solo qualche notte, magari nei weekend».
Guardai Lexie mentre lei mi stava fissando in un modo che mi piaceva poco. Spostai gli occhi sul corridoio, poi di nuovo su di lei. Ancora quello sguardo pensieroso e ambiguo.
«No», dissi.
«Eh?»
«Non lo pensare neppure».
Lexie scosse la testa. «Non sto pensando un bel niente».
«Sì, invece. Stai pensando alla natura libertina di Kyle».
La sua risposta fu un lungo sospiro.
«Be', non pensarlo, ok? Io sono tranquilla, devi esserlo anche tu».
«Lo sono, è solo che... essendo stato con tante ragazze, è normale pensare che non sia abituato a stare seriamente con una persona».
«E che possa tradirla», aggiunsi io.
«L'hai detto tu».
«Non posso prevedere il futuro, ovviamente, ma sento che di lui posso fidarmi anche da quel punto di vista. Mi vuole da sempre», ripetei ad alta voce.
«Avrò modo di vedervi insieme e di farmi passare tutte le mie stupide paure». Mi sorpassò e si fermò. «Ecco che arriva Robert di corsa».
Mi voltai per cercare Kyle. Ancora non era arrivato in università. Quella mattina non ero passata dalla caffetteria. Era probabile che lui fosse lì.

«Tamara, scusami per le paranoie che ti ho appena versato addosso. Non voglio rovinare il tuo momento né farti venire paure che non hai».

Paure o tristezza, come quella che mi stava assalendo in quel momento perché lui non c'era.

«Lo so», dissi.

«Ti voglio bene, ecco tutto. È per questo che spesso sono tanto apprensiva. È la prima volta che vedo un ragazzo come Kyle che mette la testa a posto all'improvviso, nel senso che mette le altre da parte per una ragazza».

«Lexie, stai ricominciando».

Si coprì il viso con le mani. «Giusto, scusami, perdonami. Hai ragione, sto ricominciando con le paranoie».

Mi voltai di nuovo. Robert si era fermato per allacciarsi una scarpa, Kyle non c'era. La sera prima mi aveva lasciata al dormitorio. Dopo una lunga doccia mi ero buttata a letto, talmente stanca da non sentire Lexie rientrare in camera. Alle sei del mattino ero andata a correre nel parco e al ritorno avevo trovato la mia amica sugli scalini, col mio zaino, e Robert già lì, che doveva portarci in università.

«Non fa niente», la tranquillizzai. «Se le cose tra me e Kyle dovessero andare bene come penso, sarai la prima a essere sicura di noi».

«Sarà così», esultò.

«Eccomi qui. Lexie, ti va di accompagnarmi in aula?», le chiese Robert.

Lei mi fissò e io le feci un gran cenno che poteva andare. «D'accordo. Tamara, ti raggiungo dopo».

«Io andrò a prendere qualcosa da bere ai distributori».

Robert mi salutò con la mano, poi baciò Lexie sulle labbra e io mi voltai dall'altra parte. Continuavo a sentirmi un terzo incomodo quando stavo con loro e si baciavano o si scambiavano gesti affettuosi.

Kyle ancora non c'era, ma lui arrivava spesso in ritardo, era noto anche per questo. Non dovevo preoccuparmi. Non dovevo pensare a lui o immaginarmi che non sarebbe mai arrivato oppure, peggio ancora, che si presentasse con una ragazza al suo fianco.

Quando quei due se ne andarono, mi avviai ai distributori. Dopo una fila di tre persone, fu il mio turno. Indecisa su cosa prendere, alla fine optai per un caffè. Infilai qualche monetina, selezionai il numero della bevanda e aspettai. Avevo sempre avuto un pessimo rapporto con i distributori di bevande. Nell'ultimo periodo le cose erano peggiorate, perché per la maggior parte delle volte c'era qualcosa che non andava e io mi ritrovavo con le monetine incastrate e senza bevanda.

Un braccio superò la mia spalla, una mano infilò una moneta nel distributore. Socchiusi gli occhi, sorridendo. Avevo già visto quella scena, avevo già sentito quel profumo che solo una persona aveva addosso e che mi faceva girare la testa.

Dopo un pugno leggero sul vetro, il distributore si mise al lavoro per prepararmi il caffè.

Mi voltai piano, ritrovandomi il braccio di Kyle vicino al viso, il suo sorriso di fronte ai miei occhi.

«Mmm, ciao», mormorò.

Anche se non era possibile, quella mattina era più bello, affascinante, luminoso di sempre. I suoi occhi verdi luccicavano, le onde nere di capelli erano vaporose e quelle sospese vicine alle guance molto sexy.

«Mmm, ciao», risposi. «Grazie di nuovo, per i centesimi mancanti».

Avvicinò la bocca al mio orecchio. «Grazie per i giorni trascorsi insieme».

La sua voce più bassa di un'ottava mi fece venire la pelle d'oca. Nonostante ci conoscessimo un po', nonostante lui mi avesse rivelato da quanto mi voleva e fossimo stati a letto insieme, si comportava sempre come se dovesse farmi il filo e accendermi di passione.

Il *bip* del distributore mi avvisò che il caffè era pronto, così mi girai per prenderlo. Il bicchiere di plastica era ustionante. «Prendi qualcosa da bere?»

Kyle mi sorrise. «No, ho preso un caffè col mio amico Brian al

Planet Coffee. Che cosa abbiamo alla prima ora?», mi domandò.

Fui felice di rispondergli. «Storia».

Il sorriso di Kyle divenne più largo e bello. Era felice quanto me che dovessimo seguire la lezione di storia, visto che durante l'ora sedevamo vicini.

«Ci conviene avviarci in aula», disse dopo aver guardato l'ora sul cellulare.

Mandai giù il caffè, nonostante fosse bollente. Non sarei stata molto capace di bere, camminare, guardare Kyle e parlargli. «Sì, andiamo pure, anche se preferirei essere altrove».

«Sul serio?». Sembrò stupito.

Gettai il bicchiere vuoto nel cestino dei rifiuti. «Ovunque tranne qui», dissi esagerando un po'.

«Per esempio sul fiume, per un altro giro in canoa?»

«Pensavo a qualcosa di più tranquillo, come casa tua».

Kyle sollevò l'altro braccio, le sue mani premettero sul vetro del distributore, ai lati del mio viso. Era una posizione che poteva dare adito a qualche occhiataccia, se ci avessero visto i professori. Il suo ginocchio premette contro la mia coscia, inchiodandomi, proprio come quella sera in strada.

«Basta volerlo. Se davvero preferisci essere altrove, fare dell'altro anziché seguire storia, possiamo andarcene».

Annuii piano, Kyle si chinò su di me. Pensai che mi stesse per baciare, lì, nel corridoio dell'università, invece si staccò, le sue braccia lunghe e muscolose ricaddero lungo i fianchi.

«Ma non voglio trasformarti da brava studentessa a ragazza che pensa solo a una cosa e smette di studiare o seguire le lezioni».

Mi trattenni dallo sbuffargli in faccia. La verità è che per pensare a lui non avevo seguito molte lezioni né preso appunti, nonostante avessi fatto presenza. Quindi sì, forse aveva ragione.

«La bella notizia è che abbiamo tutto il tempo che vogliamo, dopo le lezioni però».

In quel momento passarono delle ragazze vicino ai distributori di bevande e snack. Due mi dedicarono un'occhiata carica di invidia. Anch'io avevo conosciuto quella sensazione, vedendo Kyle con le altre. Ma la loro invidia era più profonda, perché lui faceva sul serio con me, perché mi voleva davvero.

«Recupereremo il tempo perduto come quello che stiamo per perdere stamattina, qui?», gli chiesi tornando a guardarlo.

Il suo ginocchio strisciò di nuovo sopra la mia coscia, il suo sguardo parlava da solo e sembrava ripetermi "Sì, sì e ancora sì". «Non ha importanza dove staremo, ma se staremo insieme, anche se ci separeranno file di banchi. A me basta questo per non pensare che sia tempo perduto».

Gli chiesi con un'occhiata se potevo baciarlo, perché non avevo altro modo di dimostrargli quanto fossi d'accordo con lui, quanto avesse ragione. Non capii la sua risposta, perciò feci di testa mia, gli gettai le braccia al collo e lo baciai, lì, di fronte a tutti. Lo baciai con passione, la lingua che gli accarezzava la sua e che non voleva saperne di staccarsi.

Appena Kyle mi strinse i fianchi e io gemetti nella sua bocca, dovetti staccarmi o non sarei stata in grado di fermarmi.

«Ora dobbiamo proprio andare». Mi passò il pollice sulle labbra.

Ci incamminammo verso l'aula procedendo vicini, così vicini che spesso la mano di Kyle urtava la mia senza farlo apposta. Non mi sembrava vero, era tutto così strano e nuovo per me che non poteva essere reale, ma lo era. Spostai lo sguardo su di lui, che avanzava con la solita camminata da spaccone, e capii che era proprio tutto vero; che il mio stupido desiderio sessuale si era trasformato nell'inizio di una storia d'amore tutta da scoprire.

A pochi passi da noi, vicino alla parete, vidi tre ragazzi che mi guardavano e se la ridevano. Li riconobbi. Erano gli stessi che avevano riso al mio passaggio quel giorno di pioggia, quando ero uscita dall'edificio senza ombrello, con la gonna corta e gli stivali di gomma.

Mi incupii. Avevo Kyle al mio fianco, che cos'altro avevano da ridere? Uno dei tre stava masticando una gomma, e allora, con un gesto incondizionato, mi toccai i capelli, come se avessi paura che presto mi sarei ritrovata quella gomma appiccicata tra le ciocche.

Kyle dovette accorgersi della mia agitazione, perché a un tratto mi prese per mano. Me la strinse forte, forse voleva infondermi sicurezza o farmi capire che lui mi avrebbe protetto, perché era ciò che aveva provato a fare dopo quei lanci di sassi contro di me alle elementari.

Seguii il suo sguardo, che puntava a quei tre idioti. La loro risata durò poco. E quando passammo vicino, ci diedero le spalle per guardare fuori dalle ampie vetrate del corridoio.

Mi avevano ignorato. Avevano smesso di ridere di me. E per la prima volta nella mia vita, smisi di domandarmi che cosa ci fosse che non andava in me, che cosa avessi di tanto sbagliato.

Mi voltai, i ragazzi stavano ancora guardando fuori e parlavano tra loro, senza curarsi di me.

Non c'era nulla di sbagliato in me. Io non ero sbagliata. Ero solo Tamara Jones, ma una Tamara più forte con Kyle accanto, più felice. Una Tamara che si sentiva al sicuro e che si stava innamorando alla follia dell'unico ragazzo che la voleva da sempre.

Montgomery, presente

Uno dei dolori più grandi che Tamara mi avesse causato era racchiuso in quelle poche parole: *Voglio divertirmi, con te. Fare sesso, con te.* Le avevo sentite pronunciare dalla sua bocca diverse settimane fa e ancora mi facevano male se ci ripensavo. Dopo tutto il tempo trascorso a scuola a pensare a lei, dopo essermi trattenuto dal provare a baciarla, dopo aver stretto un patto con quella pazza di Cecilie Cook, dopo aver perso tutto eccetto che il pensiero che avevo di lei, Tamara se n'era uscita con quelle parole così ingiuste e inopportune sulle sue labbra. Sul momento mi era parso uno scherzo o un'uscita infelice dettata da una sbronza della sera prima, poi avevo realizzato che si trattava della verità. Tamara provava una forte un'attrazione per me, a livello puramente fisico. A quel punto avrei dovuto allontanarla, ci avevo pure provato, visto che il suo interesse per il sesso con me non coincideva col mio interesse sentimentale per lei. Ma sono sempre stato molto sensibile al sesso, lei mi piaceva molto, sono stato sopraffatto dalla debolezza e dal bisogno di prendermi qualcosa piuttosto che niente. E così avevo ceduto, l'avevo baciata, toccata, avevamo fatto sesso. Avevo rovinato tutto, sebbene lei mi ripetesse il contrario.

Adesso eravamo passati al livello superiore, come lo chiamava lei, e stavo con Tamara come avrei sempre voluto: da ragazzo che teneva a lei, che voleva stare con lei, che non l'avrebbe mai trattata male, non l'avrebbe mai usata. Era strano, dovevo ancora abituarmi alla versione di Kyle Rew-bravo ragazzo. Non che fossi poi così bravo, però mi stavo comportando da buon fidanzatino. Era la prima volta che vestivo quei panni; non avevo neppure idea di cosa fare, di come limitare la mia natura solitaria o quella a cui piaceva divertirsi quasi ogni sera. Con Tamara Jones, però, mi veniva spontaneo essere quella nuova versione. Forse non era neppure una nuova versione di me stesso; io con lei ero sempre stato così, soltanto che non le avevo mai mostrato questo lato di Kyle Rew o lei non lo aveva mai notato, anche quando ce n'era stata l'occasione.

Quella mattina a lezione, mi distraevo di continuo per ammirare l'abilità di Tamara nel prendere appunti o il suo sguardo che si sollevava su di me mentre la mano continuava a scrivere. La contemplavo; la adoravo. Ma mi distraevo anche pensando a come le cose tra noi fossero cambiate così profondamente. Era stato tutto merito della sua proposta piccante, oppure si era interessata a me prima ancora di provare attrazione nei miei confronti e i miei baci, le mie carezze, il sesso glielo avevano solo fatto capire meglio. In qualsiasi modo fosse successo, la cosa importante è che era successo. Non importava davvero il come o il quando; avevo aspettato molto, non ci avevo mai sperato né creduto, e invece alla fine era successo.

A dispetto di quanto si potrebbe credere, non mi sembrava di sognare a occhi aperti. Io non sognavo più da anni ormai. Avevo perso troppe cose, troppe persone, era difficile credere ai sogni.

Quando il prof si girò verso la lavagna, Tamara mi accarezzò tra le scapole, dove il tatuaggio mi ricordava quanto facesse schifo la vita. I movimenti delle sue dita erano così delicati e dolci, che sembrava volessero essere un rotolo di cimosa con cui cancellare quella scritta. In parte, con la sua presenza ci stava riuscendo. Ora che lei mi era vicina, la vita faceva meno schifo, il tatuaggio bruciava meno sulla pelle, le mie perdite facevano meno male.

Incrociai i polsi sul banco, affondai la testa tra le braccia e mi appisolai mentre la mano di Tamara mi accarezzava e il prof spiegava date e avvenimenti storici di cui non mi fregava molto. E poi la mia ragazza mi avrebbe passato gli appunti. *La mia ragazza*… da non crederci.

La musica faceva vibrare i vetri delle finestre, da sopra si sentivano dei passi che si rincorrevano da stanza a stanza o rumori di mobili che venivano spostati. Le feste della confraternita diventavano sempre più incasinate e pazze, ma a me continuavano a piacere, mi divertivano, e poi c'era da bere, si ballava, si rideva e si faceva molto altro.

«Ehi bellezza, questa è tua». Allungai a Tamara una bottiglia di birra. La sua amica si mise in mezzo.

«Anch'io avevo chiesto una birra, mezz'ora fa». Puntò le mani sui fianchi.

Le feci segno di no. «Tu non bevi».

«Cosa?»

«Il tuo ragazzo ora non c'è e Tamara mi ha fatto giurare che non ti avrei dato nessun alcolico».

Tamara se la rise, nascondendosi dietro una ciocca vaporosa di capelli.

«Tamara, gli hai detto davvero questo?»

«No», le risposi. «Mi ha detto che ti basta bere il fondo di una bottiglia per ubriacarti, quindi niente alcolici».

Lexie mi pregò. «Andiamo, sto cercando di bere poco ma quasi tutte le sere per abituarmi all'alcol».

«Che? Tu non devi abituarti all'alcol».

Tamara continuava a ridere. A differenza dell'amica, era alla sua seconda birra ma era sobria.

«Le serate sono più allegre con un po' di birra. Andiamo!»

«Tamara», mi rivolsi a lei.

Lei reclinò la testa all'indietro e ciucciò la birra dalla bottiglia, che poi mi passò. Mi fece l'occhiolino e disse: «Bevi».

Capii che voleva che bevessi abbastanza birra da lasciare all'amica poche sorsate. Obbedii volentieri. Quando posai la bocca sul vetro, sulle labbra sentii il gusto del suo lipstick al lampone. Ripassai la bottiglia a Tamara, lei bevve un altro sorso, una goccia di birra scivolò dalle labbra cadendo sul suo décolleté scoperto. Sentii il mio pene agitarsi.

«Ecco, tieni. Questo è ciò che puoi bere».

Lexie prese la bottiglia e la fece oscillare davanti ai suoi occhi. «Mi state prendendo in giro?»

«No», rispose decisa Tamara. Quando accavallò le gambe sul mobile su cui era seduta, vidi i suoi slip di pizzo intonati al vestito e desiderai toglierglieli in quel preciso istante. Ovviamente, non era possibile. «Tra quanto arriva Robert?»

«Non lo so». L'amica sbuffò. «Doveva fare delle cose, farsi la doccia, scegliere cosa mettersi. Aspetta». Prese il cellulare dalla borsetta. «Ah, perfetto, è lui. Sta parcheggiando».

«Allora berrai tutto quello che vorrai con Robert».

Seguivo la loro conversazione ma la mia mente e il mio pene erano concentrati su Tamara. Quella sera era bella da mozzare il fiato, per me. Mi stupivo ancora che solo pochissimi ragazzi la guardassero con interesse. Forse, nonostante la mise sexy, molti la consideravano come la sua amica Lexie, cioè una nerd. Mi stupivo anche delle occhiatacce che ricevevo dalle ragazze, sia quelle che mi ero fatto sia quelle con cui non ero andato a letto, quelle che conoscevo e quello che non avevo mai visto. A volte mi fissavano come se dovessi essere di loro proprietà, ma al momento ero occupato e quindi non disponibile. In un certo senso era così, ma io non ero mai stato di nessuna di loro e mai lo sarei stato. Perché… ero di Tamara.

«Perché stai sorridendo in quel modo?», mi chiese allungandosi verso di me, senza farsi sentire dall'amica.

Mi avvicinai al mobile, misi la mano sul suo ginocchio e provai ad aprirle le gambe ma lei oppose resistenza. Con un movimento della testa mi indicò Lexie, che era appiccicata con un fianco al mobile.

Ruotai gli occhi, insofferente a quella presenza. Lexie non era una cattiva persona, anzi, ma quella sera era di troppo. Volevo stare da solo con Tamara.

«Sorridevo perché sei molto bella, la più bella. E perché hai una sensualissima goccia di birra che sta scivolando su un seno».

Lei abbassò lo sguardo. In quel momento, Lexie fece tintinnare le unghie sopra il vetro della bottiglia. «Bene, è arrivato il mio ragazzo! Adesso potrò bere. Grazie tante ragazzi, siete stati molto simpatici e generosi». Guardò Tamara rimpicciolendo gli occhi, che gli occhiali già facevano sembrare minuscoli. «Cara Tamara, mi ricorderò di questo trattamento alla prossima festa in cui Kyle non sarà con noi».

Lei finse di sbadigliare, io spostai l'attenzione su quella goccia che scivolava lentissima, sempre più in basso. Lexie se ne andò via tutta impettita e Tamara riprese a ridere.

«Sul serio?», feci io.

«Non la conosci. Non voleva sentirsi da meno rispetto a noi e poi aveva davvero voglia di bere. Le piace la birra, ma poverina non la regge per niente».

«Non è questo il punto. La tua amica Lexie è una… esaltata», mi pentii di averlo detto.

Tamara mi diede uno schiaffo sul braccio. Per fortuna ridacchiava. «Ti sbagli. Non è un'esaltata!»

«Una nerd? Ha un po' l'aria di esserlo».

«Come? No, che stai dicendo? Non lo è affatto». Aveva smesso di ridere. «E poi non conosco nessun nerd».

«Sicura?», la presi in giro.

«Be', a scuola, alcuni compagni consideravano Charles un nerd e si sbagliavano di grosso. Non apparteneva a quella categoria. A proposito...». Scosse la testa e guardò in basso. «Giorni fa, Charles, il mio ex ragazzo, si è fatto vivo».

«Sì, vi ho visti insieme al pub».

«Lo so, ma volevo dirti che è venuto qui per parlarmi, per riprovarci. L'ho respinto. Lui fa parte della vita della vecchia Tamara e...»

La azzittii mettendole un dito sulla bocca. Lei stava con me, era con me, non mi interessava sapere nient'altro. «Il passato è passato. È inutile parlare di emozioni e avvenimenti passati. Non è questo che mi hai detto?»

«Conta solo il presente adesso».

«Esatto».

Approfittai della sua distrazione mentre si guardava intorno per aprirle le gambe. Tamara si agitò sul mobile, io mi sistemai tra le sue cosce, abbassai la testa, succhiai la goccia sulla sua pelle fresca e profumata. Succhiai così forte che le lasciai un simpatico alone rossastro.

«Kyle», borbottò lei.

Risalii con la bocca lungo il collo, le baciai la mascella, poi arrivai dritto alle sue labbra al sapore di lampone. Deliziose. Mentre la baciavo, lei mi attirò a sé prendendomi dalla nuca. Mi persi tra i nostri baci e i sospiri attutiti dalla musica e dal brusio. Col pollice, le accarezzai un seno lungo la scollatura dell'abito, riuscii a sentire il capezzolo.

Qualcuno mi urtò da dietro e io bestemmiai nella mente. Quello non era il posto adatto per baciare e toccare Tamara. Inoltre il mio cazzo urtava contro il mobile e non contro il suo corpo.

«Che ne dici di andarcene di sopra?», le proposi.

Tamara si passò le mani sulle guance, aprì e richiuse gli occhi diverse volte. Sembrava doversi riprendere dal momento di passione che avevamo appena vissuto. Si guardò intorno prima di parlare. «Non lo so, l'idea di occupare la camera di un altro non mi fa impazzire».

Giusto, non ci avevo pensato. Lei era Tamara Jones, non le altre. «Vieni». Le presi la mano.

«Dove?»

«Con me. Ti basta?»

Indicò l'orecchio, non aveva sentito.

«Vieni con me, ti basta?»

Mi sorrise, poi saltò giù dal mobile. Col mio corpo mi feci spazio tra le persone, tenendo ben stretta la mano di Tamara. Camminai a testa alta, ignorai le occhiate delle ragazze o i visi stupiti dei ragazzi.

Aprii la porta e ci lasciammo alle spalle la casa di Oscar e degli altri ragazzi. La musica ci accompagnò per tutto il vialetto. Incominciammo a correre quando fummo sorpresi da una pioggia improvvisa. Poiché avevo parcheggiato lontano, arrivammo all'auto che eravamo bagnati quasi del tutto. Ma Tamara rideva, io ridevo. Eravamo bagnati e felici.

La spinsi contro la portiera chiusa e la baciai. Quando mi cinse le braccia dietro il collo, infilai le mani sotto l'abito, le strinsi le cosce, il sedere, la attirai a me facendole sentire quanto fossi eccitato per lei. Ma non era questo che avevo in mente.

«Entriamo, è meglio», le sussurrai.

Mi baciò sul naso. «Mi piace anche stare qui».

Le passai le mani sulla testa, sulle guance, sulle braccia. «Piace anche a me, però voglio andare in un posto migliore».

«Qualsiasi posto non equivale all'altro se stiamo insieme?», scherzò.

«È così, ma voglio scoprire una cosa. Ne ho bisogno», le confidai. Per la serietà con cui avevo parlato, Tamara si ricompose subito e si spostò dalla portiera.

Entrammo in auto e percorremmo le strade bagnate della città fino al suo dormitorio. Quando Tamara capì dove l'avrei portata, mi prese per mano e annuì.

Come per la volta prima, forzai la porta sul retro. Entrammo in silenzio nel dormitorio, salimmo lungo le scale secondarie, poi prendemmo quelle principali. Arrivati all'ultima porta, mi accorsi che stavo tremando.

«Va tutto bene?», mi chiese, passandomi la mano tra le scapole.

«Credo di sì».

Aperta la porta, camminammo sul terrazzo, mentre la pioggia continuava a scrosciare.

Tamara mi riprese per mano. «Sei sicuro di voler stare qui?»

«Solo un po', ok?»

Lei mi diede un bacio veloce. «Anche tutta la notte».

Mi avvicinai lentamente alla balaustra. Era bassa, mi arrivava sotto le ginocchia, perciò era come guardare in basso senza avere una protezione. Guardai e riguardai il vuoto sotto di noi. Non c'era nulla, al di là di quello che si poteva vedere dall'alto. La voragine profonda, buia e cattiva non c'era, non la sentivo, non era vicina né distante.

Mi passai una mano sugli occhi, perché la pioggia batteva incessante sopra di noi.

Oltre alla voragine, non vedevo neppure mia madre buttarsi dal tetto di casa. Non vedevo Kyle quindicenne che bussava alla porta di Ralph per chiedergli uno stupefacente. Non vedevo mio padre andarsene di casa. Non riuscivo neppure a ricordare le bevute da solo o con gli amici, le cazzate fatte, il male dell'ago sulla mia pelle mentre mi tatuava quella scritta tra le scapole.

La voragine se n'era andata insieme a tutto il resto. Una sola cosa non avevo smesso di ricordare e volere ed era proprio accanto a me. Adesso c'era solo il presente e ciò che volevo.

Mi girai verso Tamara, le presi l'altra mano e nonostante il velo di pioggia tra noi la fissai dritto negli occhi. «Ti voglio da sempre», le ripetei.

Lei si avvinghiò a me, il suo naso freddo e umido mi toccò l'orecchio. «E io ti vorrò per sempre», sussurrò.

Ci saremmo amati per sempre? Questo non potevamo saperlo, ma io avevo la sicurezza che quella ragazza, *la mia ragazza*, era l'unico ricordo che volevo, il presente che desideravo. Da sempre.

11524024R00166

Printed in Germany
by Amazon Distribution
GmbH, Leipzig